사랑 치유 에세이

떠나고 만나고
사랑하라

사랑은 스페인에서
이별은 쿠바에서

떠나고 만나고 사랑하라

초판인쇄	2020년 5월 28일
초판발행	2020년 6월 04일
지은이	윤정실
발행인	조현수
펴낸곳	도서출판 프로방스
마케팅	최관호
IT 마케팅	조용재
디자인 디렉터	오종국 Design CREO
ADD	경기도 고양시 일산동구 백석2동 1301-2 넥스빌오피스텔 704호
전화	031-925-5366~7
팩스	031-925-5368
이메일	provence70@naver.com
등록번호	제2016-000126호
등록	2016년 06월 23일
ISBN	979-11-6480-060-5 03810

정가 16,800원

사랑 치유 에세이

떠나고 만나고
사랑하라

Leave, meet and love

사랑은 스페인에서 이별은 쿠바에서

윤정실 지음

프로방스

누구라도 살면서 이별을 경험한다.
사람들은 말한다.
이별은 곧 '실패' 라고.

세상에
톱니바퀴처럼
잘 맞는
커플도 있어?

　　　　　　'사랑하는 법'을 아직 제대로 배워보지 못한 비
리디 비린 성년의 여자가 겪은 이별의 끝은 마치 겨울의 된서리처럼
매서웠다. 스무 살에도 어려웠던 사랑은 반복학습에도 어렵기는 매한
가지더라. 이별은 익숙해지지 않는다. 한 번 잘 견뎌낸 이별이라 해서
두 번째 이별의 아픔이 더 쉬워지거나 상쇄되는 법은 더더욱 없다. 이
별 후 곳곳에서 견뎌내야 하는 또 다른 인내가 기다린다. 오지게 아픈

건 난데 주변인들에게 괜찮은 척하느라고 나 자신을 위로할 만한 시간도 평온히 갖지 못한다.

이 이야기는 나의 여행 치유 에세이다. 소설이나 여행기처럼 편안하게 읽히길 바랐던 이 글은, 스페인에서 맺은 불꽃 같았던 사랑이 갑작스러운 이별을 맞아 무작정 떠난 쿠바에서 마음을 치유하게 되는 과정을 그린 이야기다. 아픈 속내를 글로 담아내 스스로 괜찮다며 자위하기까지 오랜 시간 에둘러 온 듯하다.

세상에 쉬운 이별은 없어.
쉬워 보일 뿐이야.

지금에 와서야 목젖이 보이도록 웃어젖힌다.

"완전 코미디야. 어떻게 하면 너처럼 산다니?"

친구들의 한 마디다. 나의 이별 이야기는 별 소득 없는 파자마 차림의 수다에도 종종 등장했다. 맥주 500cc 한 잔에 걸맞은 마른 안주

거리, 쥐치나 뱅어포처럼 말이다. 손톱 끝에 자라나는 가시처럼 아프던 그때 그 이별이 마치 봄날 흩날리다 목젖을 간질이던 민들레 홀씨처럼 가벼워진 데는 3년이란 시간이 필요했다. 그때부터였나 보다. 타인의 시선에 배짱이 생기던 때가.

혹시 사랑 끝자락의 이별로 힘든 시간을 보내고 있는 이들이 있다면 다 왔으니 조금만 더 견뎌내라고 다독이고 싶다. 그들에게 미안한 이야기이지만 이 정도 배짱이 생기려면 시간이 필요하다. 상처가 생기게 되면 기다려야 한다. 상처가 아물며 딱지가 몇 번씩 떼이고 붙고를 반복하고 나면 통증도 사라지고 상흔만 남듯이 말이다.

상처를 덧나게 하지 않는
마음의 반창고.

상처가 나도 괜찮다. 인생엔 수많은 반창고가 있으니까. '상처'라고 생각되는 감정은 가슴속 깊이 묻어 둔다고 해서 결코 사라지는 것이 아니다. 물론 시간이 흐른다고 해서 치유되는 것도 아니다. 그 상처는 이유 불문 삶을 마무리할 때까지 인간의 가장 연약한 구석구석을 찾아 빼꼼히 얼굴을 들이밀 것이다. 드러내야 한다. 기회가 있을 때 꺼내어 일반적인 감정으로 승화시키는

떠나고 만나고 사랑하라

일, 최대한 사랑스럽게 보듬고 다독이고 당당해지게 만드는 일, 그것이 바로 '스토리'다. 수면 위로 올라와 당당해진 누군가의 스토리는 상처가 아니라 타인을 치유하는 멋진 경험까지 만들어내지 않던가.

그 기회란 언제가 될까. 언제 나의 상처를 수면 위로 드러낼 것인가. 그것은 내 안의 작은 아이가 끊임없이 외쳐대는 내면의 소리를 들을 수 있어야 깨닫는다. '이젠 괜찮아.', '조금 멋쩍긴 하지만 할 수 있을 것 같아.'라는 작은 용기의 불씨가 생길 때이다. 이 경험은 아이러니하게도 타인이 나와 비슷한 경험을 당당하게 이야기해 올 때 그 마음을 느끼기도 한다.

그래서 쓰기 시작했다. 지금 이 시간 누군가와 애틋하게 사랑하다 이별로 아파하고 있을 누군가를 위해. 나도 아팠으니 그 마음 더 이해할 수 있다고 조심스럽게 마음을 전한다. 상처를 툴툴 털고 스스로가 가진 편견의 울타리에서 빠져나오길 바라며 이 글을 집필한다. 다시 돌아오지 않을 오늘, 지금, 이 시간을 과거에 저당 잡혀 잃어버리지 말고 소중히 살아내길 바란다. 생각보다 세상은 살만한 가치가 있다고, 아무리 힘들어도 살아내라고 이야기하고 싶다.

스페인에서 시작된 달달하고 풋풋한 사랑이 마치 당신이 했던 그것인양 설레길 바란다. 쿠바에서 이별 수업을 하는 나의 여정이 당신이 겪었던 그 무엇인양 공감하기를 바란다. 어떤 이유가 되었던 나의 글이 당신에게 커피 한 잔에 쿠키 같은 소소(小小)한 힐링이 되길 바란다.

새로운 사랑이 시작되었다. 절절 끓는 이별의 뒤안길에 깜짝 선물처럼 나타난 사랑이었다. 다시 품지 못할 것 같았던, 품어지지 않을 것 같았던 사랑이 벚꽃 흐드러지던 봄날 다가왔다. 그 사랑을 시작하기 위해 내 추억을 떠나보낸다. 춘천 청평사로 첫 여행을 떠나던 그날도 오늘처럼 하얀 구름이 어울렁 더울렁 모난 구석 없이 피어오르던 날이었다.

항상 옆에서 묵묵히 굴곡진 삶을 바라봐 준 부모님과 하나뿐인 오빠에게, 카카오 브런치를 통해 아낌없는 응원을 보내 준 이름 모를 독자들에게 고마움을 전한다. 한때 아팠을 나의 마음을 꼬옥 끌어안아 주고는 '사랑한다.'며 눈을 마주쳐 준 사람, 타인의 시선에 의연해지라며 출간을 결정하도록 지지해 준 나의 마지막 사랑 '강정권' 씨에게 이 책을 바친다.

2019년 8월 14일 오후 4시 35분 하느님의 품으로 돌아가신 아빠에게 지면을 빌어 사랑을 전합니다. '아빠, 당신은 세상에서 가장 멋진 아빠였어요. 사랑합니다. 아빠의 사랑, 영원히 기억하겠습니다. 삶이란 역경 속에 있는 때때로의 즐거움이라는 아빠의 말씀처럼 매 순간을 사랑하며 살겠습니다.'

2020년 봄, 새로운 사랑을 시작하면서...

저자 윤 정 실

Contents | **차례**

제1부

쿠바로 떠나며

쿠바행이 아니라 스페인행에 올랐어야 했다. 마음을 복잡하게 만든 전화 한 통을 하기 전까지만 해도. 단 한 번도 사랑이란 감정에 의심 따윈 가져본 적이 없었기 때문일지도 모른다. 갑자기 낯선 땅 쿠바로 떠나가겠다고 마음을 먹게 된 그날 밤, 전화기 속 그의 목소리가 귓전에서 사라지지 않는다.

제2부

회상① : 스페인에서의 271일을 회상하다

제3부

회상② : 사랑 찾아 한 걸음에 달려온 한국

제4부

쿠바에서 만난 첫 번째 남자 알레한드로의 행복 강의 '내려놓기'

제7부
귀국하며

제8부
봄밤에 피어 오른 사랑

갑자기 낯선 땅 쿠바로 떠나가겠다고
마음을 먹게 된 그날 밤,
전화기 속 그의 목소리가 귓전에서 사라지지 않는다.

Leave, meet and love

01

쿠바로 떠나며

별, 선글라스, 수염, 시가가
상징하는 쿠바.

01_ 쿠바행 짐을 꾸리며

"왜 하필 쿠바야?"
"글쎄..."

쿠바행이 아니라 스페인행에 올랐어야 했다. 마음을 복잡하게 만든 전화 한 통을 하기 전까지만 해도. 그와 나 사이 가진 물리적 거리 따위는 아무런 장애도 되지 않는다고 생각했다. 우리에 겐 그 누구도 범접할 수 없는 충분히 달달한 추억을 가지고 있다는 위안 때문이었을까. 단 한 번도 사랑이란 감정에 의심 따윈 가져본 적이 없었기 때문일지도 모른다. 갑자기 낯선 땅 쿠바로 떠나가겠다고 마음을 먹게 된 그날 밤, 전화기 속 그의 목소리가 귓전에서 사라지지 않는다.

"안토니오, 오랜 휴가를 얻었어. 대한민국에서 한 달 가까운 휴가라니. 이건 기적 같은 선물이야!"

"진짜? 잘 됐다. 얼마나 기다려온 휴가야."

"자기 느껴져? 온몸에 소름이 돋아."

"그런데…"

"왜? 무슨 일 있어?"

"아니, 무슨 일은. 자기가 온다니 좋지."

"왜 시큰둥해? 나랑 같이 휴가 못 가?"

"실은 지금 당장 휴가를 낼 수가 없게 됐어."

"……"

목젖이 쉴 새 없이 흔들리도록 호들갑을 떨어 댄 지 수 초나 지났을까. 수화기를 든 채 침묵이 내려앉았다. 깊은 새벽 호숫가에 찾아든 물안개처럼 나의 시야는 흐릿해졌고 가슴은 촉촉이 젖어 들었다. 언제나 그의 마음 안에서 머무를 것 같았던 나의 마음이 홀연히 떠나와 정처 없이 떠돌고 있다. 오랜 시간 그와 주고받은 대화의 의미가 혹시 이별을 예견하고 있는 것은 아닌지 불길한 생각이 밀려들었다.

사랑을 하게 되어 연인이 되면 남자의 경우와 달리 여자에겐 '더듬이' 가 하나 생긴다. 일명 '촉' 이라고 하는. 게다가 태생부터 남자와 여자는 사용하는 언어의 수와 작동하는 뇌의 부분이 달라 소통에 어려움을 겪는단다. 어쩜 신이 내려 준 찰떡궁합의 커플을 기대하는 것은 어불성설일지 모르겠다. 존 그레이의 베스트셀러 〈화성에서 온 남자 금성에서 온 여자〉에서도 충분히 알 수 있듯. 남자와 여자가 소통하는 방법을 삼십 년은 족히 익혀야 한다고 하니 다시 말하면 삼십 년은 함께 살아서 서로의 언어를 익혀야 눈만 껌뻑해도 알게 된다는 것이다. 그런다고 남자에게 '촉'이 생긴다는 말은 아니다. '촉'은 가슴이나 음부처럼 여성에게만 있는 전유물이니까. 여하튼 나의 '촉'은 얼마 전까지도 손에 데일만큼 뜨거웠던 우리의 사랑이 '열정적으로 타오르는 사랑'이 아닌 '곧 사그라들 수 있는 사랑', 다시 말해 '종지부'를 찍고 있다는 것을 체감시키고 있었다.

그 후, 그와의 통화와 페이스북(facebook) 메시지는 더 자주 오갔다. 변명이었을까. 아쉬움이었을까. 예전보다 더 구애하듯 보내는 메시지는 마치 내게 이야기하지 말아야 할 것을 들켜버렸다는 것을 증명이라도 하듯 더 애달프고 간절했다. 현실은 달랐다. 그는 더 이상 빗장을 걸어버린 내 마음 안으로 들어올 수 없었다. 이미 사랑의 언어는 조금씩 일상의 안부로 바뀌고 있었다.

가족이나 친구들의 말처럼 스페인으로 갔어야 했다. 그와 헤어진다고 해도 지금은 아니라고 생각했다. 고작 이만큼 열렬히 사랑하자고 언약을 했던가. 필요한 것은 진심 어린 '대화'였다. 그가 한 모든 이야기가 진실인지 확인하기 위해 단걸음에 스페인을 가고 싶었지만, 그의 말대로 그는 시간이 필요해 보였다. 나 또한 시간을 가져주길 그는 바랐다. 지금 이대로 그를 스페인에서 만나면 멱살이라도 부여잡고 치밀어 오르는 화를 참지 못할 것 같았다. 더 솔직한 마음은 두려움이었다. 그와 이대로 끝나버릴까 봐.

무책임하게 떠나버린 것에 대한 오해가 어긋난 휴가 계획까지 꼬리에 꼬리를 물었다. 끝나버린 관계에 미련을 두지 말자 생각했지만 이런 미묘한 감정의 실랑이들이 차분히 가라앉으니 이번엔 몽글몽글 오기가 생겼더랬다. '남자가 하나야?' 라며 말도 안 되는 치기를 부려 보았다.

싸도 싸도
채워지지 않는 것은
무엇을 담지
않아서였을까.

베란다에서 굴렁쇠 모양의 바퀴를 가진 32인치 가방을 방 안으로 가지고 들어왔다. 족히 한 달 전부터 설레는 마음으로 챙겨 놓은 짐가방이다. 난방시스템이 잘 갖추어지지 않은 스페인의 초가을 일교차를 대비한 옷가지를 꺼내고 40도를 웃도는 쿠바의 날씨에 걸맞은 알록달록한 옷을 가득 담았다. 초가을에 접어들어도 해수욕이 가능한 스페인의 남부 지방 여행을 대비해 구입한 손바닥보다 자그마한 비키니와 무작정 사 두고 입어보지도 못한 야시시한 여름옷은 다시 장롱 속으로 제 자리를 차지했다.

무얼 그리 챙겨 넣었을까. 불과 한 달 떠나는 휴가에 적절치도 않은 이민 크기의 가방이라니. 꾸역꾸역 싸 넣은 건 채워도 채워지지 않는 헛헛한 마음이었다.

친구들은 물었다.
"왜 하필 쿠바야?"
"글쎄..."

내가 살고 있는 곳에서 되도록이면 멀리 떨어진 곳, 휙 돌아오지도 못하리만치 심리적 거리가 먼 곳,

갑자기 동네가 떠나가도록 울어재낀다 해도 창피하지 않을 정도로 낯선 곳, 주정을 있는 대로 떨어도 외국인이라고 넉넉히 봐줄 수 있는 곳, 미친 듯 춤을 추고 있어도 의식할 필요 없는 곳, 무엇보다 발길이 낯설어 좋은 곳, 익숙하지 않아 좋은 곳. 그래서 떠난다. 지구 저 편 중미의 쿠바로.

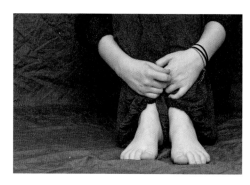

한동안 움직일 수 없었다.
아침, 점심,
저녁 해가 들고 나도.

모든 이별의 후유증은 같다. 사랑이란 것을 했다면 그 뒤의 흔적은 숨길 수가 없나 보다. 한동안 남들이 하는 이별 코스프레에 빠져 모든 의욕을 상실했다. 그나마 위안이 되는 것은 짧은 연애 기간이었다. 물리적 거리가 멀다 보니 함께 보낸 시간의 총량을 따져 보면 불과 반년이나 될까 서로가 바빠 자주 보지 못했으니 후유증을 이겨내는 데 조금은 수월하겠다고 위로해 보았다. 하지만 오산이었다. 연애의 감정은 시간이 아니라 온도였다. 얼마나 뜨거운 온도로 사랑했는가에 따라 이별의 시간이 결정되는 것이었다. 아침, 점심, 저녁 해가 들고 나도록 이불 안에서 주말 내 시름시름 앓으며 자연인처럼 살다가 몸을 일으켰더니 머리는 쉰내가 나고 견갑골과 등짝이 오그라들었는지 뻣뻣한 게 몸이 천근만근이다. 이불 시트를 가슴팍 위까지 쭈욱 끌어당기고는 일 년 내 쏟을 눈물을 쏟았다. 혀끝을 가만히 이불에 대어보니 짜디짜다.

왜 갑자기 식욕이 당기는 걸까. 자그마한 양재기에 밥 한 덩이 넣고 작년에 담가 폭삭 익은 신 김치와 참기름을 떠올리자마자 배에서 꼬르륵 소리가 난다. 양푼에 밥을 넣어 비벼 완성하기까지 불과 5분. 급히 먹었나. 끄윽 하니 깊은 트림이 올라온다. 시원하다. 누가 몸과 마음은 일체라 했던가. 마음이 힘든 것과 다르게 반응하는 이 식욕이란. 슬프게도 가족의 장례식을 치르고 난 후 당기는 식욕에 밥 한 그릇을 뚝딱 비웠다는 이야기가 남 일처럼 느껴지지 않는 하루다. 공감 100%다. 드라마에서 왜 스트레스를 받으면 양푼에 밥을 비벼 먹는지 이별이란 대단한 녀석을 맞닥뜨리고 나서야 알았다.

빨간색은
잠시나마 기분을
좋게 만든다.

명동에 나간 김에 다섯 가지 매니큐어를 사들였다. 정열적인 빨강, 바다색 닮은 파랑, 비가 주룩주룩 내리는 날 손톱을 장식할 차분한 회색, 숲 색깔을 닮은 초록, 그리고 평소에 하고 다닐 하얀색. 둘이 계획한 여행이 홀로 배낭여행으로 바뀌었다. 스페인에서 쿠바로.

'그래, 혼자 가자. 우아하게.'

"9월 5일 인천공항에서 쿠바 가는 비행기 표요."

"인천공항 발 쿠바 도착 캐나다 토론토 경유입니다."

"직항은 없나요?"

"네, 인천공항 발 쿠바 도착 직항 항로는 없습니다."

"소요시간은요?"

"총 18시간 30분입니다. 대기시간 2시간입니다."

"일반 좌석 아니 잠깐만요. 비즈니스석으로 발권해 주세요."

"한 분이신가요?"

"네..."

'나를 위한 여행을 떠나는 거야. 내게도 시간이 필요해. 홀로서기 위한 시간이... 아무도 나의 삶을 대신 살아 줄 수도 없는데 이렇게 코를 빠뜨리고 있기엔 내 인생이 너무 초라하잖아.' 마음속으로 주문을 걸며 '괜찮아, 괜찮아'를 연신 외쳤다.

떠날 때 필요한 건 약간의 돈과 비행기 티켓뿐. 이미 마음은 곤죽이 된 채 쿠바행 비행기로 향하고 있었다. 캐나다의 토론토로 향하는 첫 비행기다. 비행기 이륙이 한 시간가량 남았다. 비즈니스 클래스 라운지 창가에 앉아 그때 그 음악을 듣고 있다. 독실한 가톨릭 신자였던 그는 '헤수스 아드리안 로메로(Jesus Adrian Romero)'의 음악을 즐겨 들었다. 나 또한 가톨릭 신자였다. 한때는 종교적 색채를 띤 고요하고 은총 가득한 헤수스의 음악을 함께 들으며 미래를 꿈꾸었다.

'어?'

방송이 나온다. 쿠바행 비행기에 탑승할 시간이다. 잠깐 정신을 놓기라도 하면 누군가 그 틈을 비집고 들어와 사랑과 이별의 시간 속으로 나를 데려가 버린다. 누굴까. 이렇게 짓궂은 장난을 하는 이가. 깊은 한숨이 내려앉는다. 기내용 가방을 메고 탑승구로 향했다. 비즈니스석은 생각보다 훨씬 넓고 편했다. 파란 눈의 승무원이 나의 눈을 똑바로 맞추고 부드럽게 묻는다.

"Would you like orange juice or water?" (오렌지주스 또는 물 드실래요?)

"Orange juice please." (오렌지주스요.)

하얀 컵 받침에 받쳐 나온 오렌지 주스를 마시고 나니 어느새 코너를 돌아 이륙준비를 한다. '우두두두두' 가장 설레는 순간이다. 기체가 심하게 흔들리며 이륙준비 중이다. 생각해보니 이렇게 비행기를 타고 멀리 떠나왔던 경험이 처음은 아니었다. 그래서 이리 익숙했구나. 그땐 쿠바가 아니라 스페인이었다. 그를 처음으로 만났던 것이 어느새 벌써 3년 전의 일이 되어버렸다.

Leave, meet and love

02

회상① 스페인에서의 271일을 회상하다

플라멩코 춤처럼 사랑 표현도
달콤한 나라 스페인.

——

01_ 스페인에 도착하다

축구의 나라
플라멩코의 나라
스페인에 도착하다

　　10월 17일 스페인 마드리드의 바라하스 국제공항에
도착했다. 드디어 축구의 나라, 플라멩코의 나라 스페인에 발을 디딘
것이다. 지하철로 탑승 후 40분. 마드리드 스페인 광장 앞에 위치한
어학원이 보인다. 어학원 건물과 초록색 철제문 안의 목조 엘리베이
터가 고풍스럽다. 족히 한 세기는 넘어 보이는 붉은 벽돌 건물이다.
스산한 건물 내 2층까지 어학원이 있었고 내가 머물 기숙사 건물은 4
층에 위치해 있다. 70년대 무성영화에서나 나올 법한 목조 엘리베이
터에 내려 길게 드리워진 초인종 줄을 당기니 금발의 고수머리 아주
머니가 나를 반긴다. 러시아 아주머니다.

　"Cecilia(세실리아)?"

　"네. 안녕하세요?"

　"등록하신 한국인 맞죠?"

마드리드
스페인 광장 옆에 위치한
어학원 건물.

초록색 철제문 안의
고풍스러운 목조엘리베이터.

"네. 한국, 사우스 코리아, 남한이요."

"반가워요. 물론 남한이겠죠. 북한 친구
는 한 번도 본 적이 없어요. 난 이곳의 모든 살림을 맡아서 하는 출퇴근 도
우미예요. 아침과 저녁을 차려줄 거구요. 점심은 밖에서 세실리아가 해결
해야 해요. 음, 그리고 이쪽으로 와 봐요. 볕이 드는 방이 지금은 없네요. 조
금 좁겠지만 그래도 넓으니까 이 방을 줄게요."

스탠드 하나에
덩그러니 놓여있는
2인용 책상 하나.

나의 사랑스런
먹거리들.

한국보다 개당 2유로가
더 싼 염색약.

　음습한 방이다. 스탠드 하나가 저리 반갑기는 처음이다. 삐거덕 거리는 두 칸짜리 장롱, 얇은 흰색 시트가 깔린 1인용 침대, 스탠드만 덜렁 놓인 나무 책상. 그것이 그녀가 내어 준 방의 전부다. 도착한 날이 토요일이라 주말을 세고 월요일이나 되어야 어학원을 간다. 방을 배정받고 가장 먼저 한 일은 한국에서 실어 온 사랑스러운 먹거리를 장롱 가득 챙겨 놓는 일이었다. 된장, 고추장, 김, 선식, 라면까지 완벽하다. 혹시 유럽엔 염색약이 없을까 봐 준비해 온 염색약. 정보가 부족했다. 바리바리 싸 온 염색약이 이곳에서 더 쌀 줄이야.

긴장을 잠시 내려놓으니 커피가 그리워진다. 주방에서 커피를 만들었다. 자, 한국의 유명 바리스타 납셨다. 자격증은 없어도 나의 수제 바닐라 까페라떼에 열광하던 희은이가 문득 떠오른다. '어디 한번 만들어볼까?' 어디에서나 간단히 만들어 낼 수 있는 수제 바닐라 까페라떼의 진정한 맛은 믹스커피에 달려 있다. 스테인리스 그릇에 우유를 팔팔 끓이다 바닐라 시럽 또는 설탕 그리고 믹스커피를 섞어 달달하게 만든 후 거품이 훅 올라왔다 꺼질 때 불을 끄면 유명 바리스타의 바닐라 라떼에 뒤지지 않는 수제 라떼가 탄생한다.

부족한 대로 우유를 전자레인지에 넣어 2분간 덥힌 후 커피를 두 스푼 넣어 저으니 나름 괜찮은 까페라떼가 만들어졌다. 우유에서 나는 약간의 젖비린내만 제외한다면. 머그잔을 스탠드 뒤로 쭈욱 밀어 놓고는 한국에서 가져온 다이어리를 꺼내 첫 일기를 써 내려갔다.

방은 어둡고 건조했다. 그래서일까 마음에도 음지가 가득하다. 스페인어를 처음 시작했던 그때를 떠올렸다. 스페인어 시범 고등학교로 선정된 덕분에 열일곱 살 처음으로 '스페인어'란 녀석을 접했다. 발음도 이상하고 문법도 독특한 이 녀석은 마치 사랑을 구애하듯 아주 달콤한 언어였다. 그 분위기에 매료되어 직장을 다니면서도 스페인어의 끈을 놓지 않은 덕분이었을까. 스페인의 마드리드와 바르셀로나 지점으로 발령이 났으면 하는 꿈도 꾸어봤더랬다.

하지만 직장 내에서 모 고등학교에 모 대학으로 닿은 연줄이 가득한 인싸, 즉 골드클래스가 아니었던 나는 차라리 스페인 어학연수를 꿈꾸는 것이 더 현실적이었다. 스무 살 때부터 꾸었던 그 꿈을 이제야 이루게 되었다. 직장생활을 한참이나 하고 나서야 쟁취한 나의 버킷리스트, 세실리아! 스페인 마드리드에서 꿈을 펼치다.

가을비가 추적추적 내리니 고즈넉한 건물들이 놓인 거리를 한층 운치 있게 만든다. 썩 잘하지 못하는 스페인어로 어학원에 등록을 하고 레벨 테스트를 거친 후 같은 반의 친구들과 수업을 시작했다. 80kg은 족히 되어 뵈는 카리스마 있는 어조의 육중한 아주머니 한 분이 오시더니 원장 '마리아' 란다. 같은 반 중국인과 내게는 눈길을 열지 않고 연신 프랑스 아이와 스웨덴 아이에게만 눈을 맞춘다. 내 느낌일까. 차별당하는 이 느낌은. 여하튼 그렇게 나의 스페인어 도전기는 시작되었다.

잠들기 전 달력을 쳐다보니 어느새 이곳에 온 지 이 주가 흘렀다. 이제 슬슬 내 집처럼 편안해지는 기숙사를 떠나야만 한다. 한국 유학원에서 소개받은 어학원의 기숙사는 어디랄 것 없이 비싸다. 두 끼의 식사를 제공하고 수강생의 안전을 보장한다는 조건치고는 한 달에 210만 원이란 돈은 너무 과하다. 그래서 새 집을 구하고 있다.

풍경 곳곳에 수 세기 동안 전 세계를 지배해온
스페인의 위엄이 담겨 있다.

———

02 _ 인생에서 한 번쯤 스페인으로

한 번쯤 살아보자
삶 자체가 달달한
스페인에서!

스페인은 듣던 것보다 훨씬 매력적인 구석이 있다.

지중해 날씨를 가진 스페인, 여름엔 밤 11시, 겨울엔 9시가 되어야 해가 지는 나라다. 40도를 웃돌지만 건조한 여름 날씨는 늘 뽀송뽀송하고 잘 말린 옷감의 바스락거리는 촉감을 안겨 준다. 도대체 꾸물꾸물하다는 표현은 어울리는 날이 하루나 있을까. 하와이안 블루 색을 띠고 있는 하늘 덕택에 우울함이라곤 자리할 곳이 없다. 벤치에 앉아 커피 한 잔을 사이에 두고 너끈히 서너 시간 수다를 떠는 남자들의 마음 또한 결코 날씨와 무관치 않다. 어느 누가 이 날씨에 찌푸릴 수 있단 말인가. 태양은 삶의 질과 아주 밀접한 관련이 있다는 것을 새삼 실감한다.

시간 쪼개기의 달인인 나를 나무늘보처럼 늘어지게 만든 결정적인 것은 바로 '식사시간'이었다. 오전 9시쯤 가벼운 아침은 오렌지 주스와 크루아상으로. 오전 10시 30분쯤 본격적 아침은 바(Bar)에서 삼삼오오 이루어진다. 야채와 계란을 넣어 만든 토르티야, 올리브 오일과 발사믹 소스를 듬뿍 바른 바게트에 커피 한 잔이면 아침이 완성된다. 오후 2시부터 4시까지 걸출하게 맞는 점심은 수프, 와인을 곁들인 스테이크, 감자튀김, 달달한 디저트의 풀코스! 적어도 이 시간만큼은 칼로리 따위 의식치 않는 듯하다. 몸과 마음까지 살찌우는 행복한 점심이랄까.

그럼 저녁은? 스페인 여행을 다녀온 사람이라면 누구나 경악을 금치 못하는 그들의 저녁 시간은 만끽한 점심의 소화 시간을 감안하여 저녁 8시부터 시작된다. 일반 식당들도 8시는 되어야 문을 연다. 저녁을 먹고 싶다고 아무 식당에나 가서 메뉴를 주문하려 하면 "아직 오픈 전이에요. 우린 휴식 중이거든요. 8시까지 기다리셔야 해요."라는 거절을 심심찮게 당할 것이다. 그들의 저녁은 오후 8시부터 맥주나 와인과 함께 해가 저물 때까지 이어진다.

늘 저녁만큼은 가족과 하는 스페인에서는 대한민국에서 내로라하는 소문난 애처가 남편들도 명함을 내밀지 못한다. 스페인은 요리도 남편의 몫, 육아도 남편의 몫이니 말이다. 자상함으로 치면 절대 지존이다.

식사 공간 자체가 가족과 함께 하는 소통의 공간인 덕에 이들의 저녁 풍경은 아름답기까지 하다. 조금 보태서 영양분을 섭취하기 위해 20분간 꾸역꾸역 음식물을 위장에 넣기 바쁜 우리의 식습관 문화와 비교해볼 때 그들의 식사 문화는 예술에 가깝다. 풍경을 떠올려보자. 마치 특별한 날인 양 수프를 끓이고 오븐에 구워낸 풍미 가득한 스테이크에 온 가족이 둘러앉아 소소한 이야기를 공유하며 한껏 즐기는 그들의 모습을.

국제 축제로 수업 일수는
늘 부족하다는 스페인.

1년 연중 축제로 도시의 달뜬 분위기가 사라지지 않는 나라다. 발렌시아의 라스 파야스 축제, 토마토 축제, 빰쁠로나 지방의 소몰이 행사인 산 페르민 축제, 성 이시도로 축제 등 축제로 공부할 시간이 부족해 졸업이 유예된다는 나라가 바로 스페인이다.

어릴 적 꿈이었던 스페인 어학연수를 떠나왔지만 직장생활을 하고 있는 내게 이곳은 지친 마음을 달래기 위한 일종의 도피이기도 했다.

설령 도피라 해도 그런 것 따위는 중요치 않다. 어찌 되었든 나는 결론을 내리기를 '도피'라는 말을 쓰기에 스페인은 너무 환상적인 나라라는 것이다. 이토록 아름다운 나라로의 도피라니, 그 어떤 은유라도 적절치 않다.

수동적인 직장생활 가운데 한 번쯤 내가 오롯이 선택한 삶을 살아보고 싶었다. 시대가 좋아져 '워라밸(Work and Life Balance)'이라고 일과 삶의 밸런스를 맞추며 흉내 내보지만 잔무에 주말을 반납하는 직장인들에게 질적인 삶이 어디 가당키나 한 이야기이던가.

먼 이야기이지만 먼저 퇴사한 선배들의 삶을 보며 학습해 왔다. 마흔이 넘고 쉰을 넘기면서 자신이 선택하지 못한 삶의 아이콘들을 하나하나 눌러가며 회한에 젖으며 살아가는 선배들을 보며 나는 그렇게 살지 않겠노라 선언했다. 그래서 대기업 억대의 고액 연봉을 포기하고 이르디 이른 나이에 퇴사를 선택했는지 모른다. 특히 퇴사 몇 년 전, 선배들은 혹독한 바깥세상을 삼 개월만 경험하고 나면 뼈저린 후회를 할 것이라며 나의 어학연수나 '해외 살이'를 치기 어린 스무 살 내기의 그것처럼 취급했다. 그럴 때마다 오기가 생겼다. 용기보다는 조언을 하는 친구들을 보며 남과 다른 삶을 선택했다는 이유로 공감받지 못하는 대한민국의 문화에 염증을 느낄 때마다 더욱더 떠나고 싶어졌다.

독립유공자의 후손으로서 내 나라 사랑이 유별난 사람이 '나'다. 유대인을 뛰어넘는 민족은 대한민국 민족뿐이라고 다이내믹 코리아를 외치고 다니는 대한민국 예찬론자가 이런 생각을 하다니. 뭐, 내 나라라고 모든 것이 만족스러울 수는 없으니까. 그렇게 떠나온 스페인이다.

그런데, 이곳에 나의 운명적 만남이 기다리고 있을 줄은… Oh, my god!

쁘린시뻬 삐오(Principe Pio)에
위치한 고급 아파트.

03 _ 스페인 가정집 3개월 월세살이

고급 아파트 방 하나에
보증금 400유로
월세 400유로

마드리드 중심가에 400유로, 50만 원짜리 고급스러운 월세방이라니, 행운이다. 쁘린시뻬 삐오(PRINCIPE PIO)에 위치한 고급 아파트의 방 하나를 얻었다. 보증금 50만 원에 50만 원짜리 월세방이다. 들어가는 입구 화단도 잘 정돈되어 있고 경비도 철저한 곳이다. 운이 좋았다고 생각한다. 이 가격은 마드리드에서 술집들이 즐비한 시끄럽고 지저분한 빌라의 방 하나를 얻는 가격과 별반 차이 없는 가격이었기 때문이다.

"세실리아, 나는 아나(ANA)라고 해. 우리 집은 귀여운 개 세 마리를 키워. 얼마나 귀엽고 애교가 많은지 몰라. 베란다에서만 지내니까 걱정 안 해도 돼. 알레르기는 없지?"

"네, 저도 개를 좋아해요. 근데 개들은 어디 있죠?"

그녀가 손가락으로 베란다를 가리켰다. 이런. 귀엽다고 하기엔 덩치가 산만한 셰퍼드 한 마리가 베란다 쪽에 널브러져 있다. 놀란 척하지 말자 생각했다. '뭐, 그것쯤이야.' 어학원의 기숙사비 210만 원에서 160만 원을 매달 절감하고 사는 일이니 감수 안 되는 일은 없겠다. 스페인은 단기간 임대라 해도 3개월이 최저 기간이다.

창문을 열면
아침엔 해오름이
저녁엔 해거름이
내 곁으로.

약간의 폐쇄 공포증을 갖고 있다. 데이트한다고 자동차 안에서 서너 시간을 가다 보면 심장의 두근거림이 느껴진다. 버스를 타면 맨 앞자리 시야가 트인 곳에 앉는다. 카페에 앉아 공부를 할 때도 전면이 창문이거나 시끄럽더라도 야외 공간을 더 선호한다. 이런 내가 창문을 90도로 활짝 열어젖히면 해 뜰 녘과 해 질 녘을 만끽할 수 있는 방을 얻었으니 대만족이다. 창 없이 음습한 기숙사의 방에 비하면 호화롭기 그지없다.

부엌으로 들어가는 아나와 마주쳤다. 그녀의 무표정한 얼굴, 자글자글한 눈가 사이에 드러난 매서운 눈꼬리가 보였다. 순간 머리를 스쳐 지나가는 이 불안한 느낌은 무엇일까? 요즘 스페인으로 어학연수

오는 이들을 상대로 주인이 보증금을 돌려주지 않아 경찰서를 오가는 일이 잦다는 이야기를 얼마 전에 들었기 때문이다. 집주인이 보증금을 받고는 유학생들이 귀국할 때 즈음 전기세가 정산이 되지 않았다는 등 수도세가 많이 나왔는데 고지서가 없다는 등등의 이유로 보증금을 날름 드시고 있다는 것이다. 어느 나라를 가나 돈독 오른 주인들이 이민자들이나 유학생들에게 일삼는 일들이다. 우리나라엔들 없을까. 세입자가 꼼꼼히 챙기는 수밖에.

비록 세 평도 안 되는 방이지만 결론부터 이야기하자면 나 또한 주인아주머니의 올가미에 걸려 한동안 실랑이를 벌인 후 마지막 달 보증금을 뺏길 뻔했다. 잔머리를 잔뜩 굴려 월세의 반을 미루고 미루다가 전기세와 물세로 정산하면서 20만 원 정도의 손해로 그쳤다. 타국까지 와서 금전적 손실을 경험하다니 억울하지만 행정처리가 늦는 스페인에서는 경찰서에 신고를 하는 것 자체가 어리석은 일이다. 하지만 석 달도 되지 않아 집을 옮기려고 했던 진짜 이유는 보증금 때문이 아니었다.

내가 머물렀던 이 집은 정상적인 집이 아니었다.

소동이 끝나고 내 방 앞에서
잠든 녀석들.

04 _ 살벌한 집구석

그 녀석의
패인 목덜미 사이로
손가락이 쑤욱 들어갔다

새벽 2시가 넘었는데 누가 나의 방문을 열려고 한다.
덜컥 겁이 나 불을 켜보니 문이 덜컹거리고 있다.

"누... 누.. 누구세요?"

가만히 들어보니 인기척이 아니라 무엇인가 문을 박박 긁고 있다.
셰퍼드다.

"엄마야!"

문을 열자마자 손을 짚을 사이도 없이 바닥에 둔치로 내려앉았다.

한 마리는 문을 열자마자 방으로 뛰어 들어와 침대 위로 올라오고
두 마리는 어두컴컴한 마룻바닥에 뱃가죽을 댄 채 나를 의미심장하게
노려보고 있다. 덩치가 산만한 셰퍼드 세 마리가 새벽 2시에 나의 2m
반경 아래 모두 놓여 있다. 어찌나 놀랬던지 비명도 나오지 않는다.

갑자기 침대 위로 덤벼든 셰퍼드 한 마리와 사투를 벌이기 시작했다. 나의 얼굴과 목덜미를 마구 핥아대는 그 녀석의 애정 공세에 나는 양 귀를 뒤로 재껴 녀석을 간신히 제압했다. 목덜미를 바꿔 잡으려는 순간 물컹하니 살이 패인 곳으로 중지 손가락이 푸욱 들어갔다. 가만히 보니 녀석의 몸에 '옴'이 가득하다. 옴으로 곪아 터져 패인 상처에 손가락이 쑤욱 들어간 게다. 얼마나 씻기지를 않았는지, 얼마나 빗질을 해주지 않았는지 쭉정이 진 털은 예사요 살이 썩어 들어가 풍기는 악취가 방 전체에 진동한다. 집 안에서 안 키운다던 개들이 왜 내 방까지 잠입이 되었는지 나중에야 알았다. 개가 있으면 세입자를 받기 힘들다는 것을 알고 주인집 아주머니가 거짓말을 한 것이란 걸. 하지만 이 또한 시작에 불과했다.

아나에겐 남편이 있다. 나이 차이가 많은 연하 동거남이라 했다. 가끔 집에 들어와 저녁을 먹고 자고 가는 그녀의 동거남이 오는 날엔 유독 시끄럽다. 그들은 아시아에서 온 바싹 마른 여자가 방 하나를 얻어 머물고 있다는 것은 안중에도 없다는 듯 TV의 볼륨을 한껏 틀어 놓고 웃고 떠들었다. 밤 9시부터 시작되어 새벽녘에 끝나는 스페인의 늦은 저녁 문화와 수다스러운 민족의 특성을 알고 있었던 나는 그러려니 했다.

'인심 써주지. 아시아인들은 예의 바르고 배려심이 깊으니까.' 그들의 즐거운 저녁시간을 방해하지 않겠다는 그들을 향한 최대한의 배려였다.

잠을 청하려고 누우니 거실에서 전쟁터를 방불케 하는 소리가 들린다. 워낙 소리가 커서 그들의 이야기가 귓가에 외국어가 아닌 듯 단어마다마다 꽂혔다. 아주 정확한 발음으로. 이렇게 1년 살다 보면 원어민 수준의 대화를 익히는 데 어려움이 없겠다. 분위기가 심상치 않다. 접시가 깨지는 소리가 나더니 그녀의 자해 소동이 시작되었다. 추측해 보건대 깬 접시의 일부를 들고 손목이라도 그으려고 하는 모양이다. 여자의 울부짖음과 남자의 과격한 호통 소리가 필름을 빨리 감은 듯 한참 오가더니 갑자기 잠잠해졌다.

문을 살짝 열어보니 그녀가 남자를 위협하고 있었다. 깨진 접시 조각이 아니라 날이 시퍼런 칼이다. '어떻게 해야 하나? 경찰서에 연락해야 하나? 경찰서는 몇 번이지? 우리나라처럼 112인가? 아님 119? 911? 이럴 줄 알았으면 번호라도 알아두는 건데. 내가 나가면 위협당할까?'

도무지 머릿속이 백지장처럼 하얘져서 어떠한 결정도 내리지 못하고 있을 때 남자가 그녀를 뒤에서 안아 칼을 던져 버렸다. 이어 그녀는 주저앉더니 흐느끼며 운다. 이 무시무시한 상황이 종료되기까지는 두어 시간이 걸린 듯했다. 나는 그날 밤 한숨도 자지 못했다. 자칫하면 금방이라도 살인사건의 현장이 될 수 있었던 그곳. 겁에 질려 떨리는 손으로 짐 가방을 챙기기 시작했다. 무엇인가 툭 하니 떨어졌다. 계약서다. 아직 잉크도 마르지 않은 계약서다. 한시라도 떠날 수 있도록 계약서를 가방 안쪽에 쑤셔 넣고는 짐을 싸 두었다. '하느님이 보

우하사...'

한동안 그녀와 마주치지 않기 위해 어학원에 일찍 나갔다. 며칠 후, 아무 일도 없었다는 듯 아나가 부른다.

"세시, 차 한잔할래? 오늘따라 날씨가 화창하네."

그녀는 가끔 들러 자신을 위로해주고 가는 동거남을 진정 사랑하고 있다고. 스페인에서 동거 중인 이들을 보며 놀랄 필요는 없다. 충격적인 일도 아닌 것이 내가 다니는 어학원 80%의 선생님들이 동거 중이다. 동거를 해도 혹시 아이가 생기면 부모로서 아이에 대한 책임을 다한다. 그들이 결혼을 하기보다 동거를 선택하는 데에는 여러 가지 이유가 있다고 했다. 그러니 그들의 문화일 뿐 색안경을 끼고 볼 일만은 아니라는 생각이 든다. 가끔 그녀의 경우처럼 동거를 하는 사람이 다른 이성을 만나거나 오해가 생길 경우 이런 일이 벌어지는 것이 예사라고 한다. 요즘 일어났던 어마무시한 일이 그녀에겐 일상이라니.

그녀는 말을 이었다.

"우리는 서로 사랑하는 사이야. 그때는 내가 잠시 흥분했을 뿐이지. 그는 나를 정말 사랑하거든." 확실히 문화 차이란 표현이 맞다. 내가 그 사람들의 사랑방식까지 이해하기엔 버겁다. 이제 스페인에 온 지 얼마 되었다고 그들을 이해한다는 것은 장님이 코끼리 다리 만지듯 하는 것과 무에 다를까.

이 살벌한 집으로부터 언제 탈출할 수 있을까. 그 후에도 늦은 밤 그녀의 흐느낌은 종종 이어졌고 거세게 비난하고 싸우며 경찰서에 연락할 일들은 예사로운 일이 되어버렸다. 계약 기간이 남은 내가 할 수 있는 일이란 익숙해지는 일밖에 없었다. 거실에선 난동이 벌어지고 있고, 나는 방문을 걸어 잠그고 이어폰을 낀 채 전날 댄스 수업에서 배운 춤 연습을 하고 있는 코믹한 광경이 연출되었다. 그렇게 코믹한 광경이 일상이 되고도 손에 식은땀이 흘러 밤을 새우게 되는 일은 종종 벌어졌다. 지금도 알 수 없는 의문의 죽음을 그곳에서 보고 나서야 계약 기간을 포기한 채 집을 옮겼다. 그녀의 판정승, 아니 케이오승 (KO)이다.

수업을 일찍 마치고 돌아온 화요일이다. 그녀는 자신의 지인이라며 머리가 하얀 백발의 여자 한 분을 모시고 왔다. 아나는 외출할 때마다 지인이 있다는 가장 안쪽에 있는 방 하나를 손가락으로 가리키며 신신당부를 했다.

"절대 저 방문은 열지 마. 알았지 세시?"

며칠 후 주말 아침 그녀는 다급해진 목소리로 이야기했다. 안타깝게도 갑자기 집으로 모셨던 그 여자분이 숨을 거두었다고. 불과 하루 전만 해도 그녀와 도란도란 이야기를 나누던 지인이라는 그분이 숨을 거두었다고? 얼마 되지 않아 검은 의상을 한 몇 명이 찾아들더니 그녀의 시신을 들고 나갔다. 빼꼼히 열린 문틈 사이로 시체가 운구되어

밖으로 나가는 것을 목격한 후 머리가 쭈뼛이 서고 소름이 돋아 양팔로 어깨를 감싸 안았다.

날파리들의
호화로운 뷔페 장소.

곧 계약 기간이 끝나간다. 한시라도 빨리 나가고 싶다는 생각뿐이다. 아니 탈출이라는 표현이 더 낫겠다. 생각해보니 난 단 한 번도 이집의 주방에서 식사를 해 본 적이 없다. 부엌에서 저녁을 먹다 벌어진 동거남과 그녀의 살벌한 싸움을 목격한 이후로 트라우마가 남은 것도있지만 하루고 이틀이고 설거지를 하지 않아 따뜻한 거실로 찾아드는날파리가 나보다 발 빠르게 부엌을 선점했기 때문이기도 했다.

마치 셜록 홈즈의 탐정 소설을 경험하고 있는 듯했다. 이 집을 떠나는 데에는 다행히 그리 오랜 시간이 걸리지 않았다. 스페인어만 완벽했다면 이 스릴러물의 정체를 알 수 있었을 텐데 아쉽기 그지없다.

그와의 첫 만남은 화려한
무대였다.

05 _ 마드리드 국제 살사 축제에서
그를 만나다

그 사진 한 장이
한국의 내 방에 액자로 놓일 것이라는 것을
그땐 상상이나 했었을까

"Que ruidosos. Puedes tranquilaros?" (너무 시끄럽네요.
저기, 좀 조용히 해주시겠어요?)

"Disculpame, de donde eres? eres china?" (아, 죄송해요. 저 근데 어느 나라
분이세요? 중국인?)

"Soy coreana." (저, 한국인이에요.)

시큰둥이 대답을 하곤 고개를 돌렸다. 마드리드 인근에 위치한 아
란후에스 카지노 국제호텔. 인산인해(人山人海)다. 입장하기 위해 줄을
선 지 30분째다. 쉴 곳도 없는 호텔 로비다. 고문이 따로 없다. 뒤편에
줄 서 있는 남자 둘에 여자 하나의 시끄러운 수다 삼매경 때문에 안내
방송을 도무지 들을 수가 없다. 참다못해 짜증 섞인 한 마디를 건넸
다. 속이 편치 않다. 괜히 한국인이라고 했나? 그래도 한 소리 했다고
꽤 조용해졌지만.

밤 9시에 입장 후, 댄서들의 공연에 심취해 있는데 하필 뒤에서 수다를 떨었던 이들이 내 옆 좌석을 배정받았다.

"저, 콜라 한잔하실래요? 아님 맥주 한 잔 어떠세요? 아까는 죄송했어요."

"뭐, 괜찮습니다."

"아니에요. 저희들이 좀 시끄러웠죠?"

갈증이 심했던 터에 세 사람의 융숭한 맥주 두 잔으로 깔깔했던 마음이 풀려버리고 말았다. 콜라 한 잔에 해가 저무는 때까지 수다에 빠지는 것이 일상인 스페인 남자들에게 이 정도의 수다는 누군가에게 질책을 들을 만큼의 수다도 아니다. 누가 한국 사람들이 말 많다 했는가. 배틀이 벌어진다면 한국은 스페인에 완패다. 그 정도로 수다스럽고 말하기를 좋아하는 민족, 바로 스페인이다.

그 무리 중 한 남자는 자신의 이야기와 함께 나의 이야기를 물어 왔다. 더듬더듬 스페인어로 대답해주었다. 해외 지점이 많은 회사를 다니고 있는 덕분에 1년 휴가를 얻어 지금 마드리드에서 어학연수 중이라고, 스페인이라는 나라의 환경이 꽤 매력적이라 노후를 보내고 싶다는 이야기도 덧붙였다. 그도 이야기했다. 자신의 이름은 '안토니오'란다. 자신도 나와 같은 업종의 직장을 16년간이나 다녔고 지금은 마드리드에 살고 있다고. 같은 직종에 종사한다는 공통점 때문인지 말이 잘 통했다. 그는 잠시 이야기를 멈추더니 급하게 팸플릿 한 장을 찢어 그곳에 이름과 전화번호, 그리고 페이스북 주소를 적어 내게 건넸다.

"나의 오래된 친구 모리와 안젤라는 부부이고 전 혼자예요. 이곳에 산지는 오래되었죠."

"저는 세실리아예요. 아까는 제가 미안했어요. 너무 피곤했는지 예민했었나 봐요."

"아니에요. 아시아 사람들이 예의 바르고 조용하다는 건 저도 알아요. 참, 집이 '쁘린시뻬 삐오' 쪽이라고 했죠? 가는 방향이 같아요. 친구와 같이 갈 건데 바래다줄게요. 아까 일도 미안하고요."

"아니요. 택시 타고 가도 돼요."

"새벽 3시엔 위험하죠. 그래도 불편하면 안젤라가 운전하는 차 타구 가요. 같은 여자니까."

"고맙지만 사양할게요."

매년 계절별로
국제 댄스 축제가 열리는 스페인.

불편해서 그의 배려를 극구 거절했다. 모리와 안젤라가 기념사진을 부탁해 포토존에서 사진을 한 장 찍어주고 나오는데 안젤라가 나의 팔을 붙든다.

"이것도 기념인데 사진 한 장 찍어요. 괜찮죠?"

얼떨결에 그와 나도 한 장 찰칵! 그 사진이 한국의 내 방에 액자로 놓일 것이라는 것을 그땐 상상이나 했었을까.

택시를 타고 오는 길, 분주했던 아침을 떠올렸다. 스페인에 와서 처음으로 달뜬 시간을 맞았다. 전날까지 무료함에 빠져 있었던 나는 신기루라도 발견한 듯 신이 나서 한국에서 준비해 온 댄스화를 털고 닦아 가방에 넣고 있었다. 라틴문화를 가지고 있는 나라의 민족들은 모두 춤을 춘다. 라틴 댄스인 살사, 바차타, 키솜바는 스페인과 중남미 여행을 하다 보면 남녀노소 할 것 없이 추는 평범한 사교댄스다. 아르헨티나로 넘어가야만 집시들의 애환을 달래주며 반도네온에 맞춰 추는 탱고 정도가 다를까. 어느덧 살사 댄스를 춘 지 십 년이 가까워진다. 그런 내가 스페인에 와서 춤을 추지 않는다면 그도 아까운 일이 아니던가. 어쩜 내게도 거슬러 올라가면 중남미나 스페인계의 피가 흐르는 조상이 있지는 않을까. 고조부의 고조할아버지쯤.

23만 원 거금을 투자해
꿈꿔왔던 댄스 축제에 참여하다.

이곳에선 매년 계절별로 국제 댄스 축제가 열린다. 우연히 발견하게 된 국제 살사 축제의 포스터! 이름하여 '마드리드의 감성과 함께하는 국제 살사 축제(FESTIVAL INTERNACIONAL CON Sentimiento DE MADRID)' 다. 스페인의 마드리드 중심가에 위치한 호텔에서 열리는 댄스 축제의 티켓 값은 150유로. 20만 원이 넘는 비용을 아낌없이 투자해 팔뚝에 은회색 팔찌 하나를 걸었다. 입장용 팔찌다. 한 번은 타국에 나와 유명 댄서들과 미친 듯이 추어 보리라. '에디 또레스

보라색 옷을 입은
세계적으로 유명한 댄서
'에디 또레스(EDDIE TORRES)',
군대 빡빡머리는
그의 아들 '에디 또레스 주니어'.

60이 넘은 노장의 댄서 인기는
식을 줄을 모른다.

(Eddie Torres)' 같은 거물급 전설의 댄서가 나오는 축제이니 이 정도 금액이면 아깝다 이야기할 수도 없는 것 아닌가. 대한민국 아니 아시아에선 이런 축제가 물 건너오지도 않으니 말이다. 첫날 축제는 가볍게 댄스 마스터 클래스만 열렸다. 3박 4일간 열리는 축제이니만큼 에너지를 비축하는 듯했다.

"아가씨, 정문 앞에 도착했습니다."

사랑을 확인하는 징표
KISS.
──
06 _ 기습 '프렌치 키스'

가볍게 나의 턱을 받쳐 올리곤
그의 두툼하고 부드러운 입술이
나의 입술에 닿았다

     스페인에서의 유학 새활은 세 가족을 만나게 되며 풍요로워졌다. 외로움을 느낄 새도 없이 하루가 지나갔다. 하루하루가 몽실몽실 꿈 위를 걷는 듯 행복하다. 오전 9시부터 1시까지 어학원 수업을 마치고 나면 모리와 안젤라의 집에서 함께 쿠키를 구워 먹거나 호세의 집에서 깨물어주고 싶은 귀여운 아이들의 숙제를 봐주기도 했다. 신기했다. 스페인에서의 학습은 내 나라 대한민국과 차이가 많이 났다. 우리나라 초등학교 3학년 수업을 그들은 5, 6학년 정도 되어야 배우는 것 같다. 덕분에 산수 실력이 뛰어난 아시아 선생님으로 등극했다. 그들은 나보고 혹시 '하버드 대학교'를 나온 것은 아니냐며 극찬을 아끼지 않았다. 호세는 극성스런 자신의 아이들이 내 말만큼은 잘 따른다며 돈으로 성의 표시를 했지만 사양했다. 타국에 와서 그들의 호의 속에서 편하게 지내고 있는데 되려 그들로부터 돈을 받는다니 말이 되지 않는다. 주말이 되면 그들은 자신들의 삶 속으로 나를 데려갔다. 그들의 문화 속으로 스며들어가 그들만이 향유하는 삶을 진득하니 경험하는 그 맛은 누구나 쉽게 가질 수 있는 행운이 아니다. 스페인 사람들의 삶을 제대로 느껴 보았던 것이 내 삶에 어떠한 영향을 미쳤는지 시간이 훌쩍 지나고 나서야 알게 되었다. 참 합리적이고 매력적으로 살아가는 그들, 무엇보다 연인이 또는 부부가 어떻게 존중해 주고 배려하며 살아가는지를 보고 배우며 나 또한 누군가와 결혼하면 저렇게 살아 보리라 생각했다. 가슴 깊이 잔상이 남는다.

모리와 안젤라 그리고 다른 가족들은 이미 페이스북 친구가 되어 있었지만, 안토니오는 '친구 추가'를 하지 않았다. 혼자라는 말이 부담스러웠다. 좋은 친구라고 경계심을 갖지 말라는 모리의 말을 듣고 나서야 페이스북 친구가 되었다. 두어 달이 훌쩍 지난 후였다. 그날, 메시지가 하나 떴다. 그가 정중하게 저녁 초대를 했다. 순간 주춤했다. 현지인들과 저녁 먹는 것이 뭐 그리 어려운 일이라고 이 난리인지... 시간 나면 저녁을 함께하자고 답변을 주었다. 그저 가볍게 저녁 한번 하자는 현지인의 제의에 지나치게 민감했던 내 모습에 웃음이 났다. 긴장감이 풀렸다.

크리스마스 분위기가 물씬 풍기는 쁘린시뻬 삐오 중심 상가에서 낮 기운이 채 가시지 않은 오후 8시에 그를 만났다. 스페인식 두 번의 양볼 키스 인사 후 짓궂은 그가 왼쪽 팔을 내민다.

'웬 팔짱?'

유럽의 명절 '크리스마스'
크리스마스 분위기가 물씬 풍기는
쁘린시뻬 삐오 중심 상가.

 어색한 분위기를 상쇄하려는 듯 장난을 치는 그를 한 보 앞서가며
식당까지 걷자고 이야기했다. 그가 차를 가지고 오긴 했지만 동승은
사양했다. 차 안의 좁은 공간 안에 둘이 있다는 것은 마치 모든 상황
의 주도권을 그에게 쥐여주는 것과도 같다. 내가 여자라는 것과 이곳
이 객지라는 것을 스스로 상기시켰다. 차는 역 주차장에 세워 두고 함
께 걸었다. 얼마나 걸었을까? 뿌에르타 델 솔(Puerta del sol), '태양의
문' 거리까지 족히 1시간은 걸은 듯했다. 제법 많은 이야기를 나눴다.
조용하고 차분한 외모와 달리 유머가 많은 그와 많은 이야기를 했다.
가족 이야기며 형제들 그리고 친구들과 있었던 에피소드들, 나 또한
한국의 그리운 가족 이야기를 수개월 풀지 못했던 보따리라도 풀 듯
꺼내 놓았다.

 "그들은 잘 지내고 있어요?

 "아, 모리와 안젤라? 네, 잘 지내죠. 그들은 정말 좋은 친구들이에요. 게
다가 호세 부부도 좋은 사람들이죠. 그들의 아이들은 제가 거의 다 키웠어
요. 마치 제 아이들과도 같아요"

한참을 걸었더니 배가 고팠다. 그가 묻는다.

"뭐 먹고 싶어요? 고기? 아님 생선?"

"음, 스테이크요?"

소고기 음식점에 들어갔다. 한 끼에 십만 원이란다. 너무 비싸다. 아무리 초대받은 저녁이라 해도 비싼 음식점에서 식사를 한다는 것이 초면의 만남에 부담으로 작용했다. 다시 나와 뷔페에 후식까지 나오는 저렴한 중국 식당으로 그의 팔을 잡아끌었다. 시간이 흐르는 줄도 모르고 대화를 나눴다. 스페인에 도착해 이렇게 목젖이 보이도록 아이같이 깔깔대며 웃어본 건 처음이다. 스페인 식당답게 오후 10시에 새로운 손님이 바글바글 들이닥친다. 11시에 일어났다. 집까지 다시 걸었다. 갈 때와 달리 다리가 후들거린다.

주차장에서 차를 꺼내 와 바래다주었다. 저녁을 먹기 전까지의 긴 장감은 사라진 지 오래다.

찰칵! 문이 잠겼다.

"엇!"

그는 나의 목을 당기더니 입을 맞추었다. 나의 두 눈은 놀라 커지며 그를 밀쳤지만 건장한 남자의 팔 힘을 제압하기엔 역부족이었다. 이미 그의 품 안에 나의 작은 몸 하나가 들어가 있다. 그의 왼 팔은 나의 몸을 강렬하게 더 끌어안았고 오른쪽 손으로는 나의 턱을 부드럽게 받친 후 프렌치 키스를 시도했다. 그의 눈은 감겨 있었다. 강렬한 키스는 이내 점점 부드러워졌고 오랜 시간 이어졌다.

'키스는 사랑의
시작을 알리는 종소리,
그래서 키스를 하면 종소리가
들린다고 하잖아'.

그의 두툼한 입술이 나의 아랫입술을 살며시 물었을 때 비로소 그와 나의 가슴이 자분거리고 있다는 것이 느껴졌다. 한 뼘 정도 떨어진 그 공간이 멋쩍었는지 그가 나의 손을 심장으로 가져가며 이야기한다.

"세시, 나의 심장이 마구 뛰어."

"안토니오, 잠깐만요. 아직은…"

"알아요. 당신 눈빛에서 읽혀요."

"누군가를 새롭게 만난다는 것이 부담스러워요."

"서두르지 않을게요."

"미안해요."

"친구가 되어 줄게요."

"친구요?"

"네. 친구요. 스페인에서의 생활이 녹록지 않을 거예요. 도와줄게요."

".... 고맙지만."

"세시, 오늘 일은 사과하지 않겠어요."

그는 아파트 앞에서 오늘을 잊지 말아 달라며 가볍게 볼 키스를 하고 돌아섰다. 나의 몸이 휘청하더니 축 늘어진다. 그에 대한 호감만으로 새로운 사랑을 시작할 수는 없는 일이다. 누군가를 만나고 헤어지는데 지친 탓이다. 나의 꿈이 현실로 다가든 스페인에서 습관처럼 반복된 일을 다시 경험하고 싶지 않았다. 누군가와 했던 사랑 탓에 사랑이 지긋지긋한 그 무엇이 되어 있었다.

이사 온 에콰도르 이리스(IRIS)네 집.

___

07 _에콰도르 가정집으로 이사하다

매일의 평범한 일상이
특별한 하루를 만들어내는
스페인의 마법

2월 말 경, 겨울 기운이 가신 지 오래다. 꽃샘추위로 며칠에 한 번씩은 두꺼운 점퍼를 입었다 벗었다 해야 하는 삼한사온 현상 따위는 이곳에 존재하지 않는다. 그냥 따뜻한 봄이다. 태양의 나라답게 오후엔 반팔을 입어도 무리 없다.

최근 이사를 했다. 오싹하고 살 떨리는 스페인 아주머니 댁에서 나와 에콰도르 가정집에서 지내게 되었다. 여자 혼자 아이를 키우는 싱글 맘인 '이리스(IRIS)'는 마음이 넉넉한 집주인이다. 게다가 이삭이라는 4살짜리 남자아이가 어찌나 귀여운지 나의 말동무 친구로도 손색이 없다. 아니 더 솔직히 말하자면 내가 그 녀석의 놀잇감 정도랄까. 이곳에서 나고 자란 시간이 4년이니 스페인어 실력은 말할 것도 없이 나보다 더 출중하겠다. 때때로 고 귀여운 녀석이 가끔 나를 당황케 한다.

저녁으로 김치찌개를 준비하고 있었을 때다.

"엄마, 까까 냄새 나."

"이삭, 그러는 거 아니야. 세시 누나한테 미안하다고 해야지. 얼른."

스페인에서 까까(Caca)는 '똥'이다. 아마 김치 뚜껑을 열고 푹 올라오는 익은 냄새가 배설물 냄새 같은 모양이다. 이삭의 철부지 같은 행동에 이리스는 역정을 내보지만 네 살배기 천방지축 꼬마 남자아이를 엄마인들 당할까.

이리스는 아이를 키우는 데다 들쭉날쭉 낮밤 교대의 일을 하기에 나의 밤 귀가는 여간 조심스러운 것이 아니다. 한번 깨면 다시 잠들지 못하는 잠귀가 예민한 이리스를 위해 최근 출근 도장 찍듯 나갔던 살사 바의 출입 횟수를 현저하게 줄였다. 매일 보며 부쩍 친해진 모리와 안젤라의 댄스 수업만 빠지지 않는다. 삼 개월간 우리 모두는 남자들의 '거시기 친구'처럼 매일 붙어 다녔다.

자동차 정비소를 운영하는 모리와 치과 직원인 안젤라, 마드리드 토박이 경찰관인 호세와 가정주부 마르따, 큰 미국식 레스토랑을 운영하며 레인지로버를 타고 다니는 겸손한 하비에르와 제시카, 이렇게 세 부부가 가는 곳엔 안토니오와 내가 늘 초대되었다. 속 이야기를 털어놓은 후 한층 친해진 안토니오는 나를 매너 있게 대했다. 나를 당황케 하는 '나쁜 손' 따위는 없었다.

교외나 들로 나가서
먹고 즐기는 소풍의 일상.

매 주말이 다채로웠다. 오븐에 갓 구운 빵과 렌틸콩을 삶아 세 시간
여 만든 따끈한 야채수프에 커피를 내려 대나무 소풍 바구니에 담아
와 레띠로(RETIRO) 공원에서 한나절을 보냈다. 레알 마드리드와 바르
셀로나 FC 축구팀의 경기가 있는 날이면, 바(Bar)에서 맥주를 사발로
들이키며 목청이 찢어져라 응원에 가세를 하기도 했다. 축제와 휴일
이 겹쳐 긴 나들이가 가능할 때면 세계의 휴양지 발렌시아(Valencia)로
네 시간을 넘게 달려가 해변의 나들이를 즐겼다. 그들은 마치 나를 한
가족인 양 소풍과 저녁 식사에 심지어는 그들만의 숙연한 종교 행사
인 성당 미사와 세례식까지 초대해 함께 했다. 그렇게 시간이 흘렀다.
세 가족이 내게 전해 준 사랑을 어찌 잊을까.

오늘은 모리와 안젤라가 가르치는 바차타 수업이 있는 날이다. 이
부부의 두 번째 직업은 댄서다. (스페인뿐 아니라 인접해 있는 프랑스에서도
한 사람이 두 개의 직업을 가지는 일은 흔하다) 일주일에 두 번, 가끔 마스터
클래스를 운영하며 댄스를 가르친다. 오늘은 그들의 수업에 참여하는

날이다. 10시부터 강습이 있다. 안토니오는 일이 늦어져 나는 모리의 차를 타고 강습소로 갔다. 조금은 낯설었다. 아직 현지인들과 말을 자유롭게 나누기에는 두려움이 있는 까닭이다. 강습은 시작되었는데 그가 오지를 않는다. 잠시 후, 그는 숨도 고르지 못하고 들어왔지만 이미 남녀 파트너가 정해진 탓에 나는 그와 춤을 추지 못했다. 안토니오와 춤을 추고 싶었는데… 춤만 추면 그의 전신 뒤로 커다랗게 생기는 아우라를 느낀다. 아무리 생각해도 그의 몸 안에서는 댄서의 피가 흐르는 듯하다.

끝나지 않은 군사 독재의
희생양이었던 그 사람.

08 _ 그는 스페인 망명자였다

손을 스쳐 복부로 이어진
울퉁불퉁한 총상의 흔적이
선명히 보였다

최근 안토니오가 이사를 했다. 이사 간 집은 마치 신혼
부부를 위한 맞춤형 설계라도 된 듯 낡은 구석 없이 매끈하다. 햇살
가득 큰 창을 끼고 있는 안방 하나에 작은 방이 있는 새 집이었다. 새
냉장고, 새 소파, 새 TV, 깔끔한 성격의 그는 주부처럼 청소하는 데
시간을 많이 할애했다. 그가 집들이 초대를 한 날, 다른 이들은 쿠키
를 구워 오고 나는 두루마리 휴지를 사가지고 그의 집을 찾았다. 이미
많은 짐들을 그의 성격처럼 적재적소에 정리를 마친 후였다. 하긴 그
네들의 짐은 톤 단위의 트럭을 불러야만 옮길 수 있는 우리네 짐과는
차원이 다르다. 짐이 참 겸손하다.

"한국은 말이야. 휴지가 풀리는 것처럼 술술 풀려 부자 되라고 휴지를 선
물해."

"아시아의 문화는 재밌어. 고마워. 스페인은 그런 문화는 없어. 함께 어
울려 먹고 마실 것들을 준비하거나 가벼운 소품들을 선물해."

벅적거리던 손님들이 한 차례 떠나고 그는 잠시 나의 손을 이끌더니

"세시, 난 오늘 너에게 중요한 것을 이야기할 거야. 듣고 놀라겠지만 너에게만큼은 말하고 싶어. 실은 모리와 안젤라 그리고 호세 부부도 모르는 일이야. 아마 너에게 처음으로 하는 이야기일 거야."

"…… 무슨 이야기인데 그렇게 진지해?"

황토색 가방 안에는 A4용지의
서류들이 잔뜩 들어 있다.

그는 장롱 위 커다란 이민 가방 안에서 황토색 가방 하나를 꺼내 놓았다.

"세시, 스페인어 이제 제법 잘하지? 이 서류들 함 읽어봐. 읽을 수 있을 거야."

그가 내 손에 들려준 서류는 공공기관의 공문처럼 글자 하나하나의 간격이 일정하게 정돈되어 보였다. 눈물이 그렁그렁 맺히다 때때로 분노에 찬 모습을 반복하는 그의 모습에서 살아온 삶이 예사롭지 않았음을 예측할 수 있었다. 오랜 시간 자리를 뜨지 못하고 문서들을 읽어 내려갔다. 곁들이는 그의 이야기와 함께.

상상해 보지도 못한 삶, 살아내야만 했던 삶, 기구하다 못해 안타까운 삶, 그런 삶을 살아왔다. 그는 원래 스페인 사람이 아니라 '망명자'였다. 국적은 스페인이지만 본 태생이 콜롬비아다. 이상할 것도 없다. 600여 년간 세계를 정복해 온 이 나라에서 이민자의 비율이 80%이니 온전히 스페인 태생자를 마주친다는 것 또한 드물다. 거리 곳곳을 다녀보면 얼굴형과 색깔이 전혀 닮지 않은 나라가 바로 스페인이다.

그는 보고타에서 태어났다. 일찍이 전역해 매달 군인연금으로 불편한 것 없이 생활하는 아버지, 그는 미국에서 수입되는 고급 양주를 매일같이 들이켜서 취하지 않은 모습의 아버지를 상상하기 힘들다고 했다. 스물여섯 살에 심장병을 앓기 시작해서 여러 차례 수술을 하면서도 5형제를 낳아 잘 키운 어머니. 그중 둘째 쌍둥이 형제 중 한 사람으로 태어난 그가 바로 '안토니오' 였다.

콜롬비아 대학 회계학과를 졸업했다. 졸업 후 형과 함께 보고타 중심에 있는 대형 건물에 자그마한 투자 은행을 설립했다고 한다. 당시 은행이 많지 않았던 터에 거액을 가진 투자처의 모집으로 16년 동안 은행의 재무는 탄탄했다고. 그런데 당시 콜롬비아는 마약과 게릴라의 무장투쟁, 테러리즘, 살인 등 폭력범죄, 조직범죄와 납치문제 등으로 치안이 불안한 상태였다. 대표적 좌익 게릴라 세력인 FARC(좌익 무장 혁명군) 이외에도 극우 민병대(AUC) 세력 증강으로 치안 불안이 증가하고 있다가 2002년 8월 취임한 우리베 대통령의 정책으로 그나마

무장 게릴라의 주력이 약화되었다고 한다.

문제는 그와 형이 운영하고 있는 은행이 좋지 않은 군 조직의 배후가 되며 정치적인 문제까지 가담하게 되었다는 것이다. 결국, 군 조직으로부터 어마어마한 금액을 상납하라는 협박과도 같은 요구에 그는 '폐업'이라는 과감한 결정을 내리게 된다. 더는 고객의 자금이 비도덕적으로 유출되는 상황을 감내하기가 힘들었던 것이다. 그는 모든 고객의 자금을 합법적으로 해결한 후 한 장의 공문을 받게 된다. 지금 그가 내게 내민 공문이 바로 그것이다.

끊임없이 이어지는
콜롬비아 항쟁.

공문의 내용은 한 달의 시간을 주겠으니 이 나라를 떠나라는 강제 추방 명령과도 같은 것이다. 30일이 지난 후에 이 나라에 있는 것을 알게 된다면 즉시 사살할 것이라는 공문이었다. 거리에서 발견되는 즉시 총살형이라니 그것은 우리나라로 치면 과거 군정부 시절 군의 명령을 어기었다가 쥐도 새도 모르게 사라진다는 그 이야기와 사뭇 다르지 않다.

평온하게 살아온 그의 삶에 이젠 더 지체할 수 없는 고통스러운 선택만이 남아있다. 어떻게 이별한다 해도 가족과 이별하는 시간에 충분한 시간이란 존재할 수가 없다. 특히 심장병을 얻어 매일 12시간 산소 호흡기를 끼고 지내야 하는 어머니와의 이별은 그에게 가장 큰 고통이었다. 단지 그에겐 작별 인사를 나눠야 하는 최소한의 시간만 남았을 뿐이다.

떠나기 전, 부모님에게 사업 확장으로 외국에 급히 나가게 되었다고 거짓말을 했단다. 이어 잠든 어머니에게 마지막으로 남긴 굿 나잇 키스.

"미주 지역이 아닌 유럽의 각 대사관에 망명 신청을 해 놓았어. 가장 먼저 망명 신청을 받아 주는 곳으로 떠날 채비를 했지. 답변을 받는 데까지 적잖은 시간이 걸렸어. 불안해서 외출은 절대 하지 않았다가 대사관에 가기 위해 동료이자 대학교 친구인 빠블로(Pablo)와 거리를 지나는데 군인을 맞닥뜨린 거야. 이미 지명수배자로 벽보에 사진이 붙어 있던 터라 위험하기 그지없는 상황이었지. 나를 발견하고 총구를 겨누는 모습을 보자마자 친구를 밀쳐내고 나도 최대한 몸을 낮춰 뒹굴었지. 친구는 몸을 재빨리 피했지만 나는 한발 늦어 총상을 입게 된 거야. 피가 얼마나 나는지 그런 건 확인할 새도 없었어. 그냥 복부에서 따뜻한 그 무엇인가가 흐르고 있다는 것만 느꼈지. 도망쳐 몸을 숨기기에 바빴던 거야. 신이 도왔어. 총알이 손을 스쳐 갈비뼈 아래 늑골 부분의 살점만 통과해 빠져나갔더라고."

"다행이다. 수술했어요?"

"아니. 복부에서 걸쭉히 흘러내리는 피가 티셔츠를 적시고 있었어도 병원에서 상처를 치료하다가는 자칫 군인들에게 발각될 수 있는 상황이라 상처 치료도 여의치 않았어. 의사였던 대학 동창의 집에서 치료를 받고 집으로 돌아왔지. 그때 결심했어. 더 이상 내 나라에선 발붙이고 살 수 없다고 말이지. 자포자기했어. 이러다간 내 생명뿐 아니라 온 가족이 위험할 수 있다고 생각했으니까."

"설마, 가족까지…"

"군 정부의 명령은 법이야. 며칠 후 전화 한 통을 받았어. 이탈리아에서 망명 신청을 받아들인 거야. 기다리는 망명이었지만 기뻐할 수도 없었어. 가족을 떠나야 했으니까. 다행인 건 내가 가지고 있는 양호한 재무상태, 대학 졸업 이력, 운영했던 사업체의 현황을 모두 조사한 후 나의 망명을 흔쾌히 받아들여 줬다는 거야."

그는 말을 잇기 힘든 듯 긴 숨을 내어 쉬었다. 십 년 가까이 아무에게도 하지 못했던 이야기를 꺼내어 놓는다는 것이 어찌 쉬웠을까. 그는 갑자기 오열을 했다. 이내 잠시 마음을 추스르더니 말을 이었다. 불과 1년 만에 10kg이 빠졌다고 했다. 살아내기 위해 노력했다고.

"비행기를 타고 내리자마자 이탈리아 대사관에서 나온 두 사람이 경호

해 줬어. 특급호텔에 데려다주고 24시간 감호가 붙었지. 그들은 내게 정말 친절했어. 잠자리와 먹을 음식 그리고 머물게 될 때 필요한 모든 것들을 해 주었지. 하지만 난 삼일 동안 문밖을 나가지 않았어. 죽고만 싶었거든. 떠나 온 가족들이 그리웠고 단 한 번이라도 가족의 얼굴을 볼 수만 있다면 총살이 아니라 더한 것으로 세상을 떠난다 해도 괜찮다는 생각이 들었지. 근데 살아지더라고. 아니 살아야 된다는 생각이 들더라고. 살아야 만날 수 있으니까."

죽고 싶을 만큼 힘들었지만 기다리는 사람들이 있었기에 살아내야 했던 그 사람. 이탈리아는 다행히 그가 살아내기에 나쁜 환경은 아니었다고 했다. 맞다. 이탈리아어와 스페인어는 사촌 지간처럼 많이 닮은 언어다. 발음이 비슷하고 어미 변형 또한 닮아있다. 생활을 함에 있어서 언어의 장벽은 크지 않았으리라. 그는 이탈리어를 쉽게 구사하게 되었고 우울하게 견녀 낸 시간이 이 년을 지나고 있을 때, 스페인에서 망명을 하겠냐는 요청을 받았다고 했다. 과거 스페인으로의 망명 요청을 검토한 모양이다.

"내게는 더할 나위 없이 반가운 망명이었어. 두 번째의 망명이 스페인이라 얼마나 다행인지. 스페인은 이민자가 많은 나라인 데다 같은 언어를 쓰는 덕에 스페인어권 중남미 국가의 사람들이 많거든. 나는 이 나라에서 인정을 받아 제법 빨리 시민권을 얻었고 좋은 친구들과 가족만큼 따뜻한 가족 아닌 가족을 얻었어. 직장도 만족스럽고."

문득 떠올랐다. 파티가 있던 그날, 친구들에게 안토니오의 소식을 물으니 그에 대해 속속들이 아는 이가 아무도 없어서 크게 놀랐던 경험이 있지 않은가. 십 년을 만나 온 가족 같은 친구들임에도 불구하고. 그만큼 그는 자신에 대한 이야기를 철저히 숨겨왔다.

"언제까지 주변 사람들에게 이야기를 하지 않으려 했어? 아무도 너의 가족에 대해 모르더라고. 다들 너를 가족 하나 없는 혈혈단신으로 알고 있던데?"

"언제까지? 콜롬비아의 군사 독재 정치가 마무리될 때까지 이야기할 수 없었어. 혹시라도 가족이 위험해 처하거나 추방당할까 봐."

콜롬비아에서 태어나 이탈리아에서
스페인으로의 망명까지.

스페인에서 그는 자리를 잡아갔다. 콜롬비아를 떠나온 지 수 해가 지나고 또 이탈리아를 떠나 온 지 수년이 흐르는 동안 그는 제2의 삶을 이곳에서 나고 있었다. 하지만 콜롬비아로의 입국은 여전히 자유롭지 못하다. 그곳의 정치 상황이 바뀔 때까지 오랜 시간을 기다려야만 하니까. 5년이란 시간을 기다린 후 처음으로 부모님 얼굴을 뵈었다고 하니 그 마음이 어땠을까는 감히 상상이 된다. 저리도 선하고 평온해 보이는 얼굴 뒤에 그런 모습이 있었다니...

큰 방의 침대 위가 작은 서류 가방에서 내놓은 서류들로 가득했다. 서류들 사이에서 그가 꼬옥 거머쥔 사진 한 장이 눈에 띄었다. 가족사진이었다. 누군가의 생일이었는지 생일 케이크를 둘러싸고 웃음 짓는 부모님과 형제들의 모습이 눈에 띄었다. 지금의 그에게선 열정적으로 춤을 추던 모습도, 친구들과 두세 시간을 수다스럽게 이야기하며 웃고 떠들던 순진한 어린아이 같은 모습도 보이지 않았다. 슬픔에 가득 찬 얼굴로 있는 힘껏 눈물을 참아내는 사십 대 중년의 남자가 있을 뿐이었다. 자신의 의지와 상관없이 생이별을 한 사람 가운데 '가족'이란 이름 앞에서 당당할 수 있는 자가 몇이나 있을까.

"언제 콜롬비아로 돌아갈 거야?"

"이번 정권만 바뀌면 편안한 마음으로 돌아갈 수 있을 것 같아. 그런데 그런다 해도 이곳에서 살고 싶어. 부모님은 자주 찾아뵈면 되고 이곳에서 계속 살 거야. 스페인은 생각보다 참 아름다운 나라야. EU 국가의 많은 사람들이 노후를 스페인에서 보내고 싶어 해. 따뜻하고 평화로운 곳. 이탈리아도 아름답지만 스페인과는 좀 다르더라고. 난 스페인이 좋아. 이미 가족과도 같이 지내는 친구들도 있고 말이야. 하지만 나에 대한 이야기는 하지 말아 줘. 아직은 불안해."

"그래, 이야기하지 않을게. 내가 지내보니 스페인은 살기가 참 좋은 나라 같아."

"내 이야기를 들어줘서 고마워. 너에게만큼은 나에 대한 어떠한 것도 숨기고 싶지 않았어."

"왜? 하필 나한테?"

"그냥."

"아냐, 그 어려운 이야기를 해 줘서 내가 고맙지. 힘든 시간을 잘 인내했네. 나라면 어떠했을까. 지금도 믿기지 않아."

갑자기 그는 입고 있는 티셔츠를 쑤욱 들어 올려 자신의 손을 복부에 가져다 놓았다. 손을 스쳐 복부로 이어진 울퉁불퉁한 총상의 흔적이 선명히 보였다. 마치 그때의 위험한 상황을 말해주기라도 하듯 상흔은 선명히 남아 있었다. 나는 집게손가락 하나를 그의 상처에 대며 중얼거렸다.

'많... 이아... 팠겠다...'

그는 차로 어학원을 배웅해 주고는 자신의 일터로 나갔다(어학원에서는 오후 특별 수업이 있었다). 수업을 하는 내내 그가 밤새 풀어놓은 삶의 무게가 느껴져 집중이 되질 않는다. 가끔 투덜투덜 대며 무겁다고 느낀 내 삶의 무게는 그에 비하면 솜털처럼 가볍지 않은가 말이다. 오늘은 아무 생각 없이 긴 잠을 청하고 싶다. 이 따뜻한 지중해의 태양이 채 사라지기도 전에 푸욱 잠들고 싶다. 족히 열두 시간은 잠들어 보리라.

'모든 프러포즈를
받아들여야 하는 건 아니잖아'.

09 _그의 프러포즈를 거절하다

"세시(Ceci),
내 사랑을 받아줄래?"

화려한 조명이 가득한 스페인 마드리드의 클럽! 그의
손에는 장미꽃 한 송이가 들려져 있었다. 불기운이 닿아 날이 잘 선
양복바지에 곤색 나비넥타이가 빨간 장미꽃 한 송이를 쥔 그의 손과
대비되어 더 두드러져 보였다. 친구들에 의해 등 떠밀려 선 곳은 눈
부신 조명 앞, 조명 앞에 무릎을 꿇고 나를 바라보는 안토니오, 평소
와 달리 20분 넘게 주어진 '공연 인터미션'은 안토니오와 그의 귀여
운 작당들이 꾸며낸 이벤트였다. 어쩐지 친하게 지냈던 가족이 총동
원되어 오늘 나를 이곳으로 오게 한 것도 이상했고 모든 조명이 꺼
진 후 체감하기에도 꽤 오랜, 잠잠한 인터미션이 예사롭게 느껴지진
않았었다.

6개월간 겪어 본 그의 모습을 떠올려 볼 때, 그는 이런 이벤트가 어
울리지 않는 사람이다. 그 큰일을 겪고 망명 온 사람 치고 작은 일에

도 폴짝폴짝 놀라는 소심함에다가 타인에 대한 배려가 너무 깊어 자신을 챙기지 못하는 바보 같은 사람. 이런 그에게 지금의 이벤트는 평생에 한 번 스스로 낼 수 있는 용기의 최대치가 아니었을까. 어쩜 콩깍지가 씌어 제정신이 아닌지도 모르겠다. 이 짧은 시간의 프러포즈 이벤트가 끝나고 나면 어디서 그런 용기를 냈을까 소스라치게 놀랄 수도 있겠다. 그의 친구들이 아니었으면 엄두도 못 냈을 일이다.

'뭐라고 거절해야 하나? 난 새로운 시작을 할 마음의 준비가 되어 있지 않다고? 아님 남자 친구로 도망자 아니 망명자는 무섭다고? 국제 연애는 골치 아프다고? 아니면 대충 위기를 모면하기 위해 사랑한다고 하며 꽃을 받아?'

무엇이 되었든 궁색하다. 뜨겁다 못해 따가운 조명에 비친 그의 모습을 보았다. 갓 이발해 까슬까슬한 양쪽 옆머리로 땀이 삐질삐질 흐르더니 이내 뚝뚝 떨어진다. 긴장한 탓이겠다. 그를 보며 난 한마디 말도 꺼낼 수가 없다. 이 넓은 클럽의 관객, 족히 수백 명이 오로지 그와 나에게 집중되어 있다. 숨죽인 5분이 마치 1시간이라도 되는 듯하다.

"저, 그게, 안토니오를... 안토니오가... 그러니까 안토니오에게 이렇게 사랑을 고백받으니 정말 감동 입... 니다."

'바보 아니야? 누가 사랑 고백받고 그렇게 말해? 감상문 써? 이건 아니지. 최대한 깔끔하고 우아하게 단답형으로! 프러포즈 한두 번 받아 봐? 초보같이 왜 그래?

머릿속에서는 끊임없이 그간의 경험치를 총동원한 로맨틱한 한마디를 요구하고 있었다. 접착제라도 붙인 듯 도무지 떨어지지 않는 이놈의 입이란. 긴장되어 손이 나의 목을 훑는 가운데 목걸이가 손에 감겼다. 그리고 이내 방언이라도 터진 듯 말을 이었다.

"실은 이곳에 오기 전, 한 남자를 사랑했고 이별 중입니다. 모든 상황은 종료 되었지만, 온전히 한 사람을 지울 때까지 안토니오의 마음을 받아들이기가 쉽지 않네요. 안토니오가 그랬죠. 사랑은 사랑으로 치유한다고. 맞아요. 하지만 이별 후의 시간 또한 제겐 중요한 시간입니다. 미안해요."

조금 전까지만 해도 로맨틱했던 분위기가 숙연해졌다. 정중히 그의 프러포즈를 거절했다. 각본에 짜인 이야기가 나오지 않아서일까? 그도 관객도 적잖이 당황스러운 눈치다. 수습을 해야 한다.

"하지만... 오늘따라 유난히 장미가 예쁘네요. 친구로라도 괜찮다면 장미를 받아도 될까요?"

그제야 관객들의 목소리가 들려왔다.

"제발 받아 줘!"

"그치, 시간이 필요하지!"

"세시, 널 응원해!"

안토니오, 눈물도 많은 이다. 눈물범벅, 땀범벅의 안토니오는 덥석 나를 안더니 꽃을 주고 두 번의 양 볼 키스를 한다. 거절해도 괜찮다는 그만의 대범한 표현이다.

여느 때와 같이 그렇게 어울렸다. 오늘의 어색함을 상쇄하고 있는 중이다. 라틴 춤을 출 줄 몰랐다면 지금의 어색함을 무엇으로 극복했을까. 역시! 라틴 춤을 배워 둔 건 신의 한 수다!

라만차 평원의 고즈넉한 풍차 마을
콘수에그라(Consuegra).

10 _ 나를 온전히 사랑해 준 남자

사랑 거절하는 것도
예의 없고 본데없이 했다
그 사람 마음 헤아리지도 않고

프러포즈가 있고 난 후 그는 여전히 내게 '사랑'을, 나는 '시간'을 요구하는 관계로 남았다. 하지만 얼마 되지 않아 '사랑'과 '시간'의 '밀땅'도 불필요해졌다. 우린 손을 뻗으면 흠칫 닿는 45cm의 거리에도 불편함이 없는 사이가 되어 있었으니까.

사람과 사람 사이에도 거리가 있다는 것을 과학적으로 밝혀냈다고 한다. 물리적인 거리는 곧 심리적인 거리를 나타낸다지. 사무적인 거리는 120-360cm, 그래서 '정상회담' 속의 높으신 분들의 거리가 바로 이 거리라고 한다. 친구 사이의 거리는 75-120cm, 관계를 의심받는 거리는 45-75cm라고. 이 애매모호한 거리는 쉽게 상대편과 닿을 수 있는 거리라서 지극히 가까운 사람이 아니라면 불쾌감이나 긴장감을 느끼게 하는 야릇한 거리이겠다. 사랑과 우정의 접점 거리다. 이에 비해 부부나 연인의 거리는 아무리 멀어도 45cm 안팎으로 본단다.

이보다 멀어지면 사랑이 식었다고 느끼기도 하는 거리다. 15cm 이하의 거리는 말할 것도 없이 밀착해서 상대편의 체온을 느낄 수 있는, 굳이 말이 필요 없는 거리라는데 이것을 일컬어 '침대 거리'라 한다.

침대를 쓸 만큼 스킨십은 없지만, 그와 나 사이의 거리가 45cm 안팎이 된 건 그만큼 편해져서다. 이성으로서 느낄 수 있는 설렘이 존재했다면 지금의 이 거리가 부담스러웠을 게다. 안토니오, 그에게는 모든 것이 통용됐다. 비자 없이 국경을 오가는 EU처럼 말이다. 그에게 하염없이 쏟아 놓는 장시간의 쓰잘머리 없는 수다도, 욱 해서 올라오는 욕지거리나 폭풍 오열도 결코 흠이 되거나 뒤끝 따위는 존재하지 않는다. 내가 그에게 45cm를 허용하게 된 이유다. 그는 내게 그저 오빠였다. 가족처럼 편안한 오빠가 되어 있었다.

스페인 광장 주변의 어학원에서 B1과정을 마치고 좀 더 체계적으로 수업한다는 어학원으로 옮겨 B2과정을 수료 중이다. 괜히 옮겼다는 생각이 든다. 내게는 학생 수도 많고 신식 건물에 마케팅까지 탁월한 어학원보다는 낡고 고풍스러운 건물에 괴짜 선생님들이 많은 이전의 어학원이 더 정감 간다.

귀국이 이 개월여 남았다. 지금 내겐 좀 더 유창한 스페인어 실력보다는 정신적으로 충만한 여행이 더 필요하다. '삶'의 육박전이 벌어지는 '대한민국'이라는 전쟁터로 다시 나가기 위해서라도 에너지 비축을 위한 힐링 여행이 필요한 게다.

"이제 여행 다닐 거야."

"그래, 제발 공부는 그만해. 한국 사람들은 춤도 안 추고, 여행도 안 하고. 뭐 하며 지내?"

"우리? 할 건 다 해. 주로 술을 마시지만."

"술? 하긴 네 별명이 여기서 '술고래' 지. 무엇이 되었든 신나게 즐기고 와."

"생맥주 두 잔에 술고래라니? 한국 사람들이 들으면 코웃음 쳐."

"여기서 그 정도면 술고래 맞아."

"그거 모르지? 한국 사람들은 뭐든 1등이야."

"1등?"

"그래. 머리 좋은 거 1등, 힙합이나 댄스 1등, 게다가 자살률도 1등. 뭐든 배틀만 있음 1등 해. 경쟁에 아주 타고난 민족이거든."

"난 그렇게 못 살 거 같아."

우리 민족의 독특함을 그가 이해할 리 만무하다. 떠나자. 이곳에 있을 때만이라도 너른 세상을 보고 싶다.

스페인 라만차 지방의 콘수에그라(Consuegra)로 여행을 떠나려던 날, 나를 위해 도시락까지 준비해 준 안토니오! 감동이다. 아무리 지중해식 음식이 건강식이라지만 가끔은 쌀을 목으로 넘겨줘야 속이 편하다. 운 좋게도 내가 만나는 남자는 요리를 잘하고 자상하더라. 설령

화를 내도 절대 과하게 반응하거나 주변 집기를 집어던지는 법 없이 잘 인내한다. 온화한 성격의 사람을 만났다는 것 또한 행운이었다. 방구석에 있기를 싫어하고 여행하기를 즐겨한다는 것. 부지런하다는 것. 또 가슴이 따뜻하다는 것. 아, 또 하나. 나를 위해 마음으로도 헌신해 준다는 것 하나 추가. 그런데 왜 이토록 사랑만큼은 완벽한 남자와 3년, 5년을 연애하고도 헤어지는 걸까? 헤어지려고 하니 이유가 백 가지, 천 가지가 되더라. '다 좋은데 이거 하나 마음에 안 들어.', '그것만 고치면 좋겠어.', '그건 좋은 습관이 아니야.'. 하나 둘 상대의 장점만 보던 서로의 눈이 단점을 세기 시작하더니 결국 이별을 맞닥뜨리게 되었다.

나이가 들어가고 '사랑' 이란 걸 새로 배워 나가기 시작했다. 일반적으로 미숙한 성인 남녀가 만나 연애를 하고 결혼을 하며 수선하는 법을 배워 나간다. 사람은 완벽하지 않으니까 고쳐서 쓰는 게 맞았던 게다. 내가 불편하지 않을 만큼 상대도 조금씩 모난 곳을 스스로 깎아 내고, 나도 상대를 찌르지 않도록 튀어나온 모서리를 다듬어 내는 일. 그건 남이 해줄 수 있는 일이 아니라 스스로가 해야 하는 일이니까. 그게 서로를 존중하며 사랑하는 가장 좋은 방법이라는 것을 연애 그리고 또 다른 연애로 하나씩 배워 나가는 중이다.

"내가 생각하는 사랑은 말이야, 한 걸음씩 살살 느리게 달달해지는 게 좋은 것 같아. 상대의 매력에 조금씩 빠져들어 중독되다 보면 어느새 나이 들어 있는 거지. 그래서 '삶'이라는 긴 여행이 끝날 때가 되면 서로의 자글자글한 주름을 만지며 '내가 이렇게 속을 썩였나? 큰 주름 하나, 두울, 세엣...' 그렇게 손가락으로 세어 주는 거야. 그게 사랑이 아닐까."

"그거 알아? 수컷과 암컷의 완벽한 조합은 '페로몬' 향에 의한 거래. '페로몬' 향은 인간 후각의 400배에 달하는 동물이라면 몰라도 인간은 맡지 못한대. 인간의 '암내'라는 것도 페로몬의 일부라는데, 대부분은 그렇게 두드러지는 냄새가 아니라는 거야. 그럼 어떻게 후각에 반응해서 나의 짝을 찾지? 그거야말로 동물적인 감각이라는 거지. 그러니 세상에 완벽한 남자를 고르려는 노력 따윈 안 하는 게 좋겠어. 로또 맞을 확률로 운 좋게 찾아낸다면 모를까."

그는 내게 그런 사람이었다. 힘들다 하면 어깨 내어 주고, 슬프다 하면 울라고 기다려 주고, 소리치면 달려와 주고, 오지 말라고 하면 1cm도 다가서지 않고 바라봐 주는 사람. 아무리 화가 나도 조용히 타이르는 사람, 속 시끄러운 이성 이야기를 끊임없이 들어주며 싫다고 짜증 한번 안 내는 사람. 그런 그에게 나는 어땠을까. 이제는 무거운 사랑 안 할 거라고, 복잡한 사랑도 안 할 거라고, 단순하게 사랑하고 편하게 사랑할 거라고, 그러니 나는 애초부터 너와 맞지 않는 사람이라고. 그가 지고 산 삶의 무게가 너무 무겁게 느껴져서 사랑 거절하는 것도 예의 없고 본데없이 했다. 그 사람 마음 헤아리지도 않고.

한창나이 20년이란 시간을 호황기로 누렸던 명예와 돈도 잃어버리고 가족과 생이별하는 망명자의 삶을 살아가는 그 사람. 책임감 강하고 도덕적이고 선한 사람. 그런 사람이고 보니 내게 다가서는 것도 선뜻 못하는 사람. 시간이 흐르면 내 마음의 문도 조금씩 열리지 않을까. 적어도 사랑하는 사람에게 사랑을 한껏 줄줄 아는 그는 조금씩 나의 모성을 자극해 나갔다.

귀국 전, 스페인 가족들의
마지막 선물.

___

11 _ 지중해 크루즈의 별난 주인공

"신사숙녀 여러분 소개합니다.
환상의 커플!
안토니오와 세실리아!"

"세시, 모리네랑 호세 가족이 크루즈 간대. 같이 갈래?"

"돈 없어."

"여기서 출발하는 거라 비싸지 않아."

"얼만데?"

"발코니 레벨이 1,100유로 정도 돼."

"1,100유로?"

"프로모션 하면 더 싸."

"설마! 그렇게 쌀까? 한국에서는 500만 원 들어."

스페인은 지중해의 나라다. 평소 꿈꾸었던 지중해 크루즈가 스페인
에서 출발한다는 것을 잠시 잊고 있었다. 바쁜 수업 때문에 변변한 추
억 없이 짐을 싸나 싶었는데 백만 원도 들지 않고 떠날 수 있는 크루
즈 여행이라니, 물론 나중에 알았다. 그들이 나를 위해 준비한 멋진

귀국 선물이란 것을 말이다. 이곳에서 정이 잔뜩 들어서일까 꼼지락 꼼지락 짐 챙기는 것도 미루고 있었던 참이다. 짐 싸면 바로 떠나야 할 것 같아서. 고국으로 돌아가면 그리운 가족들은 볼 수 있지만, 이곳의 모든 것들과는 안녕이니까.

여행사 예약을 위해 그가 하루 휴가를 냈다. 모든 것이 예약제인 스페인에선 고장 난 변기 하나를 수리하려 해도 예약 없이는 불가능하다. 게다가 아직은 내가 직접 스페인어로 모든 행정 처리나 예약을 한다는 것이 어설픈 까닭이다. 그의 말대로 프로모션 혜택을 받고 백만 원에 지중해 크루즈 발코니를 예약했다. 조카들 덕분에 방이 번잡해지긴 하겠지만 무슨 상관이겠는가. 스페인에서 이들과의 마지막 인사인 것을. 로또나 당첨되어야 이보다 더 기쁠까 두 주먹 불끈 쥐고 아싸!

그는 내가 자신을 향해 "오빠야"라고 부르는 걸 좋아했다. '옵' 하고 입을 오므렸다가 '빠'를 내뱉으면 그 모양새가 그리 귀여운가 보다. 설마 새치머리 희끗하고 눈가 주름 자글한 내가 귀여웠겠는가. 훈민정음을 만드신 세종대왕에게 감사할 일인 게다. 글로벌 남자 친구를 둔 경우, 애교 만점의 단어로 '오빠'라는 단어가 꼽히는 것을 숱하게 보아왔다.

그는 친오빠처럼 하나부터 열까지 챙겨주는 자상한 사람이었다.

"너, 저혈압 심해서 두통약은 챙겼어."

가끔 두통약을 챙겨 먹는 모습을 발견했던 모양이다.

"중국 식품점에서 신라면 몇 개 샀어."

음식 맛있기로 소문난 6성급 크루즈다. 음식이 안 맞을 리 없지만 컨디션이 좋지 않을 때 종종 매콤한 라면은 감기약을 대신하기도 한다. 뿐인가 가끔 폭음을 즐긴 후 숙취용 명약은 라면이라는 걸 그는 정확히 인지하고 있었다. 행여 내가 불편하지 않을까 꼼꼼히 챙겨 놓았다니 고마울 뿐이다.

"세시, 댄스복은 챙겼지?"

틈새 시간만 나면 춤을 추었다. 크루즈 여행 후 걸지고 칼로리 높은 음식들로 삼사 킬로는 족히 찌는 것이 정상이었지만 종일 웃고 떠들고 춤까지 추어 댔으니 크루즈 하선을 하고 몸무게가 이삼 킬로 빠진 것이 이상하지도 않을 일이다.

"저, 세실리아죠?"

"옆에 계신 분은 안토니오?"

"함께 춤 좀 춰주실래요?"

"다음 곡은 저와 함께 추시는 거예요."

"어제 저희 부부는 종일 기다렸어요. 오늘 밤은 저희와 춰주시는 거죠?"

생음악이 연주되는 바(Bar)에서 크루즈 고객들을 위한 성대한 댄스 파티가 있던 첫날, 그와 난 '비욘세' 부럽지 않은 무대의 주인공이 되었다.

"자, 신사숙녀 여러분 소개합니다. 환상의 커플! 안토니오와 세실리아!"

댄스 강사인 모리와 안젤라가 파티 MC의 옆구리를 쿡쿡 찔렀는지 그는 그들 대신 우리를 소개했다. 우린 앙코르 무대에서 바차타를 추며 뭇 중년 커플들의 마음을 사로잡았다. '춤'은 크루즈의 '꽃'이 다. 첫날에 얻은 영광은 일주일 후 바르셀로나에 하선할 때까지 이 어졌다.

빌려 놓은 방 두 개, 나는 안젤라, 호세의 큰 딸과 한 방을, 모리와 안토니오는 호세의 막내딸과 한 방을, 나를 위한 배려였겠다. 실은 그 와 같은 방을 쓴다 해도 불미스러운 일이 생길 리 만무하지만. 어쨌든 초등학생 딸 둘을 분배하며 방 하나를 절감하는 셈이다.

우리의 여정은 늘 같았다. 아침엔 해변에서 물놀이를 즐기고 배로 돌아와 저녁 7시 정장을 차려입고 우아하게 저녁을 즐긴다. 발코니에 서 노을을 본다. 댄스복으로 갈아입는다. 기본 몸 풀기로 스트레칭 후 곧 뺄 흥건한 땀의 분량을 계산해서 물 한 컵을 마셔둔다. 자정 3시간 남기고 무대로 출전! 옷가게 주인이 좋은 옷 몇 점을 매대에 깔아놓고 입질을 시키듯 저녁 9시부터 1시간 정도 신나게 춤을 추다 보면 구경 만 하고 있던 이들이 자신과 함께 추어주겠냐며 줄을 서기 시작한다. 번호표를 나눠준 것도 아닌데 춤을 추는 동안 그들 사이에선 눈짓으 로 '내가 먼저다 네가 먼저다' 순서를 정하는 것 같다. 댄스 강사로 있는 모리와 안젤라의 인기는 말할 것도 없다.

'살사'와 '바차타', '메렝게' 이렇게 삼종 세트의 춤을 추고 나면 가끔 밴드는 '키솜바'나 '꿈비아' 음악을 연주했다. '아시아 여자가 설마 이 댄스까지 알겠어?'라는 물음표를 던진 게다. 이래 뵈어도 '홍대'에서 살사 경력 십 년이다. 바쁜 직장 생활 탓에 꽉 들어찬 경력은 아니지만, 발표회 또한 적잖이 했다. 대한민국은 춤추는 인구가 약 5만 명에 이른다. 살사와 바차타뿐 아니라 아르헨티나 탱고와 왈츠에 이르기까지 못 추는 춤이 없다(솔직히 고백하자면 잘 추는 춤이 아니어도 유럽에선 화려하게 추지 않기에 잘 추는 것처럼 보인다). 유독 한국인은 무엇을 해도 '기본'은 하지 않던가.

실은 무대에서 주목을 받게 된 건 안토니오 덕이다. 그는 8살 때부터 춤을 추기 시작했다. 커플 춤의 리드는 남자가 한다. 남자만 잘 추면 여자는 스텝만 맞출 줄 알아도 프로처럼 보인다. 그는 이제껏 한국에서 본 어떤 댄서들보다도 춤을 잘 춘다. 뼛속 깊이 음악을 느낄 줄 아는 남자다. 음악만 나오면 마치 딴사람이 된 듯 춤을 추는 그의 모습을 보며 여러 번 반했더랬다.

"아까 너무 행복했어요. 이거 한 잔 드세요."

그 덕분에 나 또한 어깨가 으쓱해져 3분가량 파트너가 되어 준 대가로 건네는 모히또를 거만히 받아 들었다. 시선 45도에 약간 측면으로 상대를 향해 한쪽 눈을 찡긋하는 맵시를 좋아한다.

문득 홍대에서 아르헨티나 탱고 수업을 들었던 때가 떠올랐다. 그날 비가 몹시 내렸던 것으로 기억한다. 수업을 가르치던 여자 댄서가 내게 소리쳤다.

"세시, 시선 처리! 춤출 때 주인공은 여자라고요. 최대한 섹시하고 도도하게! 거만하다 싶을 정도로!"

서비스 직업에 몸담고 있어서였을까 늘 '고맙습니다, 고객님' 을 연발하며 살아왔다. 그녀 눈에 비친 내 모습은 주눅이 든 듯 어깨는 굽어 있고 시선은 바닥을 향하고 있었으리라. 그래서인지 오늘의 거만한 내 모습은 또 다른 카타르시스를 안겨주고 있었다. 한국의 교육은 위대하다.

넙죽 받으며 기분 좋게 마셔 댄 코로나 맥주, 모히또, 블랙러시안, 쿠바 리브레가 한바탕 속을 뒤집어 놓았다. 룸으로 돌아오면 대자로 뻗어 그날의 잠든 시간을 기억할 수 없었다. 호세의 딸, 끌라라는 술 냄새가 진동한다고 오두방정이다. 덕분에 아침은 우아한 뷔페가 아닌 바리바리 싸 온 '신라면' 이 대신했다.

"죽을 때까지 이 여행은 못 잊을 것 같아."

"왜 잊어? 같이 추억하면 되지."

"나는 곧 떠나잖아."

"……"

갑자기 떠날 생각을 하다 우울해진 내 맘을 달래 주려는 듯,

"세시, 오늘 마지막 밤이잖아. 함께 춤출까?"

"응"

"오늘은 아무것도 생각지 말고 즐겁게 보내자!"

"그래, 신나게!"

누구에게나 이런 달달한 하루는 있지 않겠는가. 기억을 못 할 뿐.

산티아고 순례길은 살아내기
위해 걷는 길이다.

---

12 _ 홀로 산티아고 길을 걷다

**상처를 치유하기 위해
걷는다는 여행자들
그들이 곧 산티아고의 풍경이다**

평소 당당하고 자신감 넘치며 살던 나였지만, 모든 환경이 조금씩 바뀌면서 한동안 '함량 미달'이라는 자기 비하에 빠져 살았다. 외모나 지성이 부족하다고 느껴서 생기는 비하감이 아니라 자존감이 충만치 못했다. 내가 겸손하고 친절했던 이유는 타인에 대한 배려심보다 스스로 가진 콤플렉스를 방어하기 위한 것 아니었을까. 적어도 친절한 사람을 공격하는 이는 없을 테니까. 나의 모든 장점을 왜곡시킬 만큼 남에게는 방어적이고 자신에게 공격적이었던 나는 사랑과 이별의 악순환이 보태져 지칠 대로 지쳐 있었다.

이런 자기 비하감에 빠져 있을 때 시작된 것이 바로 '연애'였다. 그렇게 시작된 연애는 제법 길었다. 속속들이 알아가는 긴 시간의 연애가 좋은 배우자를 만나게 해준다고 믿었다. 실수였다. 아무런 일이 생기지 않기를 기대하기에 3년, 5년은 긴 시간이다. 열렬하게 사랑을 시작할 땐 '틈' 따위가 있어도 흔들리지 않는다. 하지만 빛바랜 연인에겐 '틈' 씩이나 생기는 일은 흔해진다. 요즘 연인들이 짧고 굵게 심지어는 '동거'라는 방법으로 연애를 한 후 결혼에 골인한다던데 제법 나쁘지 않은 방법이다. '동거'라는 것은 당시 내겐 상상도 할 수 없는 일이었지만 말이다. 차라리 동거라도 해볼 것을. 생각해보면 연애한다면서 일주일에 한 번 만나 영화를 보고 저녁을 먹는데 일 년을 사귄다 한들 상대를 얼마만큼 알 수 있을까. 장거리 마라톤 같은 연애 습관이 이어지면서 남자에 대한 인내심이 바닥날 지경이었다. 비슷한 시기에 집안에도 문제가 생겼다.

무엇이든 이렇게 몸부림을 쳐도 잘되지 않는 때가 있다. 신경이 점점 예민해졌다. 스트레스는 몸으로 신호를 보내왔다. 신경성으로 찾아드는 '만성 방광염'은 일주일간 주입되는 항생제로 금세 나아졌지만 그럴 때마다 나의 몸이 이대로 폭삭 늙어 여성성을 잃어버리는 건 아닐까 우울해지곤 했다. 한 해 한 해 바뀔 때마다 피부의 탄력은 줄고 집안 내력으로 거뜬하던 소주 한두 병에도 속이 좋지 않았다. 엄마로부터 좋지 않은 소식을 들었다. "네 아빠가 얼마 못 사실 것 같아."라고. 결정적인 한 방이다. 이쯤 되면 무엇을 해도 생체 에너지가 복원되지 않는다.

살다 보면 다들 그런 순간이 있지 않을까? '엎친 데 덮친 격', '설상가상', '흉년에 윤달'이라고 도무지 해답이 없다고 느껴지는 막막한 순간. 난 그때 그 느낌을 정확히 기억한다. 성공의 가도를 달리는 긴장감만큼이나 내 인생이 무너져 내리고 있다는 그 긴박함. 그건 피가 마르는 일이었다.

여기저기 대형 서점마다 '느리게 살아라.', '즐겨라.', '힐링해라.', '실수해도 괜찮다.' 등등의 위로 서적들이 날개 돋친 듯 팔리고 있다. 취미생활을 즐기라고 해서 동호회에서 춤을 춰 보았다. 즐거움은 오래가지 않았다. 가뜩이나 SNS와는 친하지도 않은데 얼떨결에 초대된 '단톡' 방에 매 시간 아니 분마다 수십 명의 메시지가 수시로 날아든다. 응답을 꼬박꼬박 달아주는 일도 존재감을 잃지 않으려는 발악 수준으로밖에 보이지 않았다. 한 템포 느리게 살라 해서 빡빡한 주말 시계를 바꾸어 미술관도 다니고 관심 밖의 하루 강연도 들으러 다녔다. 힐링하라 해서 '숲 체험'도 다니며 맑은 정신을 가지려 애도 써 보았다. 효과는 별로 없었다. 마음의 소리에 귀 기울이지 않은 행동으로 마음을 움직이려는 건 마치 산꼭대기의 바위 덩어리를 다른 봉우리에 옮겨 놓는 일과도 같은 것이었다.

정작 지병을 치유한 명약은 단순한 것이었다. 바로 '걷는 일'이었다. 하긴, 내가 잘하는 일이 하나 있긴 하다. 통제할 수 없는 나름 극한 상황에서도 숨바꼭질하듯 꼭꼭 숨어 있는 '희망'을 찾아내는 일이었다. 긴 슬럼프를 극복하려면 가끔은 이렇게 미친 듯이 '발버둥'을 쳐야 한다. "쟤, 미친 거 아니야?"라는 이야기를 들을 정도로. 힘들 때

발버둥 치는 것을 어찌 '흉'이라 할까. 인간은 패배하였을 때 끝나는 것이 아니라 포기했을 때 끝나는 것이라고 하지 않던가.

바닥난 자존감이 충만해지기까지 그리 오랜 시간은 걸리지 않았다. 내가 했던 것은 단지 '걷고 기다리는 것' 뿐이었다. 놀랍도록 자연스럽게 '문제'라고 생각했던 것들이 자기 자리를 찾아 숨어 버렸다. 더 이상 '문제'는 문제가 되지 않았다. 있는 그대로 바라보게 되었으니까. 맑은 하늘만 하늘이 아니지 않던가.

귀국 전, 매년 5,000명의 한국인이 걷는다는 스페인 산티아고 길을 걷고 있다. 첫날부터 기후가 좋지 않은 프랑스 피레네 산맥을 넘어야

산티아고 길의 종착역
콤포스텔라(Compostela) 대성당.

한다는 부담감은 있었지만 큰 애로사항은 없었다. 신체적인 장애가 있는 사람도 반려견과 함께 걷는다는 길이 바로 이 '프랑스 길'이다. 약 50일의 1,000km는 다시 기약하고 이번 여행은 레온(Leon)부터 산티아고 데 콤포스텔라(Santiago de compostela) 대성당을 거쳐 피스텔라(Fisterra)까지만 가려고 한다.

상처를 치유하기 위해 걷는다는 여행자들, 그들이 곧 산티아고 길이다. 신발을 벗어 보았다. 순례자의 길을 걷는 이들이 대부분 발가락에 잡힌 물집으로 고생하고 있을 때, 다행히도 나의 열 발가락은 무사했다. 발가락 양말 덕분이다. 대신 나의 아킬레스건은 양말도 신을 수없을 만큼 방울방울 잡힌 발뒤꿈치의 물집이다. 짓무른 살이 꾸들꾸들 마를 때까지 기다리는 수밖에 다른 방법은 없다.

새벽 4시 30분이면 많은 사람들이 깨어 채비를 한다. 5시쯤 나서야 40도를 웃도는 뜨거운 지중해 태양을 피해 점심나절 다음 숙소에 도착할 수 있다. 해 오른 후 걷기 시작하면 그날은 온몸이 익어 탈진할지도 모를 일이다. 얼굴에는 선크림을 덕지덕지 바르고 목에는 하얀 아이스 스카프를 두르고 손목에는 달랑달랑 묵주를 걸고 배낭 오른쪽엔 물병 끼어 두고 왼쪽엔 신발을 묶고 걷는다.

얼마 걷지 않아 친구들이 하나둘 생기기 시작했다. 길 위의 인연이다. 걷는 템포에 나이도 비슷해 보이는 독일 여성이 말없이 걷고 있다. 뙤약볕에 앉아 샌드위치도 나눠 먹은 사이지만 반나절이 지나고서야 그녀는 입을 뗐다.

"세시라 했죠? 난 어린 아들을 잃었어. 얼마 되지 않아 남편도 내 곁을 떠났지. 다 내 탓이라고. 내 탓!"

갑자기 울음을 터뜨리는 산드라(Sandra)에게 건네줄 무엇이 없어 목에 걸었던 땀내 밴 아이스 스카프를 풀어 그녀에게 건넸다.

"고마워 세시. 난 여기서 많은 위안을 얻고 편안해졌어. 정말 이 길은 치유의 길인가 봐. 아까 인사 나눈 린다(Linda)는 911 사태 때 남편을 잃고 해마다 이곳을 온대. 너는?"

"나? 난 별거 아니야. 남자 친구랑 완전한 이별을 하기 위해 마음 정리 중. 홀로서기?"

"그게 왜 별것이 아니야? 이별이 얼마나 힘든데..."

어려서부터 비밀 따위 없이 가족과 친구들에게 주변에서 일어나는 일을 구석구석 이야기하기를 즐겼다. 연애사 또한 미주알고주알 이야기하다 보니 남자 친구와 헤어지고 나면 뒷수습이 여간 불편한 게 아니다. 헤어지는 것이 부끄러운 일은 아니지만, 누군가 잘 만나고 있냐고 물으면 헤어졌다고 답하면 될 것을 잘 만나고 있다고 둘러대곤 했다. 또 헤어졌냐는 그 '또' 라는 뉘앙스가 싫어서 말이다.

아들을 잃고 결국은 남편과의 감정싸움으로 이혼까지 하게 되었다는 산드라에게 남자 친구와의 이별이 어디 감히 빗댈만한 고민이라고 이야기하겠는가. 슬픔도 중량이 맞아야지. 사랑하는 가족을 잃은 슬픔의 무게가 감당이 되지 않아 산드라의 말을 듣고만 있었다. 조금의 위로라도 되길 바라며 그녀를 힘껏 안아주었다.

"오 마이 갓!"
외국인이 지나가며 한마디 건네고 간다. 가만히 보니 한국인 부부

산티아고 길마다
잦은 다툼으로 소문 난
한국인 부부.

다. 긴 시간을 걷다 보니 이렇게 한국인 부부를 만나게 되는 반가운 경험도 얻게 된다.

"야, 이 새끼야! 각자 가자! 이기적인 인간!"

길 한가운데서 욕을 해대는 여자는 여권을 남자 앞으로 집어던지며 악다구니를 써댔다. 이에 상대도 하지 않고 무심히 앞서 걷는 남자.

가는 곳마다 분란을 일으키는 소문난 부부다. 서로의 감정이 틀어져도 단단히 틀어졌나 보다. 산티아고 길은 짧게는 다섯 시간, 길게는 예닐곱 시간을 꼬박 걸어야 마을을 만난다. 그러다 보니 몸이 아파 시간이 지체되지만 않는다면 만나는 사람을 계속 만나게 되어 있다. '알베르게(Albergue)' 라는 산티아고 순례길의 게스트 하우스에서는 굳이 약속하지 않아도 한 달 내 같은 사람을 만나는 건 흔한 일이다. 이 부부는 마지막 여정인 산티아고 대성당에 도착해서까지 큰 소리가 오갔다.

작고 아름다운 마을 아스토르가(Astorga)에서 머물 때, 부부와 같은 숙소를 쓰게 되었다. 누가 한국인 아니랄까 봐 만나자마자 이름, 나이, 직업, 삼종 세트 신상조사를 5분 만에 끝냈다! 바쁘다 바빠.

 － 35세 이서영, 결혼 후 직장 퇴사, 난임으로 시험관 두 번 실패 후 소원해진 부부 관계 회복 위해 떠난 여행. 문제가 무엇이래? 바로 서영 씨의 58리터 배낭!

40일을 끈기 있게 견뎌내야 하는 산티아고 길에선 최대한 배낭을 가볍게 메야 한다. 가지고 있는 것도 버리고 가야 할 판에 가녀린 몸의 서영 씨에게 58리터라니, 남성들도 감당하기 힘든 배낭의 무게다.
"서영 씨, 이 안에 뭐 들었어요?"
"언니 배낭은 쪼끄마네요. 나도 꼭 필요한 것만 챙겼는데 많더라고요."
"함, 보자. 뭐가 들었나?"
기본 세면도구, 수건 세 장, 컵라면, 된장, 고추장, 눈 화장 세트, 입술 화장 세트, 종류별 클렌징 세트, 물티슈 100장짜리 세 개, 얼굴 팩 20장, 의류 두 팩에 담긴 여름옷, DSLR 카메라와 부속품, 충전기, 비디오, 물파스, 근육통 스프레이, 조제 감기약, 생리대, 마스크, 정체불명의 양념통, 드라이기? 하나님 맙소사!

아스토르가에서 또다시 시작된 그들의 입씨름.
"내가 적당히 싸라고 했지?"
"필요한 걸 어떻게 해?"

"내 짐도 버거운데, 당신 짐을 어떻게 내가 들고 가냐고?"

"어제 못 봤어? 남자가 여자 짐 다 들어주잖아."

"그 사람은 다친 거잖아. 난 못 들어."

"사랑하는 사람 짐도 하나 못 들어줘?"

"야! 내가 강X동이냐?"

"내가 이런 인간 믿고 평생 살 생각했다는 게 잘못이지"

"뭐?"

"인간아, 내가 내 발등 찍었다고!"

"말이면 다야?"

"이제부턴 각자 가!"

"그래! 딴소리 하지 마!"

산티아고 길을 걷기 전, 방송을 통해 유명인들의 경험담을 들은 적이 있다. 우리가 너무 잘 알고 있는 탤런트 부부에서부터 작가, 강사 부부까지 그들이 공통으로 주장하는 것은 하나다. "산티아고 길은 독립적이어야 해요. 내가 책임질 수 있을 만큼의 짐을 싸야 하죠. 그러려면 짐을 쌌다 풀기를 아마 수십 번 해야 할 거예요. 여자들은 필요한 게 많잖아요. 물론 체력적으로도 여성이 남성에 비해 약하니까 자꾸 기대고 싶고 애인이나 남편에게 짐을 떠맡기고 싶어지지만 견뎌야죠. 제일 좋은 방법은 애초에 가져가지 않는 일이지만 혹시 바리바리 싸서 왔다면 하나씩 미련을 버리듯 버리는 것도 방법이죠. 한번 버려보세요. 얼마나 몸이 가벼워지는지 몰라요. 미니멀한 여행이 되어야 해요. 여성들은 독립적인 여행의 경험이 남성에 비해서는 적은 편이니 산티아고 길은 정말 좋은 경험이 될 거예요."라고 말이다.

"서영아, 반찬의 무게가 가장 많이 나가는 것 같은데, 숙소에다가 놓고 가면 어떨까? 한국인 친구들을 위해서 기부하자."

"안 돼요! 전, 비위가 안 좋아서 고추장, 된장, 라면은 꼭 있어야 해요. 반찬들도 엄마가 싸 주셨단 말에요."

"음, 포기가 안 되는 물건들이구나."

더는 짐을 줄일 혜안이 없다. 새벽 4시에 일어나 풀 메이크업에 헤어 드라이기로 완벽하게 세팅해 놓고 떠날 채비를 하는 그녀에게 화장품을 버리라고 하는 것은 산티아고 여행을 포기하라는 것과 같다. 스페인까지 와서 평생 남을 '인생 사진'을 찍는데 '민낯'을 들이밀 수 없다는 그녀의 원칙을 난 존중하기로 했다.

'여성 동지들이여, 자신의 짐만큼은 독립적으로 들고 갑시다!'

산티아고 길을 걷다 보면 많은 이들을 경험하게 된다. 길을 걷는 이들의 모습은 누구랄 것 없이 사랑스럽다. 인도의 요기(요가 수행자)처럼 숙소에 도착하면 빨래를 해 널어놓은 뒤 물구나무를 서서 수행(?)을 하는 사람, 길 한가운데에서 음악을 틀어 놓고 살사를 추며 걷는 이들의 흥을 돋우는 남녀 커플, 눈빛만 보아도 미래를 알 수 있다며 1달러에 점을 쳐주고 있는 장발머리의 남자, 산티아고 길을 왜 꼭 걸어야 하는 거냐며 전자동 킥보드를 타고 순례하는 10대들, 동호회에서 왔

느지 똑같은 티셔츠를 타고 나타난 한 무리의 자전거 라이더들. 아버지와 딸이, 엄마와 아들이, 우리 걸음의 서너 배는 느린 걸음으로 손 붙잡고 걷고 있는 노부부의 모습까지도.

주로 함께 식사하는 멤버들이 존재했다. 새로 사귄 친구들을 다른 숙소에서 재회하게 되면 얼싸안고 눈물까지 짓는 일이 흔하다. 발목을 다치는 등의 부상으로 순례길을 포기하는 이들이 많기에 무탈하게 다시 만난다는 것은 축하받기에 충분하다.

'아, 가려워'

손목에 울긋불긋 베드 버그 자국이다. 도미토리 침대에서 베드 버그를 만나지 않는다면 다행이지만 비수기가 없는 산티아고 길에서는 불가능한 일이 아닐까. 그러니 물리고 후회 말고 벌레 잡는 칙칙이 정도는 구비해 두는 것이 좋겠다. 특히 산티아고 순례길의 게스트 하우스인 '알베르게(Albergue)' 는 일반 숙소에 비해 가격이 저렴하다. 때때로 성당을 개조해 만든 곳은 무료 숙소를 운영하는 곳도 있다. 그러다 보니 매일 끊임없이 몰려드는 순례자들을 상대하기에 시트의 청결까지 기대하는 것은 어렵다.

각국의 음식 내음이 어우러지면 가끔은 비위가 상할 때가 있다. 그렇다고 얼굴을 찡그릴 수도 없는 일이다. 제 아무리 강한 향내를 갖고 있다 해도 대한민국의 김치를 꺼내는 순간, 그 모든 것은 압도당한다.

KO승! 하지만 이도 잠시 요리가 끝나고 그들에게 세계적인 건강 음식 10위 안에 드는 김치를 소개하며 맛보게 하면 잠시 그들을 괴롭혔던 냄새의 주범에서 아름다운 음식으로 등극을 하게 된다.

나의 인내심을 시험한 결정적인 주범은 바로 '또 다른 냄새' 다. 도미토리에서 사람마다 머리를 두는 방향이 정해져 있지 않다 보니 내가 누운 곳이 하필 누군가의 발 쪽으로 향하는 경우가 종종 있다. 이 정도는 견딜만하다. 그런데, 다양한 국적의 사람들이 뿜어내는 체취와 곪은 상처에서 풍겨져 나오는 썩은 냄새가 발의 고린내와 섞여 산기가 강한 역한 냄새를 만들어 낼 때는 산소 부족으로 질식사할 것만 같다. 게다가 나는 후각이 아주 발달한 사람이다. 남들은 괜찮다는 음식도 상하기 직전의 그 묘한 경계를 구분해 내는 훌륭한 '코'를 가지고 있다. 엄마는 냉장고에 넣어 둔 며칠 된 반찬을 상에 올리기 전, 내 코에 들이밀며 "괜찮아?" 라고 물으셨으니까. 신이 주신 탤런트다. 산티아고 길을 걷는 내내 왜 하필 신은 내게 장금이의 미각 대신 후각을 주셨는지 원망스러웠다.

산티아고 대성당에 도착해 미사를 드렸다. 미사를 드리다 보면 한 명 두 명 시작되는 흐느낌이 이곳의 성곽을 타고 흐른다. 애써 여기까지 온 한 여성의 노고를 위로하기 위해서라도 소원 하나쯤 들어주시지 않을까 기도를 하는데 그저 나의 입에선 '당신의 뜻대로 하소서. 내 안에 당신이 있음이니' 라는 기도밖에.

산티아고 길을 걸으며 내내 '무념무상'이었다. 생각은 나를 타고 모두 흘러내렸다. 나의 시선은 흙과 돌과 나무 그리고 사람에 내내 머물렀다. 그 이상 그 이하도 아니었다. 친구가 산티아고에서 무엇을 얻었냐고 묻는다. 그저 나도 그것들처럼 조금은 단순하고 유연해졌다 대답했다. 미안하다. 더 거창한 답을 기대했을 텐데.

걷다 보니 마지막 여정까지 왔다. 피스텔라(Fisterra)! 대부분의 한국인들이 산티아고 대성당에서 여정을 마치고 귀국하는데 반해 유럽인들은 꼭 빠뜨리지 않는 의미 있는 장소가 바로 '피스텔라'다. 해가 질 무렵 자신이 걸어온 1,000km를 생각하며 순례길을 함께 했던 땀에 젖은 옷과 낡은 신발을 태우는 의식은 순례자들에게 평생 잊을 수 없는 순간이 된다. 나 또한 낡은 신발을 태우고 싶었지만, 한국에서 가져온 신발이 딸랑 하나인지라 꾹 참기로 한다. 다시 이 길을 찾게 된다면 맨발로 가는 한이 있어도 꼭 태워 보리라. 오늘은 나 홀로 만찬을 즐기기로. 너무 애썼지 않은가.

피스텔라의 한적한 바닷가 식당에 앉아 있으니 주인장이 오는 손님마다 "여기 아시아 여자분이 혼자 식사를 하고 있어요. 신사 분들이 함께 해 주실래요?" 한다. 혼자 만찬을 즐겨도 괜찮은데 오지랖 넓은 주인장 덕분에 떼거지(?)로 모여 즐긴 '패키지 디너'가 되었다. 술값은 안 받는다며 식삿값만 내란다. 인심 후하기 그지없다.

이정표가 잘 되어 있는
산티아고 길.

산티아고 순례길을 걷는 사람들이 가장 많이 하는 이야기 중 하나
가 "우리가 걷는 길에도 노란 조개 모양의 이정표가 있었으면 좋겠어. 그
럼 헤매지 않을 테니까."이다. 그만큼 순례길에 놓인 이정표는 눈에 띄
지 않는다는 것은 불가능할 정도로 친절하다. 이정표 있는 인생? 재미
없겠다. 자신이 그리지 않은 인생의 이정표가 무슨 의미가 있겠는가.

마드리드로 돌아가는 버스에 탑승했다. 꿉꿉함이 느껴지는 신발에
서 발을 빼어 보니, 땀이 덜 말라 풍기는 고린내가 코끝을 자극한다.
냅다 신발에 발을 구겨 넣었다. 잠깐의 틈을 타 버스에서 끄적였다.
혹시 살면서 힘든 일이 닥치거들랑 이때를 기억하기로 약속해 본다.
'조금만 견뎌 보자. 힘든 시기도 지나가면 꽃 필 날 온다지 않은가. 도
랑 치고 가재 잡고, 뽕도 따고 임도 보는 그런 날이 반드시 온다. 그것
이 아직 끝나지 않은, 우리의 여행에 던져진 신의 선물이다.'

곧 나를 고국으로 데려갈 비행기.

___

13 _ 안녕, 안토니오(Adios Antonio)

'TE AMO CECI' (떼 아모 세시)
'너를 사랑해'

"No entres!" (아직 들어옴 안돼!)

"Porque?" (왜?)

"Espera dos minutos!" (2분만 기다려!)

"Dos minutos?" (2분?)

"Un minuto!" (1분만!)

"Vale." (알았어)

지금 스페인은 만개한 장미가 한창이다. 올해 한국은 이상 기온으로 열대야가 한창이라는데...

곧 돌아가게 될 서울을 떠올리며 무성한 장미가 아름아름 길을 만들어 놓은 공원을 거닐고 있다. 이내 다다른 그의 집 앞. 쿠키를 굽는 고소한 냄새가 문틈 사이를 비집고 나와 코를 자극한다. 15분 정도가 지났을까 현관부터 놓인 그 무엇을 보자마자 가슴 깊이 우러나오는 아니 새어 나온다는 표현이 더 맞을 낮은 탄성이 나왔다.

"아..."

울긋불긋 다채로운 색깔의 장미 꽃잎들로 장식된 그의 집. 이것이 끝이 아니란 듯 나의 손을 잡아끌고 이른 곳은 그의 침대 방이었다. 파란 시트 위에 장미꽃으로 수놓듯 만든 글자는 붉은색과 대조되어 금세 눈에 읽혔다.

빨강, 핑크, 노랑,
다채로운 장미꽃으로
수 놓은 글자.

'TE AMO CECI'

'너를 사랑해' 라는 스페인어다.

"안토니오..."

로맨틱한 그 사람의 구애에 글썽거리는 눈으로 다가가 까치발을 든 채 그의 목을 와락 안고는 진한 키스라도 퍼부어야 할 것만 같은데, 나는 그저 목석처럼 그의 이름을 한 번 부르고는 파란 시트 끝자락에 새겨진 내 이름의 꽃잎 하나를 들어 올렸을 뿐이었다. 무드 없이 적막하고 어색한 기운을 내 얼굴에서 느꼈는지 그는 평소보다 조금은 높은 톤으로 부산을 떨기 시작했다.

"세시, 여기 앉아. 너를 위해 요리 중이었어."

"고마워. 안토니오, 조심해!"

"앗 뜨거워! 쿠키가 뜨겁네?"

항상 나보다 한발 앞서는 감정 표현을 하던 그였다. 숱하게 배낭여행을 다니던 때 이렇듯 프러포즈하는 사람이 왜 없었을까마는 그들은 결코 나와 '가족'이라는 특별한 관계는 맺어지지 않았다. 나 역시 고질적인 배타심을 가진 대한민국의 일원이었다는 것을 증명이라도 하듯 말이다.

명절이 되면 고종사촌 할아버지의 자손입네, 증조모로부터 멀지 않은 친척입네 하는 분들이 나타났다. 걸게 차려 낸 밥상 앞에 가부좌를 트시곤 틀니 사이로 밥알을 숱하게 뱉어내며 내가 파평 윤 씨 소정공파의 34대 손이라는 것을 귀에 못이 박히도록 일러주셨다. 그런 베갯머리 핏줄 교육을 지겹도록 받고 자란 내가 노란 머리에 코가 삐쭉하거나 기하학적으로 얼굴이 좁고 다리가 허리에 붙어 있는 그들을 어찌 가문의 일원으로 받아들일 수 있단 말인가.

그래도 어쭙잖은 변명을 늘어놓는다면 내가 정말 국제 연애를 생각하지 않는 이유는 단순했다. 스페인과 한국의 국제 연애는 한마디로 불편하다. 8시간의 시차! 극복이 될까? 전화하고 싶을 때 그는 자고 있을 것이고 그가 전화를 할 때 나는 일을 하고 있겠지. 자주 만난다? 한국에서 스페인 마드리드까지 무려 14시간의 비행시간에 적지 않은 항공료. 최대한 저가의 항공사를 이용한다면 경유를 두 번쯤 해서 30시간 이상 걸려야 그를 보게 될 게다. 그런데 어떤 회사가 그렇게 휴가를 넉넉히 줄까. 언어 소통의 부재? 답이 없다. 아무리 비언어적 표현이 93%이고 언어 의사 전달은 7%에 불과하다 해도 '할 수 있는데 하지 않는 것'과 '할 수 없어 하지 못하는 것'은 엄연히 다르다. 얼마나 사랑하면 이 모든 불편함이 해소가 될 수 있을는지. 사랑의 온도가 따끈따끈할 때야 거리감이 왜 있겠는가. 환경이 다르고 생리적으로 다른 것쯤 얼마든지 극복할 수가 있겠다. 그렇지만 그 온도가 식어버리고 나면 불편한 것들만 남게 된다. 어쩔래?

며칠 후의 출국은 안토니오와의 영원한 작별을 의미한다. 귀국한 그 날로부터 우리는 시차만큼의 거리감을 느끼게 될 것이다. 속 보일 필요 없으니 보다 더 예의 바르게 대할 수도 있겠다. '페이스북(facebook)'으로 서로의 안부를 가끔 물어볼 것이고 적어도 상대의 사진에 결혼이든 동거든 가족이 늘어가는 것을 보며 페이스북 특유의 파란색 엄지 척 모양의 '좋아요'는 아낌없이 눌러주는 사이까진 될 수 있으리라. 그 모든 것은 뒤로하고 지금은 이 사람의 마지막 열정과 노력에 귀 기울이기로 했다.

귀국을 앞둔 마지막 주말, 함께 시간을 보냈던 친구들의 송별 파티가 있었다. 우리보다는 감성적으로 열 배, 아니 백 배 정도 놀라운 표현력을 유전적으로 가진 스페인 친구들은 내가 영영 저세상으로 떠나갈 듯 안고 울었다. 덕분에 나도 감정이입이 되어 영문 모를 눈물을 한 동이는 흘렸다. 그때까지도 덤덤한 표정을 지었던 그는 꼭 한 번은 자신이 만들어 준 음식을 해 주고 싶다며 나를 자신의 집으로 초대했던 게다. 며칠 후면 자신의 삶에서 사라져 버릴 '나'에 대해 무엇이라도 기억할 거리를 만들어주고 싶다고 했다. 그는 여전히 한국이란 나라가 어디에 붙어 있는지조차 모른다.

스페인에서의 추억은 그와 동일한 단어가 되어 버렸다. 추억을 쌓은 시간은 불과 삼 개월 남짓했다. 꽁꽁 숨겨 놓았던 속 깊은 이야기를 들어줄 때면 내가 그인 듯, 그가 나인 듯 묘한 동질감을 느꼈다. 미친 듯이 음악에 몸을 맡기고 춤을 추었던 순간은 잊을 수가 없다. 유머가 많고 유쾌한 그 덕분에 벤치에 앉아 목젖이 보이도록 배꼽 빠지게 웃어젖혔던 때도 잊지 못한다. 솔직히 내용은 기억나지 않는다. 나란히 앉아 허리를 젖히고 한껏 웃어대는 두 남녀의 모습이 한 컷의 이미지로 담겼다. 그와 함께했던 순간에 보름달이 들고 나더니 세 번째 떠오르던 때 우린 이별을 했다.

그는 나의 손을 자신의 심장으로 살포시 얹어 놓고 나지막한 고백을 했다.

"나의 달님(Mi luna), 세시, 당신은 내가 없어도 살겠지만 난 당신이 없으면 살 수 없을 것 같아. 어떻게 해야 해? 나의 심장은 당신과 늘 이야기하고 싶어 할 거야. 나의 두 눈은 물기 가득한 당신의 눈빛을 기억할 거야. 나의 발은 당신과 춤추던 리듬을 기억하겠지. 나의 입술은 짧았지만 뜨겁고 강렬한 키스를 기억할 거고. 나의 머리는 당신과의 행복한 시간을 떠올릴 거야. 매 순간."

그는 나를 부를 때 애칭으로 '나의 달님(Mi luna)'이라 부르곤 했다. 하지만 나는 그에게 그 어떤 약속도 하지 못했다. 그저 미안하다고 했다. 당신과 나는 인연이 아니라고.

출국 당일, 조용히 몇 마디를 담백하게 건네고는 탑승장으로 향했다.
"세시, 어떤 비행기야?"
"하늘색."
"비행기가 날아오르고 사라질 때까지 계속 보고 있을 거야."
"울지 마. 나 때문에."
"그 사람 다시 만날 거야?"
"아니, 힘들게 마음을 정리했는데 어떻게 그래?"
"아프지 말고."
"네 마음 받아주지 못해 미안해."
"내 마음은 알아?"
"응."
"그럼 됐어."

로맨틱한 순간은 그렇게 오래 기다려 주지 않는다. 이륙하며 시작된 굉음이 정신을 혼미하게 빼놓자마자 순식간에 스페인 마드리드를 던져 버린다. 이내 바다가 펼쳐졌다. 그가 머물렀던 주차장으로 눈길을 삼 초나 주었을까. 의자를 뒤로 젖히고 몸을 깊숙이 뉘인 후 이어폰을 꽂고 '바차타' 음악을 들었다.

'안토니오, 고마워요. 스페인에서 좋은 가족들을 만나게 되어 풍요로운 시간들을 보낼 수 있었어요. 행복했습니다. 평생 잊지 못할 거예요.'

대학교 때 정신과 교수의 강의를 들은 적이 있다. 아픈 것과 슬픈 것, 그리고 행복한 감정을 느낄 때 심장의 울림이 같다고. 마치 너무 행복하면 심장에 통증이 오면서 눈물이 나는 것과 같다고. 행복하고, 슬프고, 즐겁고, 두렵고, 이 오묘한 감정 또한 '사랑'이었을까. 그저 관심이었을까.

'아디오스(안녕), 안토니오!'

눈이 스르르 감긴다. 몇 마일을 날고 있다는 기장의 소개가 끝나기도 전에 기억을 잃었다.

우리는 서로 예측하지 못했다.
그저 이렇게 사랑만 하면 남들처럼 결혼을 하게 되고
쪽쪽 어르고 빨 아이가 생겨나
절로 가족이 만들어지는 줄 알았다.

Leave, meet and love

03

회상② 사랑 찾아 한걸음에 달려온 한국

스페인에서 향기를 품고 날아 온
프러포즈 반지.
———
01 _ DHL로 날아든 프러포즈 반지

향기 뒤에 숨은 그것은 반지였다
오닉스(Onix) 반지 위에
그와 나의 이니셜이...

　일상으로 돌아왔다. 그다음 달에 복직을 했다. 본격적으로 회사의 합병 작업이 시작되면서 회사에서 밤을 새우는 일은 흔한 일상이 되었다. 스페인으로 가기 전과 1년이란 시차가 있었음에도 삶의 변화는 없었다. 마치 컴퓨터에서 '이전 페이지' 복구 키라도 누른 듯.

　여전히 기계적으로 아침 8시에 출근을 했고 정해지지 않은 늦은 귀가에 주말은 반납. 하루 열두 시간 이상을 앉아 있는 데다 시도 때도 없이 먹어 댄 과자와 커피로 약간의 위염이 생겼는지 종종 더부룩함을 느꼈다. 회사에서 주전부리로 직원들을 위해 사다 놓은 과자가 빈 회의실 하나 가득 채워져 있다. 평소 안 먹던 과자인데도 뇌 속에서 '당 떨어졌어.' 라는 외침이 들릴 때마다 손이 자꾸 갔다.

마음속으로 이미 정리가 되었다고 생각한 그 사람을 가끔 만났다. 서로의 식어버린 차가운 마음을 확인하는 개운치 않은 과정이지만 아프다 하니 다독이게 되고 다독이는 일 또한 상처가 덜 남을 수 있는, 상대를 위한 최소한의 배려라 생각했다. 다시 한번 느꼈다. 사람이고 물건이고 새로운 자극을 원하지만 긴 인생을 놓고 볼 때 '익숙함'이 '새로움'을 이긴다는 것을. 꽤 오래된 헌트 광고 카피를 기억한다. '십 년이 돼도 하루인 듯 하루를 입어도 십 년이 된 듯'

　사람 인연이 마치 '치아 교정용 고무줄' 같다고 느낀 적이 있다. 수년 전, 치과에 가서 발치 후 어금니와 송곳니에 고무줄 하나 끼워 넣는 것으로 치아 교정이 시작됐다. 고무줄을 혹시라도 씹게 되면 끊어지는 것은 아닐는지 호기심에 잘근잘근 씹어 본 적이 있다. 절대 끊어지지 않는다. 질기디 질긴 이것을 보고 '독한 놈'이라 해댔다. 인연을 생각하는데 빗대어 떠오른 것이 고무줄이라니 이보다 더 적절한 표현은 없다는 생각이 들었다.

　시간이 흐른 후 그에게 좋은 여자가 생겼다는 이야기를 들었다. 분명 그 사람에게 좋은 인연이기를 기도하며 축복해 주었다. 분명한 건 그와 난 만나지 말았어야 하는 인연이었다. 지금이라도 그가 꿈꾸는 둥지를 이번에는 꼭 만들기를 기도해본다. 거실에서 아빠가 부르신다.

　"해외 등기라더라. 방에 가져다 놨어."

"해외 등기?"

DHL 봉투 가운데 볼록한 모양새가 작은 상자 하나 정도 담겼을 크기다. 손 글씨 카드 하나, 핑크빛 리본이 묶인 집게손가락 크기의 상자 하나. 상자를 열자마자 익숙한 향기가 퍼졌다. 안토니오의 향기다. 그는 나를 만나러 올 때 내가 민감하게 반응하는 향수를 잊지 않았다. 스페인식 양 볼 인사를 나눌 때 그의 귓불을 타고 흐르는 향기가 좋아 나도 모르게 절로 입 꼬리가 올라가곤 했으니까. 향기 뒤에 숨은 그것은 반지였다. 오닉스(Onyx) 반지 위에 글자가 새겨져 있다. 그의 어릴 적 이름 약자인 'Y'와 세실리아의 'C'를 합쳐 새겨 넣었다고 쓰여 있다.

'세시, 오닉스는 액운을 떨쳐 주고 좋은 기운을 부른대. 네가 내게 올 때까지 기다릴 거야. 서두르지 않을게. 나의 마음을 받아 줘. 제발…'

욕조에 물을 받고 있는 중이다. 가끔 미온한 감정이 깨지면서 우울하거나 기쁘거나 슬퍼져서 심장 박동이 불규칙해질 때면 욕조에 들어앉곤 했다. 어렸을 때 다락방에서 하던 짓을 나이가 드니 욕조에서 하게 되더라. 성인이 된 후 대놓고 좁은 속을 드러낸다는 것이 여간 창피한 것이 아니다. 나이 먹을 만큼 먹어 화가 난다고 아님 설렌다고 다락방 문 걸어 잠근다는 것이 영 아이들이 하는 '뻘짓' 같아서 말이다. 그래서 다락방 대신 찾게 되는 곳이 바로 욕실이었다. 집을 얻을 때도 욕조만큼은 양보가 되지 않는 이유다.

스페인에서 내가 걸려 온 만큼의 시차를 극복하며 날아왔을 반지를 받아 들곤 이전보다 숨 가쁘게 뛰는 심장 박동을 느꼈다. 참으로 오랜만에 느껴보는 격한 반응이었다. 이 격동의 느낌을 즐기고 싶었다.

　발을 살짝 담그기에도 조금은 뜨겁다 싶은 온수를 콸콸콸 받아, 푸른 숲 향기가 나는 초록색 입욕제를 풀어놓으니 도취인지 마취인지 알 길이 없다. 옥죄던 현실의 허물을 벗어던지고 한 평밖에 되지 않는 나의 공간으로 미끄러져 들어갔다. 섬섬옥수 만져지는 하나의 덩어리가 어찌 그리 사랑스러운지 신의 형체를 본떠 인간을 만들었다는 근거를 멀리 찾지 않아도 되겠다. 오늘은 이 기분을 그대로 느끼기로 했다. 반지는 나에 대한 그의 오롯한 마음과 함께 목조 책상 서랍에 열쇠를 달아 고이 가둬 놓기로 한다.

한걸음에 달려왔다는 것을 실감하게 한
그의 가방 두 개.

____

02 _ 짐 가방 두 개에 실린 그의 삶

그의 달콤한 언어로 아침을 열고
압축된 사랑의 언어로 수혈을 받으며
잠이 들었다

 피아노 콩쿠르를 앞두고 아홉 살 아이의 손등을 매섭게 내리치던 피아노 과외 선생님.

 "아다지오(Adagio) 안 보여? 슬로우, 슬로우! 천천히!"

 시간이 흐른 후 발레를 전공했던 교수님의 교양과목을 들을 때 교수님으로부터 '아다지오'의 정체를 알아버렸다. 단순히 '느리게'라는 표현이 아니었다. 전국 콩쿠르에서 3등밖에 못한 이유가 바로 이것은 아니었을까.

 "음악에선 말이야. 이 아다지오를 단순히 '천천히'라고 이야기하지. 그런데 실제 어원은 그게 아니야. 이탈리아어 'ad agio'로부터 파생된 건데 '편안하게', '편안한 상태로'를 의미하는 게지. 발레리나는 느리지만 열린 움직임으로 우아한 포즈를 끊임없이 표출해 내. 이때 아다지오의 가장 중요한 건 중심잡기, 즉 컨트롤(Control)이야. 위대한 발레 마스터인 까를로 블라시스(Carlo Blasis)는 '아다지오를 정확하게 수행할 수 있는지가 무용수의 시금석이 될 수 있다.' 라고까지 말했지."

천천히 편안하게 우아하게 중심을 잡고. 아다지오(Adagio)!

그의 반지가 도착한 후, 우리의 사랑도 아다지오(Adagio)로 일상의 흐름을 깨뜨리지 않은 채 편안하게 다가왔다. 이전의 연애가 필사적이었던 것과 달리 그와의 연애는 부드러운 솜사탕 같았다. 사랑이 어떻게 이렇게 군더더기 하나 없이 깔끔하고 우아할 수 있을까 경외감이 들 정도로. 함께 있지 않은데도 둘이라고 느껴지지 않는 이 동질감은 우리의 사랑은 결코 속물 감정 따윈 없다는 듯 그와 나를 무장해제 시켰다.

아침이면 그의 달콤한 메시지로 눈을 뜨고 밤이면 압축된 사랑의 언어로 수혈을 받고 잠이 들었다. 가끔 꿈속에서도 그를 만나지만 그것은 신의 컨디션이 아주 좋았을 때만 가능한 일이었다. 힘들다고 투정 한마디를 내뱉으면 그의 손 글씨가 담긴 카드에 춤추는 인형이 스페인의 상공을 날아 집에 도착해 있기도 했다. 물론 한 달이란 긴 휴가를 얻어 한국에서 달콤한 추억을 쌓는 것도 잊지 않았다.

그렇게 단 하루도 빠지지 않고 달아오른 사랑의 온도가 '끓는점'을 넘어 인내심의 한계에 다다랐을 때, 그는 이야기했다.

"세시, 너와 함께 하지 않는 삶은 의미가 없어. 한국으로 갈래."

"한국?"

"이곳 생활을 모두 정리하고 바로 갈 거야."

"한국은 오빠가 적응하기 힘든 곳이야."

"세시, 내게 필요한 건 오로지 너야. 사랑해."

"나······두 사랑해."

회사엔 사직서를 내고, 집도 정리하고, 가족 같은 친구들과 송별 파티를 하고, 평소 아끼던 물건은 친구들에게 선물하고, 사랑하는 사람이 있는 한국행 비행기 티켓을 구매하기까지 그에게 필요한 시간은 단 2개월뿐이었다고 했다.

인천 국제공항에서 그를 다시 볼 수 있었다. 한국의 가을 하늘은 그의 입국을 반기기라도 한 듯 쾌청했다. 공항이 시끌벅적했다. 스페인 마드리드발 인천 도착 비행기가 약 20분가량 지연된단다. 전광판에 '도착'이라는 글씨가 보이기까지 나는 쫄깃한 심장을 몇 번이고 느껴야만 했다.

"세시(Ceci)!"

"안토니오(Antonio)!"

이산가족 상봉이 따로 없다. 먼발치 그의 얼굴이 띄자마자 힘껏 달려가 그에게 안겼다. 마치 첫사랑의 고전 영화 '라붐(LaBoum)'에서 소피 마르소가 남자 친구에게 달려가 안겼을 때와 흡사한 장면 아니겠는가. '리얼리티(Reality)'라는 배경음악과 함께 말이다. 그래, 한때 천만 아재들을 심쿵하게 만들었던 그 소피 마르소에 비유를 한다면 다 늙어 주책이랄지 몰라도 사람이 겉으로 늙지 속으로 늙나 반론해 본다. 여하튼 누구에게나 이 장면 또한 삶에서 존재하지 않을까. 사랑하는 이를 위해 달려가 포옹의 정점을 이루었을 때 심장이 '쿵' 하니 내려앉으며 눈물이 글썽해지는 경험, 연인들에게는 한 번쯤 있었겠지. 적어도 한 번쯤은 말이다.

　스페인에서 연수를 마치고 돌아온 지 1년 하고 2개월 만의 일이요, 그가 한국에서 휴가를 보내고 돌아간 지 8개월 만의 일이다. 그의 짐은 생각보다 단출했다. 달랑 큰 가방 두 개가 십 년의 망명 생활을 정리하고 떠나온 자의 전부라니 속에서 짠 내가 난다.

　"짐이 이것뿐이야?"

　"응, 필요한 건 장만하면 되지."

　"천천히."

　"너만 있음 돼. 남은 인생은 너와 달릴 거니까."

　아다지오(Adagio)로 평온하게, 천천히 시작된 사랑. 둘의 마음이 온전히 확인된 후 그는 내게 속사포처럼 거침없이 달려왔다. 마치 알레그로 아사이(Allegro assai)의 속도로. 매우 빠르게.

　그와의 본격적인 연애가 시작되었다. 국제 통화료가 아까워 가끔 송수신음이 끊기는 무료 통화로 사랑을 속삭이는 일 따위는 불필요해졌다.

03 _ 연세 어학당에서 한국어 배우기

"한쿡어 어려워."
"개뿔, 뭐가 어려워?"

"안토니오 여자 친구분 되시죠? 연세대학교 어학당입니다."

"네, 전데요."

"안토니오가 보호자로 적어 놓으셨더라고요."

"네, 말씀하세요."

"내일모레까지 필기도구와 신분증만 준비하고 9시까지 오시면 됩니다. 꼭 동반해 주시고요."

그가 짐 가방 두 개를 덜렁 싸 들고 한국에 도착하기 전, 미리 접수해 놓았다던 연세 어학당으로부터 전화가 왔다. '보호자'라는 단어가 익숙하게 다가왔다. 9년 전, 아빠가 병원에서 수술받으셨을 때 두 달여간 듣던 말이었다. 지금에 와서 나이가 비슷한 성년의 보호자가 된다는 것은 상상해 본 적이 없다. 자녀를 낳아 키워본 적이 없는 내게 입학식 일정에 준비물까지 세심히 일러주는 그녀의 말이 가슴을 뛰게 한다. 마치 초등학교 입학 자녀를 둔 기분이 이렇지 않을까. 왜 덩달아서 설레는 걸까?

노트에 필기구 하나를 담은 가방 하나를 그의 어깨에 메어주고는 혹시 길이라도 잃을까 걱정되는 엄마처럼 그의 손을 꼭 잡고 학교로 향했다. 잔뜩 긴장했는지 그의 손에서 땀이 촉촉이 배어 나왔다. 이번 학기에 시작하는 연세 어학당의 학생 수는 족히 천여 명은 되어 보인다. 외국인 백만 명 시대를 넘은 지 오래라더니 실감이 난다. 그중 스페인어 사용 학생은 달랑 두 명. 나이도 제법 많은 축에 속하는 그가 잘 견디어주기를 바라며 비상 연락처에 나의 전화번호를 남겨 두었다.

"기분 어때?"

"너무 행복해, 세시 고마워."

"뭘, 오빠 위한 건데 당연하지."

한 번 걸려오기가 어렵지 그의 담임선생은 자신의 책무를 과하게 수행하고 있었다. 사감 선생 같다.

"저, 연세 어학당 담임선생인데요."

"네, 안녕하세요."

"안토니오가 수업을 잘 못 따라와서요. 보호자가 함께 예습을 좀 도와주셨으면 좋겠어요."

"아, 많이 힘들어하나요?"

"나이가 많으셔서 그런지 이해 속도가 조금 느린 것도 같고..."

"저기 선생님, 머리는 좋은데 요즘 한국 생활 적응하느라 공부할 시간이 없어서 그래요. 원래 똑똑하고 그리고 종합 대학도 나왔거든요. 음, 또, 암튼 공부시킬게요."

자녀의 학업 성적이 떨어지면 엄마의 속이 뒤집어지며 한마디 던진다는 그 말을 나도 내뱉고 있었다. '머리는 좋은데 공부를 안 해서...'. 유치하고 궁해 보이기 짝이 없다. 나도 어느새 침을 튀겨가며 안토니오를 두둔하고 있었으니 여지없는 대한민국 엄마 형국이다. 대한민국의 엄마들이 이런 소리 듣고 가만히 있을 리 없다. 자존심은 이미 상해버렸다. 오늘부터 맹훈련 돌입이다!

"안토니오! 공부하자. 내가 그리로 갈게."

"한쿡어 어려워."

"개뿔, 뭐가 어려워?"

"외울 게 너무 많아."

"일단 이리 와 앉아. 공부는 엉덩이로 하는 거야."

"엉덩이로?"

직장에서 돌아오면 지정된 커피숍에 앉아 야학당 선생님으로 돌변했다.

"자, 빠드레(Padre)는 한국어로 '아버지' 야."

"아버지."

"그래, 한 번 알려줘도 금방 외우네. 오빤 천재야!"

"세시가 너무 잘 가르쳐줘서 그래."

그를 위해 만든 스페인식
추로스(Churros).

숙제에 파묻혀 사는 그를 위해 집에서 간식을 준비했다. 스페인에서 가장 흔하게 먹는 간식이 추로스(Churros)다. 추로스는 우리 식으로 이야기하면 꽈배기 튀김이다. 스페인에선 소금으로 반죽한 꽈배기에 설탕을 뿌리는 대신 버터, 계피, 설탕, 연유를 섞어서 만든 초콜릿 소스에 찍어서 먹는데 재미난 것은 이 달디 단 추로스가 '아침 식사' 대용이라는 것이다. 열심히 공부하는 그를 위해 마트에서 인스턴트 '추로스'를 사다 두었다. 꽈배기는 기름에 살짝 튀겨 체에 받쳐두고, 초콜릿 시럽을 따뜻하게 데웠다. 한국에서 완제품으로 나오는 '추로스'!

"짜자잔, 특식!"

"추로스(churros)?"

"오빠 위해 만들었어."

초콜릿 시럽에 잔뜩 묻혀 건네니 그제야 공부하느라 반쪽이 된 그의 얼굴에 보조개가 들어간다.

그렇게 그의 보조개를 만들어내던 나의 부드러움도 잠시 나의 목소리는 점점 높아져 갔다. 손톱 발톱이 부쩍부쩍 제 모습을 드러내더니 이젠 가르치려만 들면 으르렁대는 나 자신을 발견하곤 했다.

"아버지... 은."

"아니, '지' 자에는 밑에 받침이 없잖아. 그러니까 '는' 을 써야지."

"엄마... 이 가방 착상에 잇다"

"아, 진짜! 소유는 '의' 를 쓰고 가방 옆은 '이', '착상' 이 아니고 '책상', '잇다' 가 아니고 '있다', 마지막에 마침표 찍어야지. 한 달째 배우고 있잖아."

"세시, 화내지 마. 무서워. 나, 집에 갈래."

"뭐? 또 삐졌어? 안 돼! 숙제하고 가!"

냉장고에서 맥주 하나를 꺼내 벌컥벌컥 들이켰다. 십 분도 채 되지 않아 책상머리에서 곯아떨어진 그를 바라보니 웃음이 난다. 벌써 한 달째다. 머리에서 따끈따끈하게 올라오는 스팀을 언제까지 맥주로 식혀야 할 것인지... 절대적으로 가까운 이들끼리 무엇인가를 가르치는 일은 안 하는 것이 옳다! 하지만 당연한 일이었다. 내 나라의 언어도 아닌데 그것이 한 달 만에 익혀진다는 것이 무리지. 연세 어학당에서의 평균 연령이 이십 대인데, 그 속에서 아들 딸 같은 아이들과 같은 속도로 한국어를 배우기가 어디 쉽겠는가

"저기, 안토니오 보호자 되시죠?"

"네."

"연세 어학당인데요. 저, 말씀드리기 좀 그런데 시험에 통과를 못 해서 월반은 힘들 것 같아요. 같은 수업을 다시 들어야 할 것 같아요."

"통과요? 몇 점으로 떨어졌는데요?"

"40점이 나왔어요. 한국어의 '조사'를 전혀 이해하지 못하시더라고요."

"네, 다시 해야죠. 뭐."

좌절 모드다. 과락이 한 명이라는 데 그 사람이 안토니오란다. 그는 또 얼마나 실망했을까? 그러고 보니 시도 때도 없이 도착하던 메시지가 오늘따라 점심 잘 먹었냐는 안부 문자밖에 없다. 전화를 해 보니 시내를 걷고 있는 중이란다. 오늘은 만사 재껴두고 일찍 퇴근해서 그가 좋아하는 스테이크라도 먹으러 가야겠다. 타국에 와서 고생이다.

04 _ 가족이라는 울타리

결국 그는
그때 그 뜨거웠던 열정을
남겨 놓고 떠났다

본능이다. 가족이란 걸 갖고 싶을 때가 있다. 제일 친한 친구가 결혼한다고 청첩장을 보내올 때. 나를 포함해 몇몇 친구들을 들러리 세우고 저들끼리 아주 멋진 웨딩 촬영을 할 때. 누구나 꿈꿔 봤을 달콤한 신혼여행을 다녀와 여행 작가가 꿈이었던 나의 감성을 자극할 때. 뿐인가 얼마 되지 않아 움켜쥔 손 하나가 불과 내 검지 두 마디밖에 되지 않는 아기를 낳았을 때는 나의 부러움은 절정에 이르고 만다.

내가 시간이 멈춘 듯 직장과 집을 기계처럼 오가는 동안 인스타그램이나 페이스북에 소개되는 그녀들의 이야기는 매일같이 자라더라. 마치 '성장 촉진제'라도 맞은 듯 부쩍부쩍 말이다. 하나가 둘이 되더니 이제 셋, 넷 그렇게 단란한 자신의 팀을 한 명씩 늘려갔다. 실은 이런 소소한 것들이 부러워 결혼에 대한 꿈을 꾸었다. 그저 결혼이란 내

편을 만드는 작업이라 생각했다.

평소에 내가 생각하는 가장 단란한 식구의 표본은 아홉 명이었다. 할머니 할아버지와 자녀 다섯을 두고 있는 부모의 조합. 더 완벽해지려면 아들 둘에 딸 셋이 좋겠다고 생각했다. 꿈도 늙나 보다. 스무 살부터 꿔온 이 야무진 꿈도 나이가 들어 제2의 사춘기를 앞두고 있다.

나는 일 년에 두세 번 병원을 갈 때만 외출을 하시는 85세의 아빠와 십이 년 차 간병 일을 그만두시고 쉬엄쉬엄 동네 마실 다니는 78세의 엄마와 함께 살고 있다. 신기한 건 드라마 속에서 단골처럼 등장하는 '노부모와 중년 딸의 조합'이 눈물바람을 조장하기는커녕 코미디 같다는 게다. 꼬물꼬물 하루에 4천 번은 웃어젖힌다는 아기의 웃음소리가 담장을 넘는 법은 없어도 매 함께 하는 식사 때면 덜거덕거리는 아빠의 틀니 소리를 듣는다. 조기 은퇴 후 멋진 세계여행을 꿈꾸는 부부의 계획은 없어도 싱싱한 야채 거리와 갓 들어온 생선을 선점하기 위한 엄마와의 장바구니 나들이가 즐거움을 대신했다. 우리 집의 평균 나이는 70세다. 친구들의 가정을 보면 평균 나이가 자녀들로 인해 30대 중반인 것에 비해 상당히 높은 편이다. 나중에 알았다. 가족의 형태가 이 세상에 존재하는 색깔만큼이나 다채롭다는 것을. 어느새, 이 모든 가치를 알아볼 수 있는 나이가 된 걸까. 이렇게 세 사람이 만들어 내는 일상도 얼마나 복작대는지 그 가운데 기쁨을 찾아내는 것도 결국 내 몫이었다.

이렇게 가족이란 울타리를 떠올리며 사랑하는 사람을 위해 단걸음에 달려온 그를 조금씩 내 마음으로 받아들였다. 하지만 한국에서의 녹록지 않은 생활을 견딘다는 것이 그에겐 쉽지 않은 일이었다. 더욱이 그가 가진 외로움과 허전함 그리고 두려움을 극복해 내도록 도움을 줄 여력이 내겐 없었다. 결국 그는 그때 그 뜨거웠던 열정을 남겨 놓고 떠나갔다. 우리는 서로 예측하지 못했다. 그저 이렇게 사랑만 하면 남들처럼 결혼을 하게 되고 쪽쪽 어르고 빨 아이가 생겨나 절로 가족이 만들어지는 줄 알았다.

온기 없는 한적한 공항.

05 _공항에 짙게 드리워진 불길한 예감

이별이 아닌 줄 알았는데
진짜
이별이었다

"여권은?"

"챙겼어."

우리는 할 말을 잃고 그저 그렇게 같은 자리에서 두어 시간째 보내고 있다. 늦은 밤, 공항은 한적했다.

"커피?"

"고마워."

나의 손을 평소보다 아프도록 쥔 그에게서 초조함이 느껴진다. 반대편 손으로 그의 어깨를 감싸 안았다. 괜찮다는 내 마음의 표현이다.

"아프지 말고."

"오빠 걱정이나 해. 가자마자 연락하구."

할 말이 없었다.

"나, 들어가야 할 것 같아."

"그래."

길지도 짧지도 강하지도 약하지도 않은 그렇다고 형식적이지는 않았던 포옹과 두 번의 볼 키스 후 그는 보안대 안으로 들어갈 준비를 하고 있었다. 여권을 보이며 보안검사 구역으로 들어가는 그를 급하게 불렀다. 그는 얼른 들어가라고 손짓하며 고개를 끄덕였지만 지금의 이 상황이 실감이 나지 않는 나는 또다시 그의 발걸음을 멈추게 했다. 그간 그에게 '사랑한다' 라는 말을 해 주지 못했던 것 같아서.

"사랑해."

"세시, 정말 많이 사랑해!"

그가 떠난 그 자리에 사람의 온기는 사라져 버리고 어깨를 짓누르는 무거운 기류만이 감돌고 있었다.

그는 늘 사랑의 메시지를
적어 내게 보내왔다.

————

06 _ 약속

점쟁이가 한숨을 내쉰다
"합이 안 들었어. 합이..."

"오빠, 밥은?"

"방금 먹었어. 너는?"

"나도 방금."

그가 스페인으로 돌아가고 우리의 대화는 마치 십 년 살아온 부부처럼 편안해져 있었다. 어쩜 포기가 아니었을까. 서로 힘드니 원래의 제 위치로 돌아가자고 이별이란 합의를 암묵적으로 했던 것은 아니었을는지. 대화의 시작은 아침은 잘 먹었는지 오늘 하루 속 썩이거나 귀찮게 한 '인간' 은 없었는지 신상의 불편함을 묻는 것으로 시작했다. 물론 '사랑한다' 라는 말을 잊지는 않았다.

8년 전, 아빠와 나는 가톨릭으로 개종을 했지만, 엄마는 여전히 집안일이 풀리지 않으면 올해가 삼재가 든 해는 아닌지 달력을 뒤적이거나 시퍼렇게 날 선 작두를 잘 탄다는 용한 곳에 '점' 을 보러 다니셨다. 집요하게 추적해 본다면 내가 베고 자는 베갯잇 속에 해독하기조차 어려운 붉은 부적이 있을지도 모를 일이지만 난 그것을 가족에 대한 엄마의 또 다른 사랑 방식이라 규정짓기로 했다. 한동안 냉담했던 내가 새벽기도라도 나서고 싶은 것을 보면 엄마의 애끓는 마음도 무리는 아니었겠다.

유독 그와 함께 보낸 시간의 기억이 강렬했던 것일까? 혼자 보내는 주말이 싫어 보고픈 친구를 찾아 나섰다. 동탄에서 네팔 레스토랑을 운영하고 있는 동현에게로.

"친구야, 여기 바로 옆에 철학과 여교수님이 있는데 진짜 잘 봐. 한번 볼래? 재미로 봐."

"그래? 그리 용해?"

동현이의 말 한마디에 귀가 솔깃했다. 물불 안 가리고 답답한 속을 풀 곳을 찾던 터에 용한 점쟁이라니 달갑기 그지없다. 도대체가 뭔 '살'이 들었기에 이리 안 풀리는 걸까.

내어 준 푹신한 방석에 앉아 용하다는 그녀를 기다렸다. 쌀을 뿌리거나 제비뽑기를 할 만한, 옻칠한 탁상도 보이지 않는다. 알록달록 치장이나 눈빛만 봐도 귀신이 도망갈 것 같은 날카로운 이미지를 기대했지만 푸근한 인상의 한 여성이 들어왔다. 팔자가 좋아 고생 근처에도 가보지 않은 듯 잡티 없는 희고 고운 얼굴에 주름 없는 손등의 그녀는 내년이 환갑이란다. 하얀 새치머리만이 그녀의 나이를 대변했다. 한 시간 반 동안 대학 합격이나 분양 아파트 당첨 발표라도 듣는 듯 긴장을 늦추지 않고 집중했다.

- 음, 귀인이 든 형상이네. 밖에서 살 팔자라 외국 나가서 사업을 해도 잘 될 거야. 유럽이 '금' 이거든. 스페인이라면 사업 운도 금전 운도 승승장구하겠어. 마중물 길지 않아도 돈이 절로 들어올 팔자야. 자식 운도 좋네. 결혼 운이 늦게 들어 있으니 앞으로 몇 년 안에 좋은 사람이 나타날 거야. 지금까지의 인연은 스쳐 지나는 게고. 잘 살아. 아주 행복하게. 걱정 마.

순간, 머리가 쭈뼛이 섰다. '자식 운? 게다가 평탄하다고?' 방언 터지듯 술술 이야기하는 점쟁이의 말을 끊고 반문했다.

"귀인에 자식 운이요? 저기 점쟁이 아니 교수님, 제 삶은 그렇게 평탄치 않다고요. 롤러코스터 같아요."

"초년 운에 '살' 이 겹겹이 들어 고생 좀 했겠지. 중년부터 풀리는 사주야. 가만히 보자. 음, 쉰하나부터는 탄탄대로네 걱정 마. 특히 중년에서 노년으로 넘어가면 좋지 않은 '살' 이 하나도 없어. 그 흔한 '병살' 도 없어. 노년 운이 요즘 것들 말로 '대박' 이야. 근데…"

"음, 지금 사람이랑은 썩 좋지는 않구먼."

"네?"

"왜 그래? 사주가 안 좋대?"

"재물 운, 사랑 운, 특히 노년 운은 희한할 정도로 좋대."

"근데 왜 그리 시무룩해?"

"안토니오랑은 스쳐 지나가는 사랑이래. '합'이 안 맞는다는데 그럼 헤어진다는 거 아니야?"

"결혼이 인생의 전부는 아니잖아."

역시 진보적이고 시크한 녀석. 내 이래서 녀석을 좋아한다니까. 영혼 없는 위로로 구구절절 내뱉는 의미 없는 친구보다 백배 아니 천배는 낫다.

그와의 달달한 대화는 이것이 마지막이었다.

"세시, 남이섬 기억나? 동그란 거, 밀가루 반죽한 거 안에 검은 설탕 넣어서 기름에 튀긴 거, 그거 먹다가 입 다 데었잖아."

"아, 호떡!"

"마드리드 살사 바 말이야. 제비같이 생긴 놈이 세시한테 치근덕대다가 내가 주먹 날릴 뻔했던 거. 그때 열 무지 받았지."

쿡쿡쿡. 잠들기 전, 이불을 뒤집어쓰고 둘만의 오롯한 추억을 끄집어낼 땐 오줌을 지릴 정도로 배꼽 잡고 웃었더랬다. 장시간의 통화가 끝날 무렵이면 그에 대한 그리움에 같은 질문을 했다.

"곧 밸런타인 데이(Valentine Day)인데 오빠가 왔음 좋겠다."

"나도 가고 싶지만."

"알아. 더 이야기하지 마."

"약속할게. 다시 돌아갈 거야."

"……"

기약 없이 누군가를 기다리는 건 고통스러운 일이지만 약속한 해후는 설레기까지 하다. 군대 제대 날짜 받아 둔 병장의 마음과 한가지다. 학창 시절 곱표로 하루하루 지워가며 손꼽아 기다렸던 그 무엇이 누구에게나 있지 않았던가. 그런데, 얼마 전 동탄 점쟁이에게 들었던 말이 환청처럼 들려온다.

"합이 안 들었어. 합이..."

고개를 절레절레 흔들며 속엣말을 해댔다.

'바보! 왜 그런 쓸데없는 말에 귀를 기울이고 그래? 오이 눌러 두었던 돌덩이 하나 쥐여주고 용한 물건이라고 하면 출퇴근길이라도 들고 다닐 판이야. 정신 차려! 하여튼 줏대 없고 팔랑귀인 건 알아줘야 해. 재수 옴 붙으면 어쩔라구! 얼른 퉤, 퉤, 퉤, 침을 세 번 뱉고 까치발 한 발로 뛰어야 해!'

그렇게 우린 순번 없는 이별을 맞았다. 한국이란 나라를 다녀간 후 그는 사랑하는 이를 두고 스페인으로 돌아가 버린 죄책감 때문에 몹시 힘들었다고 했다. 술도 마시지 않고 더 이상 댄스 수업에서도 그를 볼 수 없었다고 친구들이 전해 왔다.

돌아오는 해 휴가는 꼭 스페인에서 같이 보내자고 했다. 조용한 바 (Bar)에서 따뜻한 까페 꼰 레체(Cafe Con Leche)를 앞에 두고 그의 얼굴을 바라보며 나는 괜찮다고 기다리겠다고 말해 주고 싶었다. 그런 시간은 다시 돌아오지 않았다. 함께 하자던 휴가 계획도 어긋나고 발걸음이 쿠바로 향하기까지.

"알레야. 내가 오늘 헤어진 남자에게 욕을 실컷 해 댔어.
그리고 막 울었다. 잘했지?
네가 그랬잖아. 힘들 때 힘들다고 기쁨 기쁘다고
춤추듯 살아야 행복하다며. 그게 행복의 비결이라며."

"그래, 잘했어. 세시. 어때? 후련하지?"

Leave, meet and love

04

쿠바에서 만난 첫 번째 남자 알레한드로의
행복 강의 '내려놓기'

기대감 없이 도착한 쿠바.

___

01 _ 아바나를 포옹하다

'꺼억'
취한다

비즈니스석이라고 좋은 와인에 코냑을 권하는 대로 마셨더니 취기가 가시지 않는다. 족히 예닐곱 시간은 지났을 텐데...

스페인어로 곧 이륙한다는 방송이 나오고 얼마 되지 않아 쿠바 아바나의 호세 마르띠(Jose Marti) 공항에 도착했다. 미국을 통해서 들어오면 더욱더 까다로워지는 쿠바의 입국 심사! 그것을 미리 알고 있었던 터라 캐나다 토론토를 경유했다. 입국 심사원이 나의 이름을 부른다. 까무잡잡한 피부와 에스 라인의 멋들어진 몸매 그리고 엉덩이를 간신히 가렸을 법한 초미니 스커트의 입국 심사원. 유난히 복장에 대해 촉을 곤두세우는 한국의 제복 문화와는 사뭇 차이가 난다. 뭐, 나쁘지 않다. 나라마다 다른 문화는 이해하는 것이 아니라 인정하는 것이다. 게다가 성형을 한 듯 보이는 모양새가 곳곳에서 눈에 띈다. 대한민국의 여성들 보고 성형천국이라고 비아냥거리는 말에 나도 할 말

있다. 중남미 또한 성형 천국이라고. 성형의 부위만 다를 뿐 아름다움에 대한 관심은 여성이라는 종족이 사라지지 않는 한 존재할 것이다.

아무리 둘러보아도 아시아 인종은 찾아볼 수가 없다. 16억의 인구를 자랑하는 중국인조차도 전무하다. 입국 심사를 마치고 나니 밤 12시가 가까워온다. 급하게 오느라 이 먼 곳을 오면서도 첫날밤 잠 잘 숙소조차 알아볼 새가 없었다. 그럴만한 마음의 여유 또한 없었다. 공항 안내원이 소개해 주는 인근의 까사 빠르띠꿀라(쿠바 숙박업소의 총칭) 주소를 메모했다.

전봇대를 사이로
꼬일대로 꼬인 전선들
과거 우리 어린 시절
골목길과 흡사하다.

공항 택시를 탔다.
"아저씨, 혁명 광장 근처 이 게스트 하우스 가주세요."
골목으로 들어서니 밤거리가 으슥하다. 쿠바는 치안이 좋은 나라다. 미국 수교 후 해마다 급격히 늘어가는 관광객의 증가로 쿠바는 외국인 숙소를 운영하고자 하는 사람들에게 지원금을 주고 숙박비의 50% 정도를 세금으로 거둬들이고 있다. 정부의 운영 허가를 받은 집을 '까사 빠르띠꿀라(Casa particular)' 라고 한다. 배의 닻 모양의 마크가 달려 있기 때문에 분간하기도 쉽다. 만약 이런 허가도 받지 않고 외국인에게 숙박료를 받았다면 즉시 교도소행이다. 아직 사회주의 국가인지라 정부의 정책에 반하는 행동을 하면 그 죄의 대가가 무섭다. 숙박비는 하루 평균 한국 돈으로 3만 원 정도다.

"안녕하세요, 저 세실리아라고 해요. 한국에서 왔어요. 삼 주 머무를 예정이에요."

"오우, 반가워요. 난 빅토리아예요. 마침 동양의 아가씨에게 어울리는 방이 있어요. 이리 들어와요"

화장실이 딸린
정갈하고 예쁜 방

빅토리아가 내어 준 나의 방 역시 하루에 한화로 3만 원이다. 마음씨 좋아 보이는 빅토리아로부터 방을 안내받고 짐을 푸니 새벽 2시다. 아, 피곤하다. 이틀 전, 대한민국의 서울에 있었던 내가 지금은 쿠바의 아바나에 있다니 실감이 나지 않는다. 갑자기 긴장이 풀려서일까 만사가 귀찮다. 나도 모르게 스르르 잠이 들고 말았다.

초경을 시작하면 웨딩사진처럼 기념사진을
남겨두는 쿠바의 아이들.

02 _내 꼴 재기

이 지구상에
나의 이 꼴 저 꼴 봐줄 이는
나 하나밖에 없더라

"세실리아 언니는 이마가 넓다. 이마가 몇 센티야? 코는
납작해. 재 보자. 히히히"

"안젤리나 잠깐, 잠깐만. 언니 아침 좀 먹자."

"놀아 줘."

토스트를 한 입 베어 물자마자 일찍 일어난 안젤리나가 내 얼굴에
줄자를 들이대며 장난을 친다.

자기 얼굴을 줄자로 재 본 사람이 어디 있다니. 참 내, 아이들이란.
안젤리나는 빅토리아의 막내딸이다. 아직 초등학생인데 어찌나 붙임
성이 좋고 밝은지 나를 제 친구로 아는 듯 보기만 하면 놀자고 보챈다.

안젤리나와 시간 반 이상을 놀아주고 방에 들어오니 문득 호기심이
생겼다. 안젤리나 말대로 얼굴 한 번 재어 볼까? 한참 거울을 바라보다
그 거울에 코를 눌러 박았다 떼고는 거울에 어린 내 꼴을 바라보았다.

'아, 내가 이렇게 생겼구나.'

매일같이 습관적으로 거울을 볼 때마다 눈가 세 줄, 미간 두 줄, 목에 넉 줄 굵게 잡힌 주름만 세었다. 단 한 번도 올곧이 내 얼굴을 바라다 봐 준 적이 없었다. 설렁설렁 무관심하게 습관적으로 보았던 내 얼굴을 유심히 바라봐 주기로 했다.

누군가와 사랑을 할 땐 얼굴에 젖살이 오른 것 모양 포동포동하더니, 이별하자고 마음먹은 순간부터 급속도로 수척해지더라. 심지어는 입가에 보조개를 닮은 양쪽 선이 생겼더랬다. 이별의 대가는 절대 호락호락하지 않다.

오후 네 시, 식상해져 안젤리나의 방에 내동댕이쳐져 있는 줄자를 가져와 거울 앞에 섰다. 마치 양복장이 인양 얼굴을 재단 중이다. 삼자 형 이마 중심에 줄자를 고정시키고 턱 끝까지 재어 보니 20.8cm, 코끝을 기점으로 가로선을 이어 애교머리 끝까지 재어 보니 20.8cm, 어찌 이런 일이 있을 수 있을까. 어떻게 얼굴의 가로 길이와 세로 길이가 똑같을 수 있지? 이것은 반역이다. 아무리 동양인의 얼굴이 넙데데하다 해도 가로변, 세로 변 길이가 똑같다니 말이 되나? 그간 살이 올랐나? 눈의 길이는 3.5cm, 코의 길이는 7.5cm, 입의 길이는 5.0cm, 귀의 길이는 6.8cm,.

가장 예쁘게 웃는 모습이었을 때 입은 8cm로 커졌고, 썩은 미소를 날리거나 비아냥거리는 입은 6cm로 대폭 줄었다. 그동안 내 얼굴을 참 인색히도 바라봐 줬구나. 내 얼굴이 남 보라고 있는 것도 아닌데 그동안 왜 그렇게 신경도 못 써주고 살았을까? 남에게 습관처럼 히죽히죽 웃어주던 그 미소의 천 분의 일만큼이라도 날 위해 웃어 주었던가? 활짝 웃었다. 나의 입이 아름다운 미소의 분기점인 8cm를 넘어 10cm가 가깝도록. 입이 웃으니 눈가가 촉촉해진다. 두 번째 반역이다. 한 얼굴 안에 있는 눈과 입이 다른 표현을 하고 있다니 말이다. 입이 웃고 있는데, 눈이 울고 있다는 것이 어찌 가능해? 산다는 것이 그렇게 반역 투성이구나. 보는 것도, 듣는 것도, 말하는 것도, 웃는 것도 일치되지 않는 세상. 이젠 제대로 봐줘야지. 아무도 애정 어린 눈으로 봐주지 않는 내 꼴. 나라도 내 꼴을 봐줘야지. 그래야 이 험한 세상 살아내지.

"세시, 따말(El Tamal) 먹어! 엄마가 이거 먹고 외출하래."

"이게 뭐야? 옥수수 같은데?"

"밀가루랑 옥수수 가루를 옥수수잎에 싸서 냄비에 찐 거야. 이거 맛있어."

"음, 고소한데?"

안젤리나가 챙겨 준 간식 따말을 먹고는 선글라스와 약간의 돈을 챙겨 들고 아바나로 향한다. 가장 예쁜 미소를 만드는 8cm의 입가를 만들면서 말이다.

웨딩 촬영을 하는 열다섯 살
쿠바 소녀.

___

03 _ 열다섯에 결혼을 하고 임신을 하는
쿠바 소녀들

"열다섯은 성인이에요. 엄마가 되니까요."
쿠바 아이들의 첫 임신은 열다섯 살부터

아바나(Havana)를 산책하기 위해 아침부터 서둘렀다.
아바나는 내가 좋아하는 구 시가지인 올드 아바나(Havana Vieja)와 신
시가지인 베다도(Vedado), 그 사이에 있는 센트랄 아바나(Central
Havana)로 나뉜다. 개인적으로 파스텔 톤의 낡은 건물들과 총 천연색
의 올드카를 구경할 수 있는 그래서 유럽의 예쁜 골목을 재현해 놓은
듯한 올드 아바나의 시가지를 좋아한다. 차가 다니지 않아 각종 기념
품과 전시관을 편하게 둘러볼 수 있는 오비스뽀(Obispo) 거리와 스페
인 정복자들이 식민통치를 위해 처음으로 만들었다는 조용한 아르마

앳되어 보이는
한 여자가
웨딩 사진을
찍고 있다.

스 광장(Plaza de Armas)을 가지고 있다는 이유도 한몫을 했다. 타들어 갈 듯한 오후를 잠시 비껴가려면 아르마스 광장에 앉아 시원한 냉커피 한잔을 마시는 여유가 필요하다.

앳되어 보이는 한 여자가 웨딩 사진을 찍고 있다. 야외 촬영이다. 검게 그을린 피부 덕일까 섹시하기까지 한 그녀의 매력에 푹 빠져 있었다. 잠깐 신부와 마주친 눈짓으로 사진 찍는 것을 허락받은 나는 사진사와 함께 셔터를 눌러댔다.

"니냐! (얘!) 고개를 더 아래로!"

야외 웨딩 촬영 중인 열다섯 살 소녀 '이네스'

"꾸안또스 아뇨스?" (몇 살이니?)

"낀세 아뇨스." (열다섯이요.)

갑자기 나이가 궁금해져 물으니 열다섯이란다. 한국 나이 열다섯이면 고등학교 진학을 위해 학원에서 살다시피 할 중 2 아닌가. 열다섯에 무슨 결혼을 하느냐 반박할지 모르지만, 이때쯤 결혼을 하는 것이 예사로운 이들에겐 우리보다 더 일찍 경험치로 익힌 그들 나름의 성숙한 인간관계의 모습이 보인다. 확실히 그들은 남녀관계에 있어서 우리보다 더 일찍 성에 눈을 뜨고 합리적이며 성숙하다. 이들은 벌써 스스로 한 일에 판단하고 책임을 질 줄 안다. 남녀가 불장난하다 아기가 가져진다 해도 아기를 낙태하는 법은 없단다. 이들은 미래를 약속한 남녀관계에 대한 기본적인 예의를 아는 것이겠다. 그러니 여기에 와서는 열다섯이라도 함부로 아이 취급을 하면 안 된다. 이들은 이미 어른이다. 마치 조선시대에 같은 동년배라도 장가를 가 상투를 튼 도령에게는 막말을 못 하듯. 자세히 들여다보면 이미 이들에겐 우리가 범접할 수 없는 '사랑의 질서'라는 것이 존재하는 듯하다.

물론 대한민국도 변화하고 있다. 과거 유교의 영향을 깊이 받아 '남녀 칠세 부동석'이란 단어가 마치 교육 잘 받은 양반댁 규수를 대변하던 시대는 지났다. 하지만 그들처럼 자유와 책임감이 동전의 양면 같은 것이란 걸 깨닫기에는 시간이 좀 더 필요하다. 유럽은 어려서부터 '파티'라고 하는 문화 속에서 남자와 여자가 서로 사랑을 구애할 줄 아는 자신만의 방법을 터득하지 않던가. 이십 대의 청년들만 보아도 그들의 이성 접근법은 사뭇 세련되었다. 그것이 어찌 우리나라처럼 '연애 잘하는 백한 가지 기법'과 같은 책에서 익힐 수 있는 것이란 말인가. 뿐인가. 파티 끝자락 남자 친구나 여자 친구를 집으로 데리고 오면 부모가 방 하나를 내어 주며 편안하게 사랑을 만끽하도록 배려해 준다니...

아직은 덜 여문 듯 보이는 우리나라의 성교육이 조금 더 구체적이길 바란다. 무엇이든 제대로 열어 보여야 올곧은 학습이 된다. 요즘 대한민국도 성을 경험하는 평균 나이가 10대 초반이라고 하는 것에 아직도 의문을 가지고 있는 것은 아닌지. 반해서 아직도 혼전순결이 마치 당연한 듯 여기는 부모들이 이들과 동시대에 공존하고 있는 것도 성을 바라보는 잣대가 바뀌지 않는 이유 중 하나이다. 중년 세대의 생각이 바뀌어야 한다고 생각한다. 유교 문화에 젖어 있었던 부모들의 신념이 바뀌어야만 진심으로 사랑해서 임신한 십 대의 아이들에게 낙태를 종용하지 않을 테니 말이다. 내가 꼭 가톨릭 신자여서가 아니라 누군가의 아이로 자라게 될 지구상의 한 소중한 생명을 하나라도 잃고 싶지 않은 소박한 염원이다.

생명은 존재 자체로
위대한 것이다.

아무튼, 멋지다! 열다섯에 결혼을 하고 임신을 하는 쿠바 소녀들에게

"Felicidades Matrimonio!" (결혼 축하해!)

한 살이라도 젊을 때 멋지게 사랑하라고
조언하는 빅토리아.

04 _ 참아 줘 빅토리아

"세시, 우리 엄마 아빠가 좀 시끄러워.
이해해. 사랑도 다 때가 있는 법이거든.
좋은 때지."

빅토리아는 나와 호형호제하는 쿠바의 게스트 하우스 주인이다. 나이는 52세. 그녀의 남편은 후안으로 그녀보다 11살 연하의 경찰이다. 지금 키우고 있는 안젤리나도 전남편의 아이다. 안젤리나는 아빠가 둘이어서 좋다고 자랑한다. 이곳에선 낯설지 않은 풍경이다. 편부모나 싱글맘의 손에 자랐다고 해서 주눅이 들거나 차별받지 않고 당당할 수 있다는 것이 내심 부럽기까지 하다. 이렇게 밝게 클 수 있는 이곳의 문화가 그리고 자유스러움이 좋다.

쿠바에 머무는 동안 빅토리아는 내게 수다스러운 언니가 되기도 했고 아주 가끔은 잔소리 많은 엄마가 되었다.

"세실리아, 쿠바의 남자들은 매력적이야. 사랑은 기본, 의리도 있지. 사랑이 없는 남자와의 결혼은 지옥이야. 무엇을 갈등해? 새로운 사랑을 찾아. 조언한다면 남자는 너보다 열 살 정도는 어린 남자를 골라. 늙은 호박은 질길 뿐이라고. 예의는 찾아볼 수도 없고 고집만 세고 큰소리만 칠 줄 안다구."

역시나 사랑에 열정적인 쿠바 사람답다. 우습다. 세계 어디 가나 갱년기를 넘어서는 나이가 되면 푸대접을 받는 것은 동일한가 보다. 단지 이들에게 있어 사랑할 수 없는 갱년기란 한 팔순은 되어서야 가능할 법하다. 우리에게 마흔 정도를 넘어서면 사라지는 페로몬 향이 이들에겐 유독 오래 남는 비결이 무엇일까.

올드 아바나에서 녹초가 되어 돌아왔다. 거실에 사람이 가득하다. 쿠바의 '시가'를 수입해 간다는 베네수엘라의 부자 사업가와 여자 셋이 수다 삼매경이다. 덕분에 오늘 밤은 외롭게 저녁을 먹을 일은 없겠다.

방으로 돌아와 쉬고 있노라니 그들의 사랑놀음은 또다시 시작되었다. 성인들이 하는 밤놀이를 누가 사랑의 속삭임이라 했던가. 누가 밀애라 표현했던가. 수건으로 양머리를 만들어 귀를 덮어도, 비행기에서 넣어 온 소음용 고무마개로도 도무지 가릴 수 없는 소리. 바로 나와 가장 가까운 빅토리아의 방에서 울려 퍼지는 소리다. 사랑을 나누는 소리 또한 요란하다. 그 열정이 대단할 뿐이다.

낮 더위를 먹었나 보다. 목이 말라 거실에 나오다 안젤리나와 마주쳤다.

"세시, 우리 엄마 아빠가 좀 시끄러워. 이해해. 사랑도 다 때가 있는 법이거든. 좋은 때지."

초등학교 아이가 제 부모의 사랑 방식을 이해한다며 숙박하고 있는 손님에게 한다는 말이... 고개까지 절레절레 흔들며 제 방으로 들어가는 모습이 풋, 귀엽기 그지없다.

아이들을 재워 놓거나 특별히 얻어 낸 휴가를 틈타 그간의 묵었던 사랑을 조심스럽게 확인하는 대한민국 기혼자들의 사랑 방식과 달리 이들의 사랑놀음은 정말 요란하다. 요란스럽다는 말도 적당할는지. 저 약하디 약한 조립식 나무 침대가 육중한 두 성인 남녀의 무게를 견디고 있다는 것 또한 아이러니하다. 삐거덕거리다 못해 들썩임과 흐느낌이 이곳 게스트 하우스의 몇 안 되는 청춘 남녀들을 잠 못 이루게 만든다.

그 이튿날 아침, 아침을 만들기 위해 맞닥뜨린 그녀의 얼굴은 만개한 꽃처럼 활짝 피어있다. 콧노래를 흥얼대는 80kg의 풍만한 몸의 안주인 빅토리아는 커피와 빵, 그리고 계란 프라이가 전부였던 아침상을 걸게 차려냈다. 역시, 사랑의 힘은 위대하다.

"오우! 세시, 좋은 아침이야. 오늘은 유난히도 해피한 하루야"

그렇게 콧노래를 흥얼대는 날의 아침상은 임금님 수라상 같다. 보통 과일 몇 조각에 커피와 빵이 나오던 것과 달리 상차림이 멋들어지니 이거 누구에게 감사해야 하나? 그녀가 보낸 화려한 밤 이후 달라진 밥상을 대접받는 것은 우리 아닌가. 그렇지. 빅토리아가 아니라 그의 어린 남편 후안에게 감사해야겠다.

'고마워 후안. 당신 덕분에 나날이 멋진 아침을 대접받을 수 있었어.'

걸진 아침도 삼 일째가 되니 점점 지쳐간다. 수면 부족이다. 삼 일째 지속되는 고문이다.

'오우... 제발 참아 줘. 빅토리아.'

말레꼰에서 한껏 폼 재고 있는
알레한드로.

___

05 _ 모히또 술독에 빠져 지내다

한 잔, 두 잔 벌써 삼 일째네
쿠바 리브레부터 시작한 음주 릴레이는
모히또로 이어졌다

"짜슥, 이리 와 봐. 야, 내가 네 이모 뻘이다. 첫사랑만 실패 안 하고 열다섯에 결혼했음 너 같은 아들도 있어 인마. 까불구 있어. 네 엄마 나이 몇이니?"

"우리 엄마? 잠깐, 잘 모르겠는데... 음... 마흔 하나? 둘?"

"너희 엄만 그럼 스물에 너 낳은 거니?"

"응 . 좀 늦었지."

"늦기는. 우린 그때 학교 다닐 나이야. 술이나 마셔야지, 내가 너랑 무슨 이야기를 하고 있는 거니? 가라 가. 혼자 있고 싶어."

"싫어."

"싫어? 왜?"

"네가 좋으니까."

"내가?"

"응."

"뭐가 좋은데?"

"그냥 끌려."

"쿠바 남자들은 애나 어른이나 마초라더니."

"열정적인 거야."

"나중엔 사랑한다고 하겠네."

"응."

"미치겠다. 넌 3초 만에 사랑에 빠지니?"

"우리 3일 봤잖아. 근데 3초 만에 사랑에 빠진 거는 맞아. 처음에 너를 만났을 때 너를 사랑하게 됐어."

"너 이제부터 별명 '3초' 다. 어이 3초!"

"나 3초 아니야. 시험해 봐. 난 3시간도 너끈해."

"뭔 소리야? 아니, 내 말은 어떻게 3초 만에 구애를 하느냐고?"

"그게 왜 불가능해? 첫눈에 반한 거지."

"그리고 나 곧 갱년기야. 갱년기가 뭔지는 알아?"

"여자가 늙어서 애 못 낳는 거?"

"갱년기란 그러니까 스페인어로… 됐다 됐어. 모히또나 마셔."

"그럼 네 곁에 있어도 되는 거지?"

"계시던지 가시던지요."

모히또를 과하게 마신 탓인가. 대한민국 아줌마 입담으로 대화를 나누었다. 쿠바의 칵테일 모히또는 더 이상 칵테일로 구분되기에는 알코올 도수가 너무 높다. 가볍게 '피냐 콜라다'나 '깔루아 밀크' 정도의 칵테일로 생각하고 40도의 무더위에 그것도 대낮에 주문해서 마셨다간 그날 머물고 있는 숙소로 돌아갈 수 없을지 모른다. 원래 모히또는 럼(Rum)을 주재료로 넣은 럼 스매시(Rum Smash)에 레몬이나 라임주스를 첨가한 칵테일인데 한국에서는 럼을 10% 정도 넣으니 순하지만, 쿠바에서는 럼을 3분의 2, 아니 반 정도 가득 담고 나머지 부재료를 담으니 취할 수밖에.

한 잔, 두 잔... 족히 대여섯 잔은 마신 듯하다. 벌써 삼 일째다. 이렇게 쿠바 리브레부터 시작한 음주 릴레이는 모히또로 이어졌다. 입가심으로 맥주! 다행인 건 이 녀석이 옆에 있으니 집적거리는 사람들이 없어서 편안하게 술을 마실 수 있었다는 것이다,

가만히 보니 귀엽다. 약 이십 여개의 깨알 같고 옅은 주근깨가 양볼 볼록한 부분에 자리 잡은 알레한드로는 빅토리아와 그 녀석 삼촌의 친분 관계로 소개받은 일일 가이드이다. 맘씨 좋은 쿠바 삼촌의 조카다. 장난도 잘 치고 개구지지만 맡은 제 임무는 제법 책임감 있게 해내는 녀석이다. 나이는 스물다섯 살, 191cm의 건장한 근육질의 조카는 가이드이긴 하지만 내가 연인이라도 되는 양 챙긴다. 응석받이도 이런 응석받이가 없다. 자신의 가족을 소개하는데 할아버지, 할머니, 이혼 후 혼자 사는 엄마, 아빠의 새 가족, 이복동생들, 이모, 고모까지 끊이지가 않는다. 쿠바는 핵가족의 한국 문화와 달리 친족 관계가 끈끈한 대가족 문화를 가지고 있단다.

쿠바를 여행하는 관광객에게 현지 일일 가이드는 필수다. 쿠바에서는 두 개의 화폐가 통용된다. 모든 요금이 이중화되어 있다. 자국민과 외국인의 사용 화폐가 다르다는 말이다. 외국인이 사용하는 'CUC'로 표기되어 있는 화폐는 '쿡' 또는 '세우세'라고 부르는데 1세우세는 미국 달러 1달러의 가치다. 최근 미국과의 경제 수교 후 물가 상승으로 부쩍 더 오르고 있다. 이 화폐는 자국민이 사용하는 화폐의 10배다. 다시 말하면 외국인이 택시를 타서 2만 원이 나왔다면 자국민이 함께 동행할 경우 2천 원만 내면 된다는 것이다. 특히 쿠바는 교통수단이 발달해 있지 않아 주요 관광지 장거리 여행은 꼴렉띠보 택시를 이용하는 데 그 요금이 거의 5만 원에서 10만 원까지도 호가한다. 무엇을 해도 외국인에게 10배란 요금이 감당하기 쉬운 요금은 아니다. 생과즙 주스 하나가 150원에서 비싸 봐야 300원 한다는 이야기는 자국민에게 해당될 뿐. 쿠바 여행 한 달에 500만 원 쓰고 왔다는 이야기도 어불성설이 아닌 게다.

"가자, 술친구 되어줘서 고마워. 네 덕분에 심심치 않았어."

"세시, 숙소까지 같이 가줄게."

"좀 걷자."

터덕터덕 말레콘 강가를 지나, 집 앞까지 한 시간 반 정도를 거닐었나 보다. 말없이 내 발걸음의 속도를 맞춰 걷고 있는 아들 같은 녀석.

"한국은 살기 좋아?"

"아주 좋지. 여자 혼자 밤마다 술 마시고 길에 가도 아무 일도 안 생겨. 얼마나 치안이 좋은데. 먹을거리도 풍부해. 돈만 있음 살기 좋지."

"돈이 다가 아니잖아. 그런 거 말구 다들 행복해? 친구가 미국으로 건너가 일을 하고 있는데 살기 좋아서 간 거 아니거든. 돈 벌기 위해서 어쩔 수 없이 간 거지. 걔네들은 빨리 돈 벌어서 쿠바로 돌아오고 싶어 해. 아무리 가난해도 자기 나라 쿠바가 좋지. 미국 사람들은 돈만 밝힌대."

"실은 한국도 그래."

"근데 웬 술을 그렇게 마셔?"

"잊으려고."

"이별했다며? 그 사람 그만 놓아줘. 잡고 있지 말구."

"야!"

발걸음을 멈추고 소리를 빽 질렀다. 마치 내가 한 남자에 목이 메어 이렇게 방황하는 듯 보인 것은 아닐까, 자존심이 상했다는 방어적 표현이었다.

"아니, 내 말인즉 안 맞아서 헤어졌으면 서로 행복을 빌어 주고 빠이빠이 하면 되는 거잖아. 친구로 돌아가도 되고. 미안해. 화내지 마. 충분히 이해해."

위로하려 나의 손을 잡으려는 알레(알레한드로를 부를 때 축소해서 '알레'라고 부른다. 스페인어로 된 이름이 길다 보니 대부분 사람들은 애칭으로 줄여 부른다. 나의 이름 세실리아를 '세시'라고 줄여 부르는 것처럼)의 팔을 휙 뿌리쳤다.

"됐어. 오케이. 여기까지."

뾰로통하게 말없이 땅만 보며 걷기를 이십여 분쯤 지났을까. 어느 새 집 앞에 도착했다.

"쿠바에 있는 동안 내가 지켜줄게. 쿠바가 치안은 좋지만 혼자 여행하는 여자에겐 안전하지 않아. 세상 남자 믿을 놈 하나 없어."

이건 한국에서 아빠들이 딸에게 하는 이야기 아닌가. 남자들의 만국 공통 조언이다.

"잘 가."

"씨유 레이럴(See you later). 내일 또 올게. 세시, 넌 아침에 일어나자마자 나의 얼굴을 가장 먼저 보게 될 거야."

"시간 맞춰 와. 내일 올드 아바나 돌 거거든."

"오케이!"

뒷걸음치면서 양팔을 쭈욱 뻗어 들고 좌우로 신나게 흔들어 인사하는 알레한드로를 보며 나도 모르게 웃음이 났다.

'자식, 귀엽네. 내일 봐!'

방에 들어오니 새삼 혼자라는 것에 평온해진다. 외롭다기보다는 쉬고 싶다는 마음이 강렬히 든다.

여러 날째, 칫솔과 세안에 필요한 수건, 폼클렌징만 딸랑 꺼내고는 아직 풀지도 않았던 커다란 짐 가방을 정리하기 시작했다. 쩍 하니 모세의 기적처럼 반으로 펼쳐진 32인치 가방.

'아, 묵주가 어딨더라.'

스토리가 살아 숨 쉬는 '말레꼰'.

06 _ 연인의 밤 정취 말레꼰에 앉아 나를 마주하다

"나쁜 새끼"
맥주를 한 병 들이켤 때마다
욕이 나왔다

"안녕 세시, 잘 잤어?

"알레? 새벽같이 웬일이야?"

"이제 일하러 나가야지. 오늘도 모히또? 아님 말레꼰? 너 가고 싶은 데로 가. 내가 찾아낼게."

"네가 콜롬보니?"

"세시는 내 손바닥 안에 있다고. 이거 재밌는걸. 세 번째도 찾아내면 내 소원 들어주기다!"

말대꾸도 귀찮다. 그렇게 넓은 말레꼰에서, 카페만 해도 수십 군데 인 강둑에서 나를 찾겠다고 호언장담하는 알레의 말머리를 뒤로 넘겼다. 모히또가 독했는지 머리가 지끈지끈하다.

우후, 오늘 아침도 40도를 훌쩍 넘는다. 문만 열어도 훅 떠밀려 들어오는 폭염은 말 그대로 살인더위다. 지중해의 대명사 스페인이나 카리브해를 끼고 있는 쿠바나 40도의 뜨거운 한낮 더위는 매한가지이지만 느낌은 전혀 다르다. 스페인의 여름을 떠올렸다. 가뜩이나 기름기 없는 발뒤꿈치가 서걱서걱 일어나는 각질로 고생을 했다. 너무 건조한 탓에 생긴 일이다. 그래도 그늘만 가면 언제 여름이었나 싶게 선선한 기분을 즐길 수 있었던 스페인이었다. 지금은 이곳이 좋다. 아직 스페인은 떠올리기만 해도 마음이 축축해지니까.

쿠바? 마드레 미아!(스페인어로 오, 하느님!) 쿠바에서는 태양이 떠오를 때부터 줄줄줄 흐르는 땀 때문에 아침 조깅은 상상불가다. 아무리 깔끔을 떨어대는 한국 여자라 해도 아침나절의 화장을 저녁까지 유지하긴 힘들리라. 언제나처럼 빅토리아는 내게 당부했다.
"세시, 여행을 제대로 즐기고 싶으면 밤을 즐겨. 낮에 여행을 한다는 것은 살인행위지. 한번 먹은 더위는 여행 끝날 때까지 떨어지지 않아."
빅토리아의 말마따나 대낮은 그렇게 뒹굴뒹굴 침대와 소파를 오갔다.

뜨거운 두 시 해가 누그러질 무렵 혁명의 광장을 지나 쿠바의 오랜 도시 올드 아바나로 향했다. 도시 전체의 색감이 파스텔 톤을 띤다. 쿠바의 색깔이다. 뿐인가. 바(Bar)마다 연주해 주는 음악은 거의 전문가 수준이다. 쿠바에 온 것 맞다. 건물은 낡았지만 60년대 쿠바의 건재함이 느껴진다. 화가가 운영하는 곳곳의 작품들을 감상하거나 음악을 들으며 시간을 보냈다. 쿠바 사람들은 태어날 때부터 음악적 유전자를 갖고 태어나나 보다.

올드 아바나를 나와 택시를 타고 말레꼰에 도착했다. 여기서 아시아인을 만난다는 것은 마치 조개 속 진주를 찾는 일처럼 흔치 않은 일이다. 특히 여자 여행객을 찾는 일은 더더욱 불가능에 가깝다. 어제 마신 모히또를 해장하고 나오니 술 생각이 바짝 난다. 최근에서야 나의 주량이 아직도 줄지 않았다는 것에 반색하며 즐거워했다. 말년 병장처럼 차장으로 승진을 하면서 술을 거의 입에 대지 않고 살았었기 때문이다. 아무튼 이것도 유전인지 말술을 드시는 아버지 덕분이란 생각이 들었다.

"아버지, 감사합니다!" 꾸벅.

직장에 다닐 때 누군가 승진을 하면 고주망태가 되도록 술잔을 주고받으며 폭음을 즐기던 때가 있었다. 무식한 술 문화라고 떠들어댔지만 즐거운 분위기 속에서 마시는 술은 취해도 즐겁더라. 그 이튿날 속이 쓰려 죽는다며 한 놈은 늦게 출근하고 한 놈은 아침부터 뜨끈한 국물을 찾으며 오두방정을 떤다. 그렇게 아침 해장국까지 함께 먹어야 비로소 제대로 된 동지의식을 느낀다. '너도 괴롭냐? 나도 괴롭다.' 마치 이런 느낌이다. 술 때문에 그리 고생을 했음에도 오후 다섯 시쯤 되면 어김없이 해장술에 라면 국물이 떠오른다. 쿠바에 오니 과하게 마셔댄 모히또를 다스릴 해장 국물이 없어 아쉽다. 그 흔한 중국 음식점이나 작은 슈퍼 하나 없다. 이토록 MSG가 잔뜩 들어간 고국의 라면이 그리웠던 적이 없다.

말레꼰엔
사랑이 흐른다.

　낮에 보는 말레꼰은 밤의 운치와 또 다른 매력을 풍기고 있었다. 주말이다. 주말의 말레꼰은 몰려드는 연인과 가족들로 몸살을 앓는다. 아니 반기는 건가? 쿠바의 랜드마크로 불리는 '말레꼰'은 카리브해의 파도를 막는 방파제다. 거리의 이름이 '안토니오 마세오'란다. 쿠바 독립전쟁의 영웅인 '안토니오 마세오(Antonio Maceo)' 장군을 기념해서 만든 것이다. 하지만 아무도 그렇게 부르는 사람은 없다. 그저 여기는 연인들의 거리 '말레꼰' 답게 춤을 추고 맥주를 마시고 사랑을 속삭이고 노래를 부른다. 노을이 유난히 아름답다는 말레꼰에서 어우러진 연인들의 풍경은 가히 매혹적인 사랑을 그린다는 유명 화가의 작품에 비할 바 아니다. 자체가 작품이다.

　한 시간쯤 걸었을까 거리에서 파는 맥주를 두 병 사고는 연인들이 뜸한 둑에 걸터앉았다.
　"나쁜 새끼."
　맥주를 한 병 들이켤 때마다 욕이 나왔다. 이내 분노가 치밀었다.

"그 새끼만 아니었음 이렇게 마음 아플 일도 없잖아. 사랑한다고 짐 싸들고 한국은 어떻게 온 거래? 아무리 힘들어도 그 용기면 왜 못 지내? 평생 그러니 망명 나와 고생이지. 사람이 그렇게 대쪽처럼 꼿꼿하게 살면 휘어? 부러지지. 미련한 놈."

누가 보던 들던 주저리주저리 방언 삼매경이다. 분노가 잦아들자 한없이 그에 대한 연민이 생겼다.

"그래, 당사자는 얼마나 힘들었겠어. 자신의 의지와 상관없이 가족과 생이별하고 살아온 시간. 그러다 자신이 사랑할만한 사람을 만났다 싶어 한국으로 왔는데 언어는 통하지 않고 할 수 있는 일은 없고 이러지도 못하고 저러지도 못하고."

안타까운 마음이 일어서였을까. 목으로 넘기던 맥주가 목 언저리 머물다 간신히 넘어간다. 꿀꺽.

'그래도 최선을 다했잖아. 후회 없이 사랑하고 떠나보냈으면 됐지. 다 산 것도 아닌데 실패라는 꼬리표를 왜 달아? 남들이 뭐라 그러든 그게 뭐가 중요해? 내 인생인데.'

시간을 거스를 수 없듯
말레꼰에도 해넘이가 찾아들었다.

분노 뒤에 이어진 연민 그리고 체념도 잠시, 복잡한 감정은 쉬 수그러들지 않았다.

인터넷이 잘되지 않는 쿠바에서 모든 세상과 단절되어 누군가로부터 방해받지 않는 시간을 갖게 된 것은 행운이었다. 저녁 8시가 넘어가고 있는 말레꼰은 파도 없이 잔잔하다. 내가 도착했을 때만 해도 넘치는 파도로 지나가던 택시가 물벼락을 맞고 있었다. 게다가 어둑어둑해진 하늘 덕분에 땀과 눈물로 범벅이 된 얼굴이 티 나지 않게 가려졌다.

무명이라 하지 말자.
거리에서 만나는 이들이 곧 예술가다.
———
07 _ "나와 여행 떠나지 않을래 Ceci(세시)?"

**"얼굴 찌푸린다고 해결되냐?
춤 마시러 가자!"
"춤을 마셔?"**

"세시! 드디어 찾았다! 이번엔 꼭꼭 숨었네. 내 그럴 줄 알았어. 어? 맥주 한 병? 오늘은 정말 이게 다야? 어디 치운 거 아니야?"

말레꼰 둑 어디에 숨겨 놓지는 않았는지 맥주병을 찾는 알레의 모습을 보자마자 웃음이 났다.

"어떻게 찾았어? 시간 많이 걸렸을 텐데. 일은 다 끝났어?"

"내 손바닥이라고 했잖아. 이리 와. 안아줄게. 도대체 이 조막만 한 머리에 무슨 생각을 그리 담아 두고 있는 거야?"

알레는 나의 머리를 몇 번 쥐어박는 시늉을 하며 이야기한다. 아빠 같은 품새다.

"알레야. 내가 오늘 헤어진 남자에게 욕을 실컷 해 댔어. 그리고 막 울었다. 잘했지? 네가 그랬잖아. 힘들 때 힘들다고 기쁨 기쁘다고 춤추듯 살아야 행복하다며. 그게 행복의 비결이라며."

"그래, 잘했어. 세시. 어때? 후련하지?"

"시원해. 조금은…"

"세시, 삼촌이 너 여행 갈 때 꼭 같이 가주래. 대신 너 데려다주고 하루 머물렀다가 바로 버스 타고 올라와야 해. 거기까지만 같이 해줄 수 있어. 새로운 직장이 생겼거든."

"직장? 축하해. 여행은 빅토리아랑 상의해 보고 알려줄게."

시청이 바라다보이는 2층 식당에서 저녁을 먹으며 알레의 생생한 쿠바 이야기를 듣고 있다. 오늘은 수다쟁이가 된 듯 나의 이야기를 했다. 이제 스물다섯 살짜리가 중년의 애환을 알까 싶지만 잠시 잊고 있었다. 생각해보니 이들은 15세에 결혼생활을 시작하고 25세면 초등학교 3학년 정도의 아이를 키우는 학부모가 되어 있을 나이가 아닌가. 이미 사랑과 책임감에 대해서는 내가 조언을 들어도 전혀 이상하지 않은 선배의 귀한 말씀 되겠다.

"세시, 오늘도 즐거웠어? 봐봐! 이렇게 하루하루가 모이면 인생이 즐거워지는 거라고. 우리 쿠바 사람은 말이야. 일이 잘 풀리지 않으면 하는 말이 있어. 들어 봐."

그는 시무룩한 표정을 지었다가 활짝 웃는 연기를 하며,

"얼마 전, 친구 집에 도둑이 들어 컴퓨터를 가져가 버린 거야. 인생 다 산 할아버지처럼 얼굴을 구기고 있더라고. 그래서 내가 그랬지."

그는 내 어깨에 손을 얹으며

"야, 얼굴 찌푸린다고 해결되냐? 춤 마시러 가자!"

"춤을 마셔?"

"아니, 모든 것 잊고 춤추고 마시러 가자는 거지. 맥주는 비싸서 못 먹고."

"모히또? 쿠바 리브레?"

"우와 어떻게 알았어? 세시, 가슴을 비워. 머리만 비우는 것이 아니라. 그래야 즐겁게 살 수 있어."

"비우고 있는 중이야."

"내려놔. 전부. 넌 너무 생각이 많아."

"나도 알아."

오늘은 왜 이리 조용할까. 빅토리아의 방에 인기척이 없다. 그녀의 남편 후안이 밤샘 근무란다. 뒤척이다 거실에 나와 커피 한잔을 마시고 있노라니 빅토리아가 나왔다. 붉은색의 잠옷 실루엣이 그녀의 육중한 몸을 드러내고 있었다.

"세시, 잠 안 와?"

"응."

"잠 안 올 땐 독주에 레몬 그리고 설탕을 넣고 덥힌 술 한 잔이 최고지."

"그럼 나도 한잔할래."

"알레 만났어?"

"응. 말레꼰에서 날 찾아낸 거야. 알레한테 하나 배웠어. 그 녀석이 글쎄 나한테 충고를 하더라고. 가슴과 머리를 비우는 연습을 하래. 그래야 행복해진다구."

"맞는 말이지. 지나간 사랑은 잊어. 사랑이 끝나고 이별이 찾아들면 또 다른 사랑이 찾아오게 되어 있어. 동네만 구경하지 말고 여행을 좀 다녀와. 시간이 아깝잖아. 쿠바는 아주 멋진 나라거든."

"그래, 여행 좀 다녀올까 봐. 한 보름 정도? 마음 좀 내려놓고 싶어."

"음. 좋은 생각이야. 알레 데리고 비냘레스랑 바라데로를 가. 취업해서 바라데로까지만 함께 가 줄 거야. 내 친구가 트리니다드에 있으니까 거기도 꼭 가. 미리 연락해 놓을게. 좋지 않은 일이 생기지 않도록 후안과 내가 신경 쓸게."

"알레랑 가는 게 좀 불편하기도 해. 혼자 여행하는 것이 익숙하거든."

"아들 같은 녀석인데 뭐가 불편해? 여자 혼자는 위험해. 쿠바 사람들은 돈이 없어 그렇지 솔직하고 책임감 강해. 그리고..."

"그리고?"

빅토리아가 나의 귓가에 대고 한 말은

"어리잖아."

"빅토리아! 무슨 소리야?"

"정색하긴? 농담이야. 넌 아주 귀여운 구석이 있다니까. 알레가 많은 도움 줄 거야. 비용도 절약되고. 넌 힐링이 필요해."

"맞아, 내가 쿠바에 온 것은 우연이 아닌 것 같아."

"세시, 즐겁게 다녀와. 버릴 것들은 다 버리고 와. 이별도 집착하면 병 되니까 툴툴 털어 버려. 다시 아바나로 올 땐 너의 그 반짝이는 눈을 다시 봤으면 좋겠어."

"하여튼 빅토리아는. 잘 다녀올게. 나 없는 동안 손님 잠 못 들게 하지 말구."

"오우! 그건 나의 사생활이야. Don't touch!(돈 터치)"

빅토리아는 급할 때 연락하라며 자신의 전화번호와 경찰 남편인 후안의 직통 핸드폰 번호를 적어주었다. 여행 떠날 준비를 시작했다. 여행 중의 또 다른 여행. 여권과 비상금을 넣으려고 가지고 온 복대도 쿠바에서는 착용 불가다. 단 하루를 찼을 뿐인데 뱃가죽을 뒤엎게 된 붉은 땀띠를 참아낼 이는 아무도 없을 테니까. 모두 여행 가방 속으로!

박물관에서나 볼 법한 올드카,
실컷 구경하자.

그 이튿날, 여행을 떠나기 위해 예약한 택시가 도착했다.

"저기, 택시 예약하셨죠?"

자연과 시가의 도시
비냘레스.

08 _ 비냘레스의 풍만한 자연의 품에 안기다

여자 친구?
으흠...
입가에 야릇한 미소가 번졌다

빅토리아 집 앞으로 꼴렉띠보 장거리용 택시가 도착
했다. 동네 마실 차림새의 알레가 눈에 띄었다.

"세시, 난 휴가를 며칠밖에 못 써. 그러니 남은 여행은 나 없어도 씩씩하
게 잘해야 해."

"노 플라블럼(No ploblem)."

"뭐야, 나 없어도 된다는 거야?"

"알레, 네가 있어 정말 고맙지. 근데 너 없다고 내가 아바나에만 있음 안
되잖아. 난 마음의 숙제가 있잖아."

"그래, 넌 나랑 여행할 때도 그 남자 생각뿐이지. 피!"

"알레, 자꾸 그러면 가이드 비 없다!"

갑자기 조용해지는 택시 안의 분위기, 연애 실랑이도 아니고 이거
참 난감하다. 키워보지는 않았지만, 갓난쟁이 아기 달래기가 이보다
더 수월치 않을까. 물론 오래가진 않았다. 쿠바의 이십 대 청년이 순

진무구한 대한민국 아줌마의 마음을 들었다 놓았다 한다. 운전기사는
뭐가 재밌는지 연신 키득키득 웃다가 묻는다.

"꼬레아(한국)?"

아바나에서 4시간 거리의 비냘레스(Vinales)로 출발! 쿠바로 여행을
계획하는 사람이라면 게스트 하우스를 통해 현지인을 소개받는 방법
이 가장 좋다. 쿠바에 대해 정보가 많지 않아 현지인을 알고 있다면
이모저모 도움이 많이 되기 때문이다. 운 좋게도 현지인 가이드를 잘
만나 꽤 든든하다. 백미러에 알레의 모습이 보인다. 회장님처럼 뒷좌
석에 앉아 떡 벌어진 어깨를 뒤로 젖히고 거만하게 웃고 있다. 현지인
과 동승했다는 이유로 택시비 또한 저렴하다. 합승도 아닌데
30CUC(한화로 3만 원)에 합의를 보았다. 포니 같은 경차에 앉아 포장도
되지 않은 거리를 달렸다. 고속도로를 달려도 좋지만 곳곳이 예쁜 작
은 마을을 둘러보는 기쁨을 얻을 수 있는 국도를 선택했다. 웅덩이가
푹 패여 덜컹거릴 때마다 머리가 택시 천장에 부딪혀 볼록하니 혹 하
나씩 늘어가는 불편함만 감수한다면 말이다. 이런 나의 감성을 알레
는 이해가 되지 않는 모양이다. 아쉬운 것을 굳이 찾아보자면, 에어컨
이 있다고 웃돈이 붙은 택시이건만 에어컨 구멍을 통해 나오는 매캐
함의 정체를 모르겠다. 결국 30분도 채 되지 않아 나는 수동 창문을
돌려 환기를 시켰다. 찌는 듯한 폭염 바람에 비포장 흙먼지를 마시며
냅다 달리다 보니 입가에 서걱서걱 모래 먼지가 씹힌다. 가도 가도 커
다란 선인장 같은 것만 보이는데 알레의 청량한 음성이 들려왔다.

"코카콜라?"

탄산 음료수를 안 먹는 나였지만 이 상황에서 가장 좋은 음료수는 역시 '콜라' 다. 엄지손가락을 척 들어 올렸다. 눈칫발 100단 고수, 알레다.

자연인으로 살기 위해 산속을
들어갈 필요도 없는 곳.

'앗!'

스위스 어디에서 본 듯한 풍경이 눈앞에 펼쳐졌다. 아바나에서 140Km 떨어진 생태도시 비냘레스는 석회암이 녹아들어 만들어낸 카르스트 지형이다. 무려 1억 년 전에 생겼단다. 오르가노스(Organos) 산맥을 끼고 특이하게도 둥글둥글한 봉우리가 연이어진 이곳은 유네스코에 의해 세계 자연 문화유산으로 지정된 곳이기도 하다. 무엇보다도 담배농장, 호수, 호텔이 줄이어 보이는 것을 보니 밤 문화가 없다는 쿠바의 초록 도시, 담배 생산지 '비냘레스'에 도착했다는 것을 직감했다.

"아저씨, 로스 하스미네스로 가주세요."

시설물은 노후화되었지만 비냘레스 전체를 조망할 수 있는 가장 저렴한 숙소는 바로 '로스 하스미네스' 다. 성수기가 아니라서 모든 대접이 융숭하다. 게스트 하우스나 별반 차이 없는 가격의 산 중턱에 홀로 놓인 로스 하스미네스 호텔(Hotel Los Jasmines)을 만나는 사람마다 추천해 주고 있다. 전망이 가장 좋은 비냘레스(Vinales)의 호텔이라고 말이다.

언덕 위의 산장처럼 놓인
로스 하스미네스 호텔(Hotel Los Jasmines).

닿기만 하면 무엇이든 녹여 버릴 수 있을 것 같은 쿠바의 날씨다. 쿠바에 오니 매콤한 라면 다음으로 먹고픈 것이 하나 생겼다. 어린 시절 얼음을 동동 띄워 하얀 설탕을 어른 스푼으로 두서너 스푼 넣어 달달하게 만들어 마시던 미숫가루다. 미치도록 그립다. 쿠바는 12월에서부터 2월까지가 성수기이다. 카리브해의 지상 천국 쿠바라 했던가. 누가? 보기만 하면 예쁘기 그지없다. 하루만 느껴 보라. 카리브해의 파란 하늘의 운치고 뭣이고 육두문자가 나오지 않은 것만도 다행일 테니 말이다. 말이 43도지 체감 온도는 50도에 찜통 위에서 삶아져도 이보다 낫겠다는 심정으로 에어컨 1m 반경을 떠날 수 없다는 사실. 게다가 문 밖 나와 30초, 아니 5초면 다시 시작되는 '통구이 더위' 카리브해 쿠바에서는 무엇을 꺼내 놓아도 익힐 수 있다!

정신 차리자. 육두문자를 날려 보고 싶어도 세계적 관광지로 촉망받는 쿠바 아니던가. 미국의 부호들이 마이애미 다음으로 휴양을 즐기고 싶어 하는 나라가 바로 쿠바란다. 저렴한 비용으로 여행하기에 가장 좋은 쿠바! 특히 미국이란 나라에서. 아! 또 하나가 있다면 한때 누렸던 영광을 재현하고 싶어 하는 일부 미국인들의 회상 장소랄까. 그래서인지 미국인들은 쿠바에 오면 꼭 '올드카(Old Car)'를 타고 시내를 누비는지도.

낮에는 수영을 저녁엔 바비큐와 맥주가 어우러지는 곳.

"세시, 수영하자!"
"오케이!"
수영을 못하는 나는 튜브를 낀 채 유럽의 꼬마들과 한창 물놀이를,

알레는 아까 로비에서 잠깐 인사 나눴던 스웨덴 쭉쭉빵빵 미녀들과 열띤 수중 대화 중이다.

'아니, 수영하자며 벌써 작업질이야? 하여튼 그놈의 페로몬은 국적 불문, 동서남북 안 가는 데가 없구만.'

"세시, 이리 와 봐."

알레가 쩌렁쩌렁한 목소리로 불러댄다. 못 들은 척 물장구를 쳤다. 수중 속으로 인어 공주처럼 유영하는 그들 속으로 미키마우스의 튜브를 낀 채 발을 동동 구르며 갈 내 모습이 초라하기 짝이 없다. 수영을 배워 두지 못한 게 철천지 한이다. 설상가상 튜브 불량인지 아까부터 조금씩 쪼그라들고 있는 모양새까지. 안 돼! 절대 안 되지!

"세시! 세시!"

비냘레스는 '시가'로 유명한 도시다. 시가를 직접 만드는 곳에 가서 담뱃잎을 돌돌 말아 물었다. 태어나 처음으로 피워 보는 담배다.

'음, 괜찮은데?

왜 힘들면 담배부터 뻐끔 물어대는지 이유를 알 것 같다. 속으로 타들어가는 맛! 이 느낌 아닐까. 갑자기 알레가 잡아 뺀다.

"임신 전에 여자가 담배 피우면 태아에 해롭대."

"야! 내놔! 딱 한 번만 빨아 보구."

"어허! 담배는 해로워!"

"지금 임신할 일 없거든!"

생애 처음으로 느껴보는 짜릿한 느낌을 빼앗겨서일까 잔소리를 해대는 알레에게 버럭 소리를 질렀다.

이 접전을 보고 있는 담배 농장 아저씨가 몇 날 며칠 펴도 될 만한 두툼한 시가 하나를 나의 호주머니에 쓰윽 넣어 준다. 또 뺏기지 말라는 뜻이겠다. 하지만 역시나 나와 담배는 상극인 것 같다. 한 대 빨아 보았을 뿐인데 미미한 두통과 메슥거림은 하루하고도 반나절이 지나서야 사라졌다. 치기 어린 마음으로 피워 본 담배 한 모금에 대한 대가가 과하다. 다신 입에 대지 않기로 한다.

비냘레스에 도착해 종일 수영을 하고, 새벽 산책을 하고, 담배 농장을 구경한답시고 시가 하나 얻어 오고, 사탕수수 줄기를 기계로 짜 얼음을 띄어 주는 사탕 주스로 뜨거운 낮 더위를 피하고 그렇게 휴식을 가진 이틀이 지났다. 48시간 동안 단 한 번도 골머리 아픈 생각을 떠올리지 않았다. 아니, 떠오르지 않았다. 내 과거 한 자락에 이별한 누군가가 있었다는 사실만 인지될 뿐. 쿠바의 힘인가? 자연의 힘인가?

이튿날, 호텔에서 부른 택시는 시간 맞춰 도착했다.

"바라데로 가실 거죠?"

비냘레스에서 마딴사스 주에 위치한 바라데로까지 가는 교통편이 수월하지 않다. 역시 가성비가 좋은 건 택시다. 내 옆엔 가격을 10분지 1로 깎을 수 있는 현지인, 알레가 있지 않은가.

"세시, 근데 왜 수영장에서 불렀을 때 대답 안 했어?"

"응? 어. 못 들었어."

"에이, 아닌 것 같은데? 질투한 거지?"

"무슨 소리야. 못 들었다니까. 아저씨 짐 다 실었어요. 출발하셔도 돼요."

출발하려는데 하필 그 스웨덴 아가씨들이 알레에게 인사를 하러 나온다.

알레가 창문을 열고는

"잘들 있어. 우린 먼저 바라데로로 가. 거기서 봐!"

'뭐야 벌써 약속까지 한 거야?'

갑자기 열린 문틈 사이로 손 하나가 쑥 들어오더니 악수를 건넨다.

"세시라고 했죠? 알레한테 이야기 많이 들었어요. 여자 친구라고요? 저희도 내일 바라데로로 가요. 거기서 봐요."

"네?"

'알레! 그녀들에게 작업한 거 아니었어? 알레가 내 이야기를 했다구? 여자 친구?'

나의 오른쪽 입술이 잠시 실룩이더니 쑤욱 올라간다.

어디를 가나
붙임성이 좋은 알레.

___

09 _ 바라데로에서 만난 아르헨티나 부부

언제 우리가 단 한 번이라도
뜨거웠던 적이 있었냐는 듯 분탕질하던 가슴도
미온한 마음도 자취를 감추었다

신발을 벗어 던지고 탁구 시합에 빠져 있는 알레와 알버트. 알레는 숙소에 도착하자마자 같은 날 도착한 38세의 미국인 알버트와 탁구 시합에 빠져 있다. 탁구 시합에서 지는 사람이 '저녁 내기'란다.

'바보! 여긴 숙박비만 내면 모든 식사와 음료가 전부 공짜구만. 미리 이야기해 줄 걸 그랬나?'

쿠바의 15일 여행 일정은 빅토리아가 추천해 준 코스다.

"세시, 일단 자연이 아름다운 비냘레스(Vinales)를 가. 그럼 마음이 차분해질 거야. 그다음 바라데로(Varadero)로 가는 거야. 거긴 호텔과 바다뿐이거든. 푸른 바다와 태양을 즐겨. 밤이 되면 호텔에서 열리는 공연으로 잠 못 잘 거야. 춤춰! 신나게! 그리고 트리니다드(Trinidad)로 가서 쿠바를 제대로 맛봐. 거기야말로 쿠바를 느끼기에 좋지. 오래된 도시답게 말이야."

내가 가진 15일의 여행 계획은 단지 비냘레스, 바라데로 그리고 트리니다드를 거쳐 다시 아바나로 돌아오리라는 것이었다. 무엇을 꼭할 것이라든가 무엇을 먹고 올 것이라는 구체적 계획은 없다. 덜렁거리는 성격에 어떤 여행을 할 때도 야무지게 하는 법이 없던 '나' 다. 어디 여행이란 게 계획 짠다고 제대로 가지던가. 만나는 사람도 골라만날 수 없고. 하다못해 타야 할 버스도 제시간에 못 맞춰 타게 되는것이 여행이지 않은가. 그래 맞다. 여행 중엔 사람도 골라 만날 수 없으니 사랑도 생기고 이야깃거리가 생기는 게지. 그런데, 이번 돌발 여행은 즐겁지만은 않다. 이별을 준비하는 여행인데 조금은 쓸쓸해 줘야 하지 않겠나.

에어컨이 나오는 신차에서 덜덜거리는 구닥다리 차로
갈아타기 위해 30여 분을 기다리는 중.

역시나 이것도 여행이라고 예기치 않은 돌발 상황이 발생했다.

"세시, 내려야 해. 차가 고장 났대."

"고장? 어디가?"

비냘레스에서 함께 합승해 타고 온 60여 년 된 빨간 올드카는 그만의 품새를 자랑하며 도로를 지날 때마다 사람들의 시선을 잡아끌었다. 얼마를 달렸을까 갑자기 차가 고장이 났다며 운전사는 형형색색의 올드카가 즐비하게 선 주차장에 차를 세우더니만 어딘가로 전화를 걸었다. 갈아탄 택시는 타고 온 올드카보다 연식이 10년은 더 되어 보이는 시동부터 시원찮은 고물차다. 우리는 연신 한숨을 내쉬었다. 알레는 내게 오더니 귓속말을 한다.

"쿠바 택시 운전사들이 무슨 돈이 있어? 좋은 차 한 대 사서 호객행위하고 일단 탑승하면 중간에 다른 차로 연결해 주는 거야. 좋은 차는 또 아바나로 호객행위 하러 가야 하잖아."

"말도 안 돼!"

"여기 운전사들은 다 그래."

"내가 가서 얘기할래. 아님 신고할 거야."

"그만해. 세시! 다 먹고살자고 하는 거잖아."

알레의 화내는 모습을 처음 본다. 같은 쿠바 사람이라고 편드는 건가? 괜히 큰소리 냈다가 오늘 안으로 바라데로를 들어갈 수 없을지 모른다는 불안감에 고개를 돌려버렸다. 갑자기 알레의 꼴이 보기 싫다.

가끔 시동도 꺼지고 오래된 차에서 나는 매캐한 냄새를 흡입하며 우여곡절 끝, 호텔에 다다랐다.

"7만 원이요?"

70여 개의 올 인클루시브 호텔과 다양한 투어 프로그램이 있다는 쿠바 최고의 휴양지 바라데로다.

가격은 70CUC(세우세)다. 불과 우리나라 주말 1박 모텔 값이다. 운 좋음 6만 원짜리를 발견할 수도 있다. 아침, 점심, 저녁, 간식, 칵테일, 맥주, 클럽 비용 등 모든 것이 포함된 가격이니 쿠바에서 방콕 하듯 호텔 휴식을 즐기고 싶다면 놓치지 말아야 할 곳이다. 알레의 숙박비는 가이드 비용에서 차감하는 것으로 합의를 보았다. 관광객이 숙박비로 쓰는 7만 원이란 돈의 가치가 쿠바 화폐 가치로는 적지 않은 금액이다. 새로 취직한 알레의 한 달 월급이 15만 원인 것을 감안하면 말이다. 나 또한 넉넉한 경비를 가지고 온 것은 아니기에 덥석 가이드 비용과 별도로 후하게 돈을 쓸 수는 없는 형편이다. 미안하지만 팁도 없는 것으로 사전에 양해를 구해 두었다. 가이드를 고용 할 경우 가이드에게 들어가는 비용은 별도 차감할 것인지는 반드시 사전 합의를 해 두어야 쿠바를 출국할 때 서로 얼굴 붉히는 일이 없다.

'혼자 잘 놀아줘서 고마워.
나는 혼자 있는 시간이 필요해.'

전용 야외 수영장 한가운데 알레의 모습이 보인다. 어찌 저렇게 태연하게 혼자 잘 놀까? 날 귀찮게 하지 않고 혼자서 잘 놀고 있으니 고

마을 뿐이다. 사진기를 들고 유유히 산책을 했다. 모든 바닷가가 호텔 전용 해변이라 붐비는 법도 없다. 특히 한낮엔.

유머가 풍부한 하비에르와 재담꾼인 마리아는 63세 동갑내기 초등학교 동창생이다.

"서로 다른 가정을 가지고 살다 이이는 사별을 했고 난 이혼을 했죠. 아이들이 다 합쳐서 다섯이에요. 우린 지금이 제일 행복해요. 곧 결혼식도 할 거랍니다."

아르헨티나 부부의 이야기 속으로 쏙 빠져든 십여 명이 손뼉을 쳐댄다.

"뽀뽀해! 뽀뽀해!"

나도 덩달아 박수 대열에 합류했다. 보란듯이 하비에르는 마리아의 허리 반쪽을 십여 년 전의 폴더형 핸드폰처럼 꺾어 휘더니 딥키스 흉내를 낸다. 그리고 한마디를 내뱉었다.

"바람과 함께 사라지다!"

한참을 웃고 떠드는데 나의 페이스 북(Facebook) 메신저가 울린다. 그의 메시지였다.

‒ 세시, 마음은 어때? 괜찮아? 걱정 많이 했어.

‒ 걱정?

‒ 맘 쓰면 너 많이 아프잖아.

‒ 견딜 만해.

– 아프지 마.

이젠 그를 놓을 때가 된 걸까. 그의 이야기에 결코 동요되는 법 없이 기계처럼 응답하고 있는 나의 침착함에 스스로 놀라고 있던 참이다. 언제 우리가 단 한 번이라도 뜨거웠었던 적이 있었냐는 듯 지금은 분탕질하던 가슴도 미온한 마음도 남아있지 않다. 하지만 놀랍도록 침착했던 마음은 오래가지 않았다. 로비를 빠져나와 바닷가로 걸어 나갔다. 답답한 마음이 파도처럼 밀려든다. 갑자기 숨이 쉬어지지 않는다. 소리를 지르려 해도 벙어리가 된 듯 목소리가 새어 나오지 않는다. 이상한 분위기를 느꼈는지 하비에르와 마리아가 내 곁에 와 있다.

'이러면 안 되는데...'

마리아의 따뜻한 눈빛이 마주치자 참아왔던 눈물이 왈칵 쏟아지기 시작했다.

"미안해요 마리아."

그녀는 나의 뺨을 타고 흐르는 눈물을 닦아 주고는

"참 힘들었겠네. 한때 우리도 힘들었다우. 어떤 연인은 사랑을 이루지 못해 괴롭고 어떤 이는 사랑해서 결혼했는데 불행하고 뜻대로 안 되는 게 인생이지. 많은 이들이 만나다 헤어지죠. 사랑이 그렇게 쉽게 만나지고 꽃 피우면 얼마나 좋겠어? 혹시 종교가 있어요? 아까 묵주를 본 것 같은데. 신은 사랑을 그냥 주지 않아요. 그렇게 아름다운 선물을 줄 땐 깜짝 이벤트가 있더라고요. 세시는 따뜻한 사람 같아요. 눈은 거짓말을 하지 못하잖아요."

이어 하비에르가 말을 이었다.

"세시, 기운 내요. 누구에게나 상처는 있어요. 또 말 못 하는 비밀 하나쯤 있고. 나처럼 후회하지 말고 좋은 사랑 찾아요. 난 뒤늦게 첫사랑 다시 찾 았잖아요. 새로운 사랑은 곧 다시 찾아와요."

"잠깐, 하비에르 당신도 나한테 비밀 있어요?"

"아니 난 당신한테 비밀 같은 건 없지. 그냥 많은 사람들이 비밀 하나쯤 있다 이거지. 아, 춥다."

딴청을 피우는 하비에르 뒤편, 클럽에서 얼마나 춤을 취대고 온 건 지 양팔 가득 맥주 캔을 안고 흔들흔들 걸어오는 알레가 보인다.

"세시, 얼마나 찾았는데. 왜 그래? 울었어? 또 그 새끼 생각이야?"

퉁퉁 부어 있는 나의 눈을 보자마자 욕지거리부터 해 대는 알레다.

"알레라 했던가? 어이, 친구! 세시 많이 위로해 줘요. 마음이 많이 아플 테니. 여보, 우린 이제 들어갑시다. 밤바람도 차갑네. 세시, 낼 봐요."

"그래요. 세시, 힘내요."

함께 맥주를 마시던 알레가 맥주 5캔에 뻗어 버렸다. 마음은 시린데 카리브해의 밤바다는 체온만큼이나 따뜻하다. 새벽 3시까지 맥주를 마셨다. 알레는 내가 숨 쉴 틈 없이 마셔대는 맥주 때문에 밤새 로비 의 바(Bar)와 바닷가를 쉴 틈 없이 들락날락해야 했다. 오늘따라 그 재 잘대던 알레도 아무 말이 없다.

'술은 지금 이 시간부터 마시지 않을 거야.'라며 다 마신 캔을 꾸욱 눌러 홀쭉이 만들었다. 더 이상 그 사람에 대한 미련이 무슨 의미가 있을까.

하룻밤을 꼬박 앓고 난 방.

10 _ 39.5도의 고열에 시달리다

잠깐만 곁에 있어줄래?
그냥 곁에서

"얼마나 잤던 거야?"

"기억은 나? 너 로비에서 정신 잃은 거. 열이 펄펄 끓어서 호텔에서 의사 불러 달라고 했지. 겁났어."

"기억이 안 나. 로비까지 오긴 했나 보네. 어지럽다."

그는 핏자국이 밴 알코올 솜을 들고 정신 사납게 왔다 갔다 부산을 떨고 있었다.

"주사는 놓고 갔으니까 열은 떨어질 거야. 아까 열을 쟀는데 39.5 도래. 더 있었음 큰일 날 뻔했어."

"그래서 엉덩이가... " (오른쪽 엉덩이가 뻐근한 걸 보니 주사를 맞은 모양이다. 몸이 힘드니 창피한 마음도 뒷전이다.)

"근데, 어쩌지? 나 오늘 아바나 가야 하는데. 출근하라고 계속 전화가 와서 말이야."

그가 일어나려는데 나도 모르게 그의 손목을 붙잡아버렸다.

"알레, 잠... 깐만 있어줄래? 그냥 옆에 조금만 있어주라."

"그게..."

"......"

"에이, 그래. 너 이렇게 놔두고 어떻게 가. 그냥 하루 거짓말하고 땡땡이 치지 뭐."

처음이다. 해외에서 장기간 머물렀을 때 병원 신세를 졌던 적은 있으나 이렇게 혼미하게 쓰러져 버린 경우는 없었다. 덜컥 겁이 났다. 누군가 아는 이가 없다는 것이 두려웠다. 빅토리아에게 전화를 걸었다. 빅토리아는 알레를 옆에 두라고 한다. 알레에겐 미안한 일이지만 지금은 부탁을 할 이가 그 밖에 없다. 고마운 빅토리아와 알레다.

혼미한 상태에서 반나절이 지나갔다. 알레는 점심을 먹고 온다더니 깜깜무소식이다. 얼마나 지났을까 알레는 쟁반에 죽 그릇 하나에 주스를 얹어 가지고 나타났다.

"이거라도 먹어야 약 먹어."

"이거 뭐야? 쌀죽이네."

"응, 주방장 아저씨한테 얘기했지. 아시아인인데 아플 때 먹을 수 있는 거 해 달라고."

"그래... 서 이렇게 오래 있었던 거야?"

갑자기 죽 그릇을 바라보던 나의 시야가 흐려진다.

'그래... 먹어야지. 알레의 성의를 생각해서라도.'

죽을 먹으려고 숟가락을 입에 가져가는 순간 토할 듯 메슥거린다. 향신료다. 아시아인이라 했으니 태국이나 중국의 요리에서 빠지지 않는 '고수'를 넣은 것이다. 고명으로만 얹어도 온 방안에 향이 번지는 '고수', 열을 내려주는 데 특효약이라 더운 동남아 요리에서는 빠지지 않는 건강 야채이니 주방장이 신경 써서 넣었을 거다. 어차피, 먹을 의지도 없었는데 잘 됐다 싶어 숟가락을 내려놓았다.

"왜 입맛에 안 맞아? 왜 그러지? 혹시 이것 때문에 그래?"

풀뿌리 같은 것을 들어 보인다.

"괜찮아. 알레. 지금은 아무것도 먹고 싶지 않아."

"안 되겠다. 내가 다른 거라도 조금 가져올게."

"괜찮은데..."

약을 먹었는데도 차도가 나지 않는다. 먹었던 저녁도 화장실을 들락거리며 모두 토해 버리고 탈진한 채 잠이 들어 버렸다. 약 기운에 잠이 들다 깨다를 몇 번 반복했을까. 지금 내게는 눈을 뜨면 침대 앞 의자에 앉아 졸고 있는 알레가 보인다는 것이 가장 큰 위로였다. 그는 고맙게도 자리를 뜨지 않고 그렇게 내 옆을 지켰다. '열'은 하루를 꼬박 보내고 나서야 진정이 되었다. 열어 놓았던 창문으로 해 오름이 보인다. 하루를 꼬박 앓았나 보다. 몸을 일으켜 보니 머리 언저리에 약봉지들이 나와 있다. 알레의 글씨가 보인다. 혹시라도 약을 잘못 먹을까 봐 일주일 치의 약봉지 마다마다 반 알, 한 알, 식사 전, 식사 후, 아침용, 취침용 약을 스페인어로 크게 메모해 놓은 것이다.

"어, 깼어? 괜찮아?"

"다 나았어. 봐, 열도 다 내렸어."

"이제 웃는구나. 다행이다. 그럼 인제 아바나 가야겠다."

"많이 늦었지?"

"세시, 어제 하비에르랑 마리아랑 얼마나 걱정을 했는지 몰라. 다녀간 것도 기억 안 나지? 한 시간이나 있다가 갔는데…"

"어제 내 방에 왔었어?"

"그래. 어제 아르헨티나로 돌아간다고 그러더라. 기운 내라고 전해 달랬어. 그리고 이거."

"주소네?"

"응. 연락 달래. 결혼식 할 때 아르헨티나 꼭 놀러 오래. 참 함께 찍은 사진이야."

하비에르 부부는 마치 나의 오랜 친구 같았다. 언젠가 다시 볼 날이 오겠지.

하비에르, 마리아,
고마워요.
그리고 결혼식 축하해요.

그는 짐 가방을 챙기다 말고 침대 앞에서 두 다리를 쪼그리고 앉더니 나의 두 손을 잡았다. 191cm의 알레가 내 눈높이를 맞추려면 이 방법밖에 없다.

"세시, 기운 내. 그리고 내려놔. 내려놓고 나면 또 다른 세상이 보일 거야. 그래야 행복해. 또 피한다. 피하지 말고 나 쳐다봐. 무슨 뜻인지 알지?"

울컥 올라오는 것을 꾹 참고 고개를 끄덕였다.

"트리니다드에 가도 남자 조심하고. 알았지! 나도 트리니다드는 안 가봤어. 근데 좋대. 유럽 여행객들이 가장 많이 몰리는 곳이 아바나 다음으로 트리니다드야. 론리 플래닛에도 나온 곳이야. 잘 다녀와."

알레는 그렇게 아바나로 떠났다. 나만 혼자 남았다. 진짜 혼자다.

나의 발걸음은 바닷가를
향하고 있었다.

___

11 _ 너를 만나 사랑에 빠지지 않는다면
얼간이지

반지가 어딨지?
두리번거리며 반지를 찾아 헤맸다

　　몸이 거의 회복되었다. 서둘렀다. 다음 여정인 트리니다드를 가려면 곧 출발을 해야 한다. 오늘은 택시가 아니라 트리니다드를 가는 비아술 버스를 탈 것이다. 택시를 타고 적적하게 가고 싶지 않은 탓이다.

　　두고 가는 것은 없는지 둘러보다 보니 '쪽지' 하나가 눈에 띈다. 별의미 없는 휴지로 보고 지나쳐도 이상치 않은 종이다. 종이의 위치가 나가는 문 앞 테이블에 놓여 있지 않았다면 그냥 지나쳤으리라. 알레의 메모다.

　　– 세시, 그거 알아? 넌 네가 얼마나 좋은 사람인지 모르는 것 같아. 넌 정말 따뜻해. 그리고 너무 예쁘고 사랑스러워. 근데 어젠 너 아픈 거 보고 정말 화가 났어. 어떻게 너를 만나서 사랑에 빠지지 않을 수 있어? 그건

얼간이지!

알레의 메모에 물기 어린 웃음이 났다. 알레는 늘 내게 이야기했다. 행복해지려면 내려놓으라고. 나는 뭘 그리 내려놓으라고 하는 거냐며 짜증을 냈다. 알레가 이야기하는 것은 갈등이 있는 마음을 제발 내려 놓으라는 것이었다. 갈등에 꼬리를 무는 분노는 결국 후회 가득한 결 정을 내릴 뿐이라 했다. 편안한 상태에서 문제를 직시하고 '생각'이 란 것을 해야 '후회 없는 선택'을 할 수 있다는 게다. '내려놓는 것'이 포기가 아님을 알레를 통해 배운다. 껄렁거려 오해를 사면서도 속은 제법 꽉 들어찬 고마운 친구다.

반지를 만지작거렸다. 그가 DHL로 보내왔던 프러포즈 반지였다. 답답하다며 끼지 않고 다녔던 반지다. 그는 내가 반지를 끼지 않는다 며 입을 삐쭉거리곤 했다. 우리의 관계가 이렇게 될 것이라고 예견했 던 것일까. 어쩌다 사랑하는 사람끼리 가까이하자니 두렵고 멀리 있 자니 안타까운 사이가 되어 버렸을까.

잠시 짐을 두고 바라데로의 해변가를 거닐었다. 바람이 분다. 바람 에도 기억이 있는 것처럼 아플 때가 있다. 마음에서 부서진 추억의 편 린 조각들이 날카롭게 마음을 찔렀다. 바다를 향해 정면으로 몸을 마 주했다. 호주머니에 넣어 두었던 반지를 꺼냈다. 힘껏 던졌다.
"아디오스(안녕)!"

카리브해 햇살이 부서지는
호텔 전용 해변가.

그를 떠올리게 했던 유일한 추억의 물건이다. 아무것도 이젠 남겨
져 있지 않다. 그것이 마지막이었다.

돌아서는데

'어 반지? 안돼!'

찰랑찰랑 물이 발목밖에 차지 않는 바닷가다.

'반지가 어디에 있지?'

두리번거리며 반지를 찾았다. 한참을 걸어 나가도 무릎 정도밖에
닿지 않는 투명한 바닷가를 여기저기 거닐며 반지를 찾았다. 어디에
도 없다. 눈물이 뚝뚝 떨어졌다. 한참을 찾았지만 결국 반지는 찾을
수 없이 그렇게 내 손을 떠나갔다.

디에고의 나이를 모른다.
단지 옷차림새에서 풍겨 나오는 그 의젓함과 달리
서른이 채 되지 않았다는 것만 눈치채고
있을 뿐이었다. 이십 년 가까이 차이가 날지도 모를
이 청년과의 대화에서
나는 뒤통수라도 한 대 얻어맞은 듯했다.

Leave, meet and love

05

쿠바에서 만난 두 번째 남자 디에고의
사랑 방식 '인정하기'

사회주의 국가답게 정치색을 띠고 있는
쿠바의 그라피티(Graffiti) .

01 _ 쿠바 색이 짙은
그라피티 작가를 만나다

**누구나
마음의 감옥 하나쯤
갖고 있지 않을까?**

넋 놓고 앉아 있는 시간이 길어질 때마다 짙은 회상에
잠기곤 했다.

"안토니오 오빠를 위해서 내가 포기하는 거야."

"난 헤어지고 싶지 않아."

"그렇지만 난 스페인으로 갈 수가 없어. 한국으로 오빠가 다시 올 수 없
듯이."

"……"

"이별은 서로를 위해서야."

"너와의 미래를 위해서 빨리 자리를 잡을게."

"아니 이젠 오빠 자신만 생각해."

"그럼 너는?"

"이젠 괜찮아. 우리 서로 한때 좋아했잖아."

"너를 너무 사랑했어. 미치도록."

"알아."

"아르헨티나로 떠나서 사업을 할 예정이야."

"항상 건강해."

그렇게 '밸런타인데이' 때 온다던 그는 일이 꼬일 대로 꼬이고 나는 마음이 엉킬 대로 엉켜 점점 날 선 통화를 나누기 시작했지만, 그는 여전히 내게 조금만 더 기다려 달라고 '사랑해.'라는 말을 거르지 않았다. 하지만 나는 지친 마음을 확인해 가는 것도 일상이 되고 있을 때 마음의 결정을 내렸다. 그와 나를 위해서. 미안한 마음이 가득한 그가 내게 이별을 이야기할 수는 없었을 것이다. 이미 알고 있지 않은가. 그의 한국 생활이 얼마나 힘들었는지.

그가 대사관으로부터 갑작스럽게 연락을 받고 스페인으로 돌아간 후 9개월의 시간이 지났다. 그리고 나는 지금 쿠바에 홀로 여행을 와 있다. 이것이 '현실'이다. 한때는 나 또한 여자로서의 꿈을 꾸었다. 그래서인지 가끔 나는 내가 누군가의 엄마가 아니라는 것이 그리고 누군가의 아내로 정착해 있지 못하다는 것에 화들짝 놀라곤 했다. 어째서 내가 이렇게 살고 있는지 반문을 했다. 그를 만나 미래를 꿈꿀 때만 해도 지금쯤이면 결혼을 해서 뱃속에 꼬물거리는 아이 하나 정도는 가지고 있을 거로 생각했다. 그것이 너무 당연한 일이라 나 또한 그렇게 살아질 것이라는 막연한 믿음이 있었다.

알레가 떠난 후 버스 정거장에 앉아 기대어 약 기운을 버티고 있었다. 순간 졸았던 것일까. 잠깐의 방심으로 하루 한 대밖에 운행하지 않는 트리니다드행 비아술 버스를 보내버리고 말았다.

'이런, 젠장.'

호텔 로비로 다시 돌아왔다. 현기증이 난다. 손등을 이마에 대어보니 미열이 남아 있다. 가방 깊숙이 넣어버린 약봉지를 꺼내려는 순간, 가방의 내용물이 쏟아져 내렸다. 급하게 쌓아 넣은 옷가지며 액세서리들이 우르르.

"어어어..."

알레가 버스 안에서 먹으라며 뷔페식당에서 가져다준 오렌지 하나가 도르르 굴러가더니 어떤 이의 구둣발 끝에 머물렀다. 끝자락에 멈추었던 나의 시선이 그의 무릎을 타고 허리를 에둘러 넥타이 중간 즈음 머물렀을 때 오렌지를 쥐어 든 검은 손 하나가 내 앞에 놓였다.

"I AM SORRY."

하얀 치아를 드러내며 웃고 있는, 윤기 나는 검은 피부의 젊은 남자. 쿠바 색이 짙다.

쿠바를 사랑하는 남자
'디에고'.

"저는 디에고(Diego)라 해요, 마담은요?"

"전... 세시(Ceci)라고 합니다."

"여행 중인가요?"

"네."

"저는 화가예요. 일 때문에 왔죠."

짧았지만 담백한 대화가 오고 간 후 널브러진 짐을 꾸역꾸역 챙겨 넣고는 하루 더 머물게 된 객실로 돌아왔다. 커튼 사이로 청량한 바람이 들어왔다. 비 온 뒤의 선물이다. 열대 섬나라 쿠바에서 경험하기 힘든 날씨다. 걷고 싶다고 생각했다. 나의 마음을 옥죄는 이 마음의 감옥으로부터 탈출하고 싶었던 것은 아닐까. 쉬고 싶은데 온전히 쉬어지지 않는 이 피곤한 감정싸움에서 벗어나고 싶었나 보다.

'해가 숨기 전에 걸어볼까?'

'교도소 안의 장기 무기수들은 창살을 가르며 분사되는 햇볕을 맞을 때 진정한 후회를 한다지. 자유를 잃고 나니 비로소 그 소중함을 알게 된 거야. 통제된 자유로 죄의 대가를 치르는 것이지. 누구나 마음의 감옥 하나쯤 가지고 살지 않을까. 발버둥 쳐도 잘 벗어나 지지 않고 형량도 알 수 없어 때때로 무너지는. 그러니 주변의 힘든 이들에게 '시간이 약'이라며 위로해 준답시고 어설프게 이야기하지 않는 거로 해. 그것은 괴로워하는 이들에게 마치 너의 그 고통은 10년, 20년 짜리이니 그때만 견디면 돼. '망각'이라는 치료제를 너의 상처에 빡빡 문질러 놓으면 시간이 흐른 후 괜찮아질 거라는 또 다른 희망 고문

이라고. 그저 힘든 이들을 보면 그저 옆에 있어만 줘. 그게 다니까.'

버스 안, 객지에서는
말 한마디 건넸다는 인연으로도
친근해진다.

　　홀로 객실에 남기를 포기하고 호텔 로비에서 '일일투어'를 예약했
다. '마탄사스(Matanzas)'를 가기 위해 버스에 탑승했다.

　　"안녕, 세시!"

　　오전에 마주쳤던 그 예의 바른 남자다. 객지에 나오면 잠깐을 마주
쳐도 제일 반가운 것은 역시 '사람' 뿐이다. 늦게 도착한 것일까. 자
리가 양쪽으로 나란히 두 자리만 보인다. 오른쪽은 디에고 옆 안쪽 자
리가, 왼쪽은 육중한 체구의 백인 중년 남자 옆 창가 자리가 남았다.
창 쪽으로 앉고 싶었지만 한 자리하고도 나의 자리 반을 침범해 앉아
있는 배 나온 아저씨 옆에서 치어 가느니 디에고 옆자리를 선택하기
로 결정했다.

　　"반가워요."

　　숨 막히는 더위에 아랑곳하지 않는, 두께감 있는 검은 슈트와 구두
차림새. 토속적인 쿠바인으로 보이는 30대가량의 남자. '디에고라

고?' 가늘게 뜬 나의 시선이 낡은 손가방 위에 가지런히 얹힌 그의 윤기나는 손에 머물렀다.

그는 웃음기 많은 쿠바 남자의 이미지를 가지고 있지 않았다. 행동거지 하나하나에서 풍겨 나오는 이미지가 단정한 사람이다. 꾹 다문 입술에서 약간의 고집스러움이 배어 나오는 것까지도 쿠바답지 않은 사람이다. 그가 뿜어내는 우직하다 못해 무거운 분위기 또한 예사롭지 않다.

"세시, 마탄사스는 처음이신가요?"

"쿠바가 처음이에요."

"제가 혹시 무례하다고 느껴지지는 않았나요?."

"네?"

"아시아 문화와 이곳의 문화는 아주 다를 테니까요."

"아…. 네."

"여행을 좋아하시나 봐요. 쿠바는 여행의 종착지라고 하거든요. 제가 살고 있는 나라라서가 아니라 다들 그렇게 이야기를 해요."

"긴 휴가가 주어졌어요. 이주 후면 한국으로 돌아갈 예정이에요."

"쿠바의 느낌은 어땠나요?"

"기대했던 것보다 훨씬 더 매력적인 나라에요. 낡았어도 멋스러운 파스텔 톤의 건물과 올드카들, 버겁게 느껴질 정도로 순수한 쿠바 사람들, 여행객의 치안도 좋아요."

"고마워요. 내가 사는 나라를 그렇게 이야기해 주니 말이죠."

"사실이 그런걸요."

가끔은 이렇게 '마탄사스' 같은 너그러운 거리도 만난다. 거리도 적당히 깔끔하고 소도시답게 사람들의 춤사위도 과하지 않다. 호텔에서 종사하는 사람들이 많아서인지 옷매무새도 단정하다.

쿠바라는 이색적인 도시로 떠나온 관광객들은 한 버스 안에 모여 있다는 이유만으로도 동질감을 느낀다. 여행객들끼리 그 짧은 시간에 가족사를 이야기하며 사람 냄새를 풀풀 풍기고 나면 어느새 가족처럼 친근해진다.
　"세시, 오늘 저녁 함께 할래요?"
　"디너 식당에서 뵈어요."
　"덕분에 많이 웃었어요."
　"저도요. 고마워요."

디너가 포함된 올 인클루시브(All-inclusive) 호텔이니 저녁을 초대한다고 해도 식사비에 대한 부담이 없다. 타국에 나오면 이렇게 현지인을 만나 그들의 이야기를 듣는 것으로 즐거움이 배가 되기도 한다. 문화가 다른 이들의 공존 방식을 이해하는 것, 타인을 존중하고 배려하는 것, 부딪히더라도 상처받지 않는 것, 어쩜 우린 소통이란 경험을 통해 피해를 주지 않고 살아가는 최소한의 방법을 배우게 되는 것은 아닐까. 차별을 이해하고 다름을 인정하는 성숙한 어른이 되기로 하자.

 아바나가 고향이라는 디에고를 만난 후, 보다 더 차분해진 나 자신을 발견했다. 돌배기 아이가 한 번씩 홍역같이 큰 병을 앓고 나면 부모를 놀라게 하는 단어 하나씩을 내뱉는다는데, 아픈 뒤 성숙해진다고 나 또한 힘겹게 사랑앓이를 하고 난 뒤가 아니던가.

어디를 가나 풍경이 말해주고 있다.
내가 쿠바에 와 있다고.

___

02 _있는 그대로를 인정해야
행복해질 수 있어

"남자 친구 있어요?"
"노코멘트"

"그림에 무엇을 담아요?"

"전 벽화에 나의 의식을 담아요."

"그라피티 작가들은 반(反) 정치적 성향을 띠고 있더라고요."

"맞아요. 체 게바라나 카스트로의 혁명을 담은 그림을 주로 그리죠."

"쿠바 혁명 광장에 있는 그림처럼 말이죠?"

"그렇죠."

그와의 대화는 시간 가는 줄 모르고 이어졌다.

"남자 친구 있어요?"

"노코멘트."

"존중해요. 숙녀에겐 실례되는 질문이니."

"그럼 디에고는요?"

"지금은 없어요. 하지만 사랑하면서 기다리고 있어요."

"짝사랑인가 봐요."

"열다섯 살에 만났어요. 첫사랑 베로니카를 만난 지는 오래되었죠. 그런데 3년 전 사업하러 온 미국인 사업가와 눈이 맞았었죠."

"바람피운 거예요?"

"바람이라, 그렇죠. 하지만 이해해요. 제가 그땐 슈트 하나 사 입지 못할 정도로 가난한 화가였거든요. 그 사업가는 풍족한 삶을 그녀에게 안겨줬어요. 미국 마이애미로 건너가서 1년 동안 동거를 했었는데, 결국 쿠바로 돌아왔어요."

"당신에게 돌아온 건가요?"

"아니요. 전 괜찮다고 돌아오라 했지만 그 사람은 시간이 필요하대요."

"미안해서일 거예요."

"저는 아직도 그녀를 사랑해요. 기다려 줄 거예요."

"쉽지 않은 결정일 것 같은데... 그렇게 사랑받는 베로니카가 부럽네요."

"인정했던 것뿐이에요. 사랑이란 게 말이죠. 그 사람의 과거, 현재를 모두 있는 그대로 인정하는 것부터 시작하잖아요."

"전 그렇게 못할 것 같아요."

"세시, 당신도 사랑을 열정적으로 할 것 같은데, 아닌가요?"

"이것도 노코멘트할게요. 기억하고 싶지 않아서요."

"말하고 싶지 않으면 하지 않아도 돼요. 사랑이란 것이 그림 그리는 것과 같아요. 한 번 붓이 지나갔는데 마음에 들지 않는다고 매번 다시 그릴 수가 없죠. 붓이 지나간 자리는 인정해야 해요. 사랑이란 것도 자신이 선택한 사람과 원하는 방향대로 가지지 않는다고 해서 헤어지고 다시 새로운 사람과 시작할 수는 없는 일이죠."

"인정한다는 건 실은 사랑하는 것보다 더 어려운 일 아닐까요?"

"사랑하는 사람과 행복하게 사는 것이 목적이잖아요. 상대를 인정하지 않고 어떻게 행복을 얻을 수 있겠어요? 있는 그대로 상대를 바라봐 줘야만 행복하겠죠."

"인정한다는 것... 그것은 내려놓는 일보다 더 어려울 것 같네요."

"사랑하니 가능한 거죠."

"아무리 생각해도 사랑, 참 어렵네요."

"누구나 부족한 부분이 있죠. 그 부분을 채워주는 것 또한 사랑하는 사람의 몫이고요. 탓하지 않고 보듬어 주어야 해요. 있는 모습 그대로를 사랑해 주는 게 인정하는 거죠. 베로니카를 기다리지만, 그 사람이 좋은 사람 만나 사랑해서 날 떠난다면 그것 또한 인정해야죠. 물론 제가 세상에서 가장 멋진 남자가 되도록 미치도록 노력할 겁니다. 그녀를 사랑하니까요."

"지금도 충분히 매력적이에요. 그녀가 돌아올 거예요."

마이애미는 쿠바인들에게 수혜를 주는 미국의 첫 번째 도시이다. 카스트로의 혁명이 성공한 직후, 상류층의 사람들은 미국으로 탈출을 했다. 미국으로 떠나 정착한 이들에게 쿠바에 남아 있는 가족들은 미국과 수교 이전에도 미국으로의 출입이 자유로웠고 미국에서 벌어들인 돈을 쿠바의 가족들에게 보내면 그리 멀지 않아 쿠바에서 부를 축적하는 데 어려움이 없었다. 베로니카의 경우도 그렇지 않았을까. 디에고와의 '사랑'을 부인하는 것은 아니지만 미루어 짐작건대 그녀가 가진 환경이 그녀를 마이애미로 떠나보낸 것은 아닐까 생각해 본다.

디에고의 나이를 모른다. 단지 옷차림새에서 풍겨 나오는 그 의젓함과 달리 서른이 채 되지 않았다는 것만 눈치채고 있을 뿐이었다. 이십 년 가까이 차이가 날지도 모를 이 청년과의 대화에서 나는 뒤통수라도 한 대 얻어맞은 듯했다. 그와 저녁을 마친 후 아침나절 반지를 던져 버린 해변가, 바로 그 자리에서 깊은 사색에 잠겼다. 사랑하는 사람의 모습을 있는 그대로 인정해 주는 일이 사랑이라고 그게 행복이라고 이야기해 주고 있는 디에고의 목소리가 좀처럼 사라지지 않는다.

널 너무 사랑해.
나를 믿고 기다려 줄래?.

03 _ 내게는 너무 어려운 '사랑' 이라는 것

언젠가는 다시 만나지겠지
지금은 우리 이별해...

그는 처음부터 스페인에서 살고 싶어 했다. 나 또한 그
와 연애를 하며 노후에 스페인에서 살리라 암묵적인 약속을 했다. 사
람들은 언어도 다르고 생김새도 다른데 그렇게 쉽게 사랑을 할 수 있
느냐고 의문을 가질지도 모르겠지만 적어도 그와 나를 마주 대한 이
들이 공통으로 내뱉은 한 마디는

"서로 너무 사랑하나 봐. 어떻게 하면 그렇게 꿀이 떨어져? 천생연분이야."

편안하고 따뜻한 사랑을 했다. '나' 라는 사람이 원래 넘치는 사랑에
도 불편함을 느끼는 사람인지라 결국은 나보다 열 배, 아니 쳐다보지
못할 조건의 남자를 만나도 "미안해요. 난 당신의 사랑이 너무 힘들어
요." 라며 손사래를 쳤던 것이 한두 번이었는가. 그는 달랐다. 그는 내
게 불편한 사랑을 요구한 적도 건넨 적도 없다. 내가 어떠한 행동을
해도 칭찬을 아끼지 않는 사람이었고 실수를 하면 조곤조곤 머리를

쓰다듬어 주며 괜찮다고 해주는 멋진 남자였다. 그것이 그의 사랑 방식이었다. 나 같은 응석받이 여자는 그 귀한 마음을 당연히 받았던 것은 아닐까. 어떠한 말도 거친 표현을 쓰지 못하는 그 사람이 스페인이 아닌 한국행을 선택했던 것은 나의 한마디 때문이었다.

"안토니오, 아버지가 아프셔. 거동이 저렇게 불편하신데 한국을 떠나기가 힘들어. 우리 인연이 여기까지인가 봐."

청천벽력 같은 나의 이별 한마디를 듣고 얼마 되지 않아 주저 없이 스페인의 모든 생활을 정리하고 떠나왔다. 비록 자신이 태어난 곳은 아니지만 10년 가까이 시민권자로, 그 나라 사람으로 살아온 제2의 터전을 모두 정리하고 떠난다는 것은 결코 쉬운 일이 아니다. 그것도 사랑하는 사람이 있다는 이유 하나만으로 말이다.

그가 한국에 와서 연세대학교 한국어학당을 다니는 삼 개월 동안 그에게 특별한 관심을 쏟아주지 못했다. 나는 회사일로 밥 먹듯 야근에 밤샘 근무를 했고 진정 도움이 필요했던 그는 스페인어는 전혀 통하지 않고 영어 또한 자유롭지 못한 서울의 한 작은 동네에서 그렇게 외로운 한국 생활을 시작하게 된 것이다. 보통의 연인처럼 그에게 관심을 가져주지 못한 것이 이제 와 미안한 마음만 사무치게 남는다. 한국의 생활이 힘들어 떠나는 것으로 오해했었다. 그 오해가 풀린 것은 그가 떠나고도 한참이나 지난 후였다. 맞다. 생생히 떠오른다. 함께 커피를 마시고 있었을 때 스페인 대사관으로부터 전화 한 통을 받았다. 그 이후 그의 낯빛이 어두워졌고 무엇인가 일이 생긴 것은 맞는데 그는 내가 걱정

할까 봐 한마디 말도 하지 못하고 떠났다. 망명자의 삶을 이해하기엔 난 그의 상황에 대해 아무것도 알지 못했으니까. 내가 속이 상해 울거나 화를 내면 슬픈 눈빛으로 내게 손가락을 걸어 주며

"널 너무 사랑해. 나를 믿고 기다려 줄래?"라는 말만 되풀이했다. 정말 헤어지고 싶었다면 '미안하다'고 이야기했겠지만, 그는 사랑한다며 기다려 달라는 말만 되풀이했다. 하지만 나는 자신이 없었다. 아무리 급해도 나를 설득시킬 시간조차 가지지 못하고 그렇게 훌쩍 가버린 그 사람이 원망스러웠고 사랑하는 사람을 이렇게 방치했다는 것이 용서되지 않았다. 돌아올 수 없는 상황이란 것이 어떻게 있을 수 있냐고 반박했으니까. 좋지 않은 일은 겹치는 법, 갑작스럽게 안토니오의 아버지가 돌아가셨고 어머니는 중환자실에서 생사의 사투를 벌이게 되었다. 안토니오는 더는 내가 힘든 것이 싫다며 그 힘든 시간을 바보같이 홀로 감내했다. 나는 그것이 더 화가 났다. 힘든 일이 있다면 사랑하는 사람과 함께 감내해야 하는 것이 아닐까.

시간은 흐르고 그에 대한 원망보다는 안타까움이 더 많이 남아 있다는 것을 느꼈다. 때론 그 사람에게 달려가고 싶기도 했고 붙잡고 싶었지만 단 한 가지 인정할 수밖에 없는 것은 내가 한국을 떠나지 않는다면 그와 함께 미래를 꿈꿀 수 없다는 것이다.

그를 제자리에 놓아주기로 했다. 그래도 한때는 사랑했던 사람인데 그가 타국에서 또 다른 이민자로서의 삶을 헤쳐 나가는 것을 원하지

않는다. 유럽도 아닌 아시아에서 다시 겪어내야 하는 이민자의 삶은 그가 10여 년 전 겪어야 했을 그 삶보다 몇 배는 더 고단하지 않을까? 스페인에서 보았던 그 사람은 너무나도 아름다운 사람이었다. 내 맘이 그를 흔쾌히 받아들일 수 없는 여러 가지 복잡한 상황 한가운데에서도 그에게서 받는 사랑을 느꼈으니까. 저렇게 아름다운 사랑을 거침없이 줄 줄 아는 사람이라면 어떤 여자가 싫다 할까.

언젠가는 내가 꿈꾸는 곳에 가서 살 수 있을 것이다. 지금은 아픈 아버지의 곁에 있는 것으로 선택을 했을 뿐이다. 그는 다시 스페인에서 멋지게 살아갈 것이다. 함께 했던 추억은 마음에 방 하나 만들어 넣어 둘 것이다. 훌쩍 나이가 들거들랑 아파서 구겨 넣어 두었던 추억 한 자락을 꼬깃꼬깃 꺼내서 보게 되지 않겠는가.

사랑하다 보면 때론 이렇게 인정하고 놓아주어야 하는 때가 있다는 것, 미치도록 아프지만 그래야 한다는 것, 그것 또한 사랑하는 사람을 위한 또 다른 배려라는데 감당이 되지 않아서 힘겨웠다. 내가 선택한 사랑, 그것은 내게 너무 어려운 사랑이었다.

'우리 그만 제자리로 돌아가자. 아무 일도 없었던 사람들처럼. 신이 허락하지 않은 사랑이라 생각하자. 내가 그를 위해 해줄 수 있는 건 놓아주는 것 같아. 다시 만나 사랑할 기회를 신이 허락해 준다면 다시 만나지겠지. 지금은 우리 이별해.'

사랑은 본능이다.

04 _ 짙은 향수에서 느끼는 강렬한
욕망을 잠재우다

**식욕과 함께 되살아난 것은
바로
자연스러운 성적 욕망이었다**

식욕이 생겼다. 쿠바에서는 특별히 손꼽을만한 음식
이 없다. 지중해의 나라 스페인 하면 한국식 계란말이 빵 같은 '또르
띠야(Tortillas)'나 과일주와 흡사한 샹그리아(Sangria), 꽈배기 튀김에
계피 가루를 곁들인 '추로스(Churros)'가 떠오르고 이탈리아를 생각하
면 향긋한 허브 바질 잎을 얹은 '나폴리 피자'가 생각나고 프랑스 하
면 고소한 달팽이 요리인 '에스까르고(Escargot)'가 떠오르는 것과 달
리 쿠바는 대단한 별식이 없다. 소고기 스테이크와 감자튀김 그리고
더운 야채가 담겨 있는 미국식 요리에 흰쌀밥이 얹혀 나오는 정도가
고급스러운 별식이랄까. 그래도 쿠바의 별미라고 각종 소셜 사이트에
소개되어 먹어 본 기억을 되살리면 스페인과 아프리카의 요리 방법이
섞여 독특하게 만들어진 음식이 몇 가지 있다. 검은콩과 야채, 향신료
등을 볶은 뒤 육수와 쌀을 부어 끓여 낸 중남미 전역에서 즐겨 먹는
모로스 이 끄리스띠아노스(Moros y christianos), 쌀과 닭고기를 주재료

로 만든 볶음밥으로 내가 좋아하는 사프란이 들어가는 아로스 꼰 뽀요(Arroz con pollo), 바나나를 튀겨 만든 쁠라따노스(Platanos), 돼지고기 뼈를 숯불구이 한 출레따(Chuleta) 정도다. 먹성이 좋은 편은 아니지만 아직은 튼튼한 이로 출레따를 뜯으면 기분이 좋아지더라.

한국을 떠나 쿠바에 온 후 식욕이 당겨 우적우적 밥을 맛나게 먹어 본 기억이 없다. 갑작스럽게 떠나온 쿠바에서 나를 반긴 건 가볍게 안줏거리를 곁들인 '모히또(Mojito)'와 '쿠바 리브레(Cuba Libre)'였으니까. 쿠바 리브레를 스페인어로 번역해 보면 '한가한 쿠바', '여유로운 쿠바'라는 뜻인데 그 이름값처럼 쿠바인들은 달달한 술 한 잔 후 여흥 가득한 밤을 보낸다. 가끔 입이 짧고 입맛도 없어 하는 나를 위해 빅토리아가 자신의 체중에 걸맞게 한 상 차려주면 난 짧은 입질로 몇 개의 과일과 몇 점의 스테이크를 집어 들었을 뿐이었다. 그런 내게 요 며칠 과하게 식욕이 당기는 기이한 경험을 했다.

지금은 떠났지만
나와 함께 식사했던 알레.

간만에 바라데로 아침 뷔페식당에 앉아 거한 식사를 했다. 무엇을 먹어도 맛있는 이 느낌은 무엇일까. 며칠 굶은 사람처럼 허기를 다 채우고 나니 선선한 바람이 이는 바라데로의 해변가가 눈에 들어왔다. 마치 내가 걷는 발자국마다 해변의 물결이 춤추듯 풍경이 정겹게 다가든다.

바라데로의 로비를 지나 전용 해변에 이르기까지 풍경이 발걸음 하나 하나에 담긴다. 첫날 이곳에 도착했을 때 숙소에 짐도 풀지 않은 채 알레와 알버트가 탁구 시합이 붙어 목청껏 응원했던 해변 입구 탁구장이 보인다. 남자들의 승부욕은 뜨거운 카리브해 태양을 삼키고 노을이 질 때가 되어서야 알버트의 미소로 끝이 났다. 승부 세계에서 패배를 맛본 알레가 씩씩대며 분을 삭이는 데는 적잖은 맥주가 필요했다. 뷔페식당을 지나 만나게 되는 로비 한쪽의 공연장이 눈에 띄었다. 웃는 모습이 어찌 그리 예쁘냐고 칵테일 한 잔을 사 주던 아르헨티나 부부를 만난 장소다. 긴 시간 돌고 돌아 사랑을 찾았다는 초등학교 동창생 60대 부부의 걸진 입담을 들으며 배꼽 잡고 웃었던 바(Bar), 그곳을 지나 피자집에 들렀다. 예쁘고 섹시한 외국인들만 보면 시작되는 알레의 작업은 여전히 진행 중이다. 삼삼오오 쿠바로 배낭여행을 떠나 온 금발머리의 아가씨들 옆에서 191cm 근육질의 알레가 제스처를 할 때마다 하하호호 그녀들의 웃음소리는 이곳 로비를 가득 채웠다. 떼어 놓고 보면 참 근사하고 멋진 외모를 가진 알레다. 바깥으로 나와 발걸음을 멈췄다. 안토니오와 통화 후 슬픔에 가득 잠겨 오랜 시간 자리를 뜨지 못했던 바닷가 벤치가 보인다. 그곳에 둘러앉아 함께 위로해 주던 아르헨티나 부부며 이제 막 통성명을 했던 미국인과 독일 친구들 그리고 품에 가득 캔 맥주를 안고 달려오는 알레의 모습도 파노라마처럼 지나간다.

그 이튿날 온종일 끙끙 앓고 있을 때 빅토리아의 배려로 알레는 내 곁을 지켰더랬다. 타국에서 열은 39.5도까지 오르고 정신은 혼미해지니 누군가 곁에 있다는 것만으로도 어찌나 위로가 되었는지 모른다. 약봉지에 스페인어로 빼곡히 적어 놓고 상처받았을 나를 위해 내가 최고라며 메시지까지 잊지 않고 적어 둔 그 녀석의 마음을 들여다보며 나중에 애인이 있으면 참 자상하겠다는 생각도 해보았다. 끙끙 앓고 힘들었던 시간을 인내한 방이 바로 지금 내가 하루 더 묵게 된 방이다. 트리니다드행 비아술 버스를 놓치고 함께 마탄사스 투어를 하게 된 디에고는 생기발랄한 전형적인 쿠바 남자인 알레와는 너무 다른 사람이다. 말 한마디 한마디에 힘이 실려 있고 꾹 다문 입술에서도 '나, 고집 있는 남자예요.' 라고 이야기하는 것처럼 우직했던 사람이었다. 자신의 이야기를 마치 소설처럼 풀어내는 과정에서 사람들 저마다 사랑하는 방식이 이렇듯 다양하니 기운을 내라고 토닥이는 듯 느껴졌다. 그의 말대로 내 방식대로 사랑한 것이 안토니오를 불편하게 했던 것은 아니었을까 돌아보기도 했다. 어찌 보면 지금의 이 과정이 있었기에 내가 그 사람을 인정할 수 있었던 것은 아니었을까.

내가 서 있는 지금 바로 여기, 여기에서 그가 준 반지를 던졌다. 얼마나 만지작거리며 그를 떠올렸던가. 다시 만나면 일할 때 불편하다며 호주머니에 넣어 두었던 반지를 왼쪽 네 번째 손가락에 꼬옥 끼고다니며 보여 주리라 마음먹었었다. 그의 프러포즈 반지는 그렇게 허무하게 바다 저편으로 던져졌다.

살랑살랑 물결이 인다. 투명하게 어리는 물빛 사이로 빨간 매니큐어의 엄지발가락이 선명히 눈에 비친다. 멈칫했다. 이런 일이 있을 수있을까? 반지다. 내가 그렇게 찾던, 오닉스(Onyx) 반지 위에 그가 직접디자인해 주었던 프러포즈 반지, 안토니오의 어릴 적 이름의 약자인'Y'와 세실리아의 'C'를 합쳐 새겨 넣었다고 이야기한 그 반지! 반지가 눈에 띄었다. 모래에 살포시 박혀 강렬한 태양 앞에 제 모습을 눈부시게 드러내던 것, 오닉스가 검은색을 띠지 않았다면 찾기 힘들었을 반지, 그 반지가 내 눈앞에 있다. 드디어 찾았다. 아무리 바다의 수심이 얕아도 이게 가능한 일일까. 이 믿기지 않는 상황을 어떻게 이해해야 할까. 벅찬 마음으로 반지를 들어 올리니 반지 가운데 금이 가있다. 충격에 약한 오닉스 반지가 이는 물결과 모래 사이에서 부딪혀실금이 가 있고 이니셜은 소금기에 변색이 되어 있다. 사랑이 깨진 것모양 불길한 생각은 들었지만 돌아온 반지가 반갑기만 하다.

반지를 찾아서 어쩌자는 마음이 아니었다. 그의 마음을 무참히 바다에 던진 것 같아 미안했다. 그와의 인연이 여기까지인데 이렇게 끝내기는 아쉬웠을까. 금이 간 반지를 금방에 맡겨 수리할 생각도 없다. 적어도 이렇게 그의 마음을 온 데 간 데 본때 없이 버리지 않으리라 마음먹었다. 반바지 호주머니에 쏘옥 넣어 두었다.

다시는 이별로
앓지 말자.

돌아서는 발걸음이 가볍다. 방으로 돌아와 뜨거운 물로 샤워를 하고 정성 들여 화장을 했다. 푸석푸석하게 이주 동안 쌓여 있던 피부의 각질을 깨끗이 제거한 후, 기초화장에 에센스 그리고 크림 타입의 썬크림을 발랐다. 뷰러로 속눈썹을 한껏 올려 여자의 자존심을 살렸다. 아이라이너의 붓끝으로 양쪽 눈 끝부터 연장한 선을 살짝 그려 올렸다. 예전부터 붓끝이 예술이라는 이야기를 들을 만큼 잘하는 화장법 중 하나가 아이라이너 그리기였다. 입술은 촉촉이 붉은색 틴트로만 발라 주었다. 사랑의 향이 피어난다는 머스크 향이 짙은 향수를 귓불 두 군데와 손목 양쪽에 톡톡 두드려 주니 방 안이 온통 머스크 향으로 피어난다. 데일 듯한 카리브해의 태양 앞에 더도 덜도 말고 딱 1시간이면 무너져 내릴 화장이다. 상관없다.

식욕과 함께 되살아 난 것이 하나 더 있다면 바로 건강한 여성에게서 발현되는 자연스러운 성적 욕망이었다. 아직 누군가에겐 여성이 되고 싶은 마음의 자연스러운 표현이지 않을까. 화장 또한 이런 성욕과 닮아있다고 들었다. 여성들이 느끼는 성욕이란 남성들의 그것과 달라서 암컷으로서 특유한 아름다움을 뽐내고 싶은 그 정도의 무엇이 아닐까 생각해 본다. 중요한 것은 내 몸에서 그것을 느끼고 있다는 것이다. '살고 싶다는, 다시는 이별로 아파하지 않고 건강하게 삶을 살아 내고 싶다는 욕망!' 바로 그것이 나의 식욕과 성욕을 만들어 내고 있다는 것이었다.

사랑하는 사람과 한평생 살아내는 기쁨,
그것은 행운이다.

05 _ 누군가를 사랑하기에 너무 늙어버린
나이란 없는 거야

사랑하기에도 적은 나이가 아닌데
이별하기엔 더 슬픈 나이지

긴 머리가 바람에 날린다. 단발머리로 잘랐던 머리가
어느새 어깨를 넘어 찰랑거리는 길이가 되었다. 고무줄로 질끈 묶기
에도 충분하다. 한 달에 평균 0.8cm의 머리가 자란다는데 일 년이 가
까워졌으니 한국으로 돌아가면 그간 나고 자란 10cm는 자를 수 있겠
다. 구애할 때 사랑하는 이의 손길이 닿았을 머리카락 끝자리를 잘라
내는 건 내 마음 한구석 그 사람에 대한 추억을 잘라내는 일과 무엇이
다를까. 이별하는 이들의 모양새는 모두 흡사하다.

누군가 그랬다. 쿠바로 떠날 계획을 할 때 일정보다 중요한 것은 사
랑할 준비를 하는 것이라고. 쿠바에서 진정 얻어가야 하는 것은 '사
랑'이라고 말이다. 떠나오기 전, 역시나 친구가 말하기를.

"다른 사람은 몰라도 너는 쿠바를 제대로 느끼고 올 거야. 모두가 쿠바를
보고 오는 건 아니거든."

처음 아바나 공항에 도착해서 찍은 사진 한 장이 떠오른다. 긴장감이 사라지지 않아 양미간이 만들어 낸 두 줄의 그림자에 입꼬리가 내려앉았던 그 어두운 얼굴이 쿠바의 바라데로에 도착해 입꼬리가 살짝 올라가고 삼 겹의 웃는 눈주름을 만들어 냈다. 쿠바와 사랑에 빠졌다. 사랑에 빠졌으니 도시 하나 나라 전체가 사랑스러울 수밖에. 물자가 풍족하지 않아 불편하지만 한갓지고 여유로운 사람들의 마음은 365일 궂은날이 거의 없는 카리브해 태양을 닮았다

"세시, 너는 몇 살이야? 숙녀 나이는 묻는 것 아니라는데 궁금해."
디에고와 내일부터 벽화 작업을 떠나기로 했다던 일행 중 하나가 물었다.
"음, 너보다는 열 살, 아님 열다섯 살 정도 많을 걸?"
"그렇게 안 보이는데? 우리 엄마랑 비슷한가 보다."
"사랑하기에도 적은 나이가 아닌데 이별하기엔 더 슬픈 나이지."
"우리 엄만 새로운 사랑을 시작했어. 사랑하는데 나이가 문제야?"
"문제는 아니지만, 사랑을 시작하기에 주춤 되는 나이지."
"세시! 누군가를 사랑하기에 너무 늙어버린 나이란 없는 거야."

그래, 맞다. 사람이 사랑을 하는데 나이가 문제일까? 오십에도, 육십에도 새로운 사랑은 할 수 있는 거니까. 오히려 새로운 사랑을 시작하는, 용기 있는 그들에게 뜨거운 박수갈채를 보내줘야 한다. 마음이 가는 사람에게 다가드는 것이 나이가 들수록 쉽지 않은 일이 되어 버

렸다. 스무 살엔 길거리 가다가 헌팅을 하기도 쉽지만 마흔을 넘기면 친구 하자는 말 한마디도 주춤하게 되는 법이니까. 호감이 가도 한 발자국 오금을 떼어 놓는 것조차가 힘든 일인 게다. 그러니 나이 들어 사랑을 표현한다고 주책이네 뭐네 막말하지 말자. 오히려 잘해보라고 용기를 북돋는 말이라도 한마디 해 줘야 하지 않을까.

사람은 저마다 사랑하는 방식이 다르지만, 사랑을 시작하는 감정과 이별 후 반응은 매한가지가 아닐까.

'사랑' 이란 바구니에 각자가 담는 추억만이 다를 뿐. 때론 자신들의 사랑은 특별하다며 반박하는 이들도 있겠다.

"제 사랑은 다른 사람이 하는 그런 사랑과는 달라요."

"우리가 한 사랑은 지구상에 다시없을 그런 귀한 사랑이에요."

"제가 겪은 이별의 고통은 온 세상에 단 하나라고요."

이렇게 '사랑' 이란, '이별' 이란 감정을 뭉뚱그려 이야기하다 보니 저마다의 사랑을 값어치 없이 내리깎는 것처럼 느낄 수 있겠지만 나의 의도는 그런 것이 아니다. 인간으로 태어나서 느끼는 감정 가운데 '사랑' 과 '이별' 을 빼고 인생을 이야기할 수 있을까. 역사상 인간이 가장 치열하게 앞다퉈 온 싸움도 '사랑' 싸움이란 것은 세계 전쟁의 역사를 보아도 자명한 사실이 아닌가 말이다. 그런 고귀한 감정을 다루는데 어찌 가볍게 이야기할 수 있을까.

이 시대를 살아가는 우리에게 가장 공감하기 쉬운 감정 또한 '사랑'

과 '이별' 일 것이다.

　"사랑할 때는 세상 모든 것을 얻은 것 같았죠."

　"나 또한 그런 아픈 사랑이 있었어요."

　"맞아요. 사랑은 또 다른 사랑으로만 치유되죠."

　이렇듯 자의적인 해석으로 스스로를 위로하고 살아가게 되는 것 아닐까. 누구라도 내가 하는 사랑은 특별하니까 말이다. 또한 다른 이들의 아름다운 사랑을 보고, 아픈 이별을 경험하며 공감하는 것 아닐까. 사랑이란, 이별이란.

쿠바의 올드카는 그대로가
작품이다.

——

06 _ 말레콘에서 다시 만나 세시(Ceci)

귀국하면 다시 만날 수 있을까?
쿠바 풍경, 쿠바 사람, 쿠바 향기...

"반가웠어요. 트리니다드로 간다고 했죠?"

"20분 후면 차가 오겠네요. 이번엔 정말 놓치지 않으려 해요."

"아바나로 돌아가나요?"

"일주일 후에 돌아갈 거예요."

"말레콘 노을이 질 때 즈음 항상 운동을 해요. 음악을 들으며 말레콘 한 바퀴를 매일같이 돌죠."

"제가 어느 날 말레콘에 앉아 있으면 뵐 수도 있겠네요."

"네, 그렇죠. 꼭 귀국 전에 봬요. 돌아가면 다시 볼 수 없을지도 모르잖아요."

"아마도요."

"행복한 쿠바를 담아 가세요."

연락처를 주고받지 않았다. 아바나로 돌아가면 디에고와의 약속 때

문이 아니라 다시 한번 그 긴 방파제를 두어 시간 걸어보고 귀국하리
라 생각했었다. 나는 트리니다드로 그는 마딴사스로 향했다. 아바나
로 돌아가면 꼭 한 번은 들렀다 갈 '말레꼰' 그곳에서 디에고를 볼 수
있기를 바란다. '말레꼰'은 우리의 '만남의 광장'과도 같은 곳이겠다.
귀국하면 내 평생 쿠바와 다시 만날 수 있는 기회가 생길까.

카리브해 하늘,
핑크빛 올드카,
쿠바의 전통 의상이
어우러진 색채,
그것이
쿠바의 색깔이다.

　여행을 하면서 만나게 되는 길 위의 인연들, 언제부터인가 그들의
연락처를 묻지 않는다. 가볍게 페이스북(Facebook) 주소를 알려주면서
간간이 안부를 묻는 정도라면 모를까. 쉬이 만나는 사람들에게 나의
주요한 정보를 나눈다는 것이 불편해지기 시작했기 때문이다. 나라
밖을 처음 구경할 때에는 생김새가 다른 외국인들이 어찌나 신기하던
지 그들에 대한 호기심만으로도 SNS를 부지런히 했던 기억이 난다.
뿐인가 그 호기심은 만나는 현지인들 코앞에 무턱대고 카메라를 들이
대는 무례함을 범했다. 물론 사진 한번 잘못 찍었다가 큰 실랑이를 하
게 되는 미국 같은 나라와 달리 쿠바의 인심은 매우 후하다. 화려한

꽃 장식 머리에 흰 터번을 두르고 손가락에는 서너 개의 반지를 낀 여인네들, 진하게 채색한 화장을 가늠해보면 족히 아침부터 서둘렀을 매무새인데 자신을 찍어가라며 시가를 물어 보이기까지 하는 그네들의 인심은 후하다는 표현밖에 더할 길이 없다. 그런 이들을 찍을 때도 최소한의 예의는 있어야 하겠다. 가끔은 그렇게 사진을 찍은 후 돌아서는 이들의 어깨를 톡톡 두드리며 금전을 요구하는 경우도 있지만, 그들이 한껏 치장하고 나온 수고를 생각한다면 그리 과한 요구도 아닌 게다. 커피 한 잔을 먹고 지불하는 통상적인 팁이 1달러 아니던가. 그에 비하면 그들이 요구하는 1달러의 가치가 어찌 턱없다 이야기하겠는가. 그러니 사진을 찍기 전에도 찍은 후에도 깍듯한 인사는 해주어야 한다는 것이 나의 생각이다. 적어도 무례하지는 말자.

비록 짧은 시간이었지만 심도 있는 대화를 나누었던 '디에고'와 아무것도 주고받지 않은 채 작별 인사를 했다. 심지어는 관광지에서 셀카 사진 한 장조차도 남겨 놓지 않았다. 무슨 의미가 있겠는가. 다시 만나게 되면 반가워할 일이고 다시 못 만난다고 하여도 '그때 그렇게 대화를 나누었지.' 라는 정도의 추억 한 컷만 있으면 됐지.

"세시, 내 팔뚝에 너의 이름을 타투로 새겨 놓을게.
네가 다시 쿠바에 오게 된다고 해도
나를 못 찾을 수 있잖아. 시간이 너무 흘러 버리면."

Leave, meet and love
06

쿠바에서 만난 세 번째 남자 라오첼이
알려준 '나를 사랑하는 법'

말도 살찌우지 못하는
쿠바의 살인 더위.

01 _ 트리니다드에서 진정한 휴식을 즐기다

단세포처럼
생각 없이 즐거운
트리니다드의 하루가 지나고 있다

가무잡잡하게 익은 피부는 한국의 피부과에서 비싼 돈 주고 선탠 기계에서 만들어 낸 피부보다 세련됐다. 쿠바인의 색깔을 닮아가고 있다. 오전에 출발한 비아술 버스는 휴게소 한 곳을 지나고 한나절을 달려 늦은 오후가 되어서야 트리니다드에 도착했다. 들리는 휴게소는 백반집이 즐비한 한국의 휴게소 같은 곳이 아닌 아담한 카페다. 이곳에서 여행객은 커피와 샌드위치를, 현지인들은 모히또(Mojito) 한 잔을 즐긴다. 쿠바 여행 중 40도가 넘는 습한 무더위의 쿠바에서 비아술(VIAZUL) 버스만큼이나 냉방이 잘되는 교통수단은 없다. 바라데로의 해변에서 겁 없이 일광욕을 즐겼다면 에어컨을 틀어도 더운 바람이 나오는 택시를 이용하지 않는 것이 좋겠다. 우리에겐 가성비 좋은 비아술 버스가 있으니까 말이다.

쿠바를 다니러 온 여행자들의 종합 선물세트 같은 곳, 트리니다드

(Trinidad)! 에스캄브라이(Escambray) 산맥과 카리브해의 멋진 전경을 갖춘 유네스코 세계문화도시 트리니다드는 쿠바 현지인과 관광객이 어우러져 독특한 즐거움을 자아내는 곳이다. 한 번쯤 와 보고 싶었던 트리니다드에 두 발을 붙이고 있다니 믿기지 않는다. 차에서 내리자마자 터퍼덕 터퍼덕 더위에 지친 '말'이 숨을 몰아쉬고 있었다. 이 시대에 '말'이라는 교통수단이 존재하는 것부터가 내가 사는 시대가 21세기는 맞는지 분간이 되지 않았다. 마치 타임머신이라도 타고 과거로 돌아간 것 같은 느낌이다. 빅토리아가 여행을 시작하기 전 전화번호와 이름을 하나 적어 주었다. 자신의 친한 동무가 트리니다드에서 숙박업을 운영하고 있으니 찾아가란다. 바가지 따위는 생각할 필요도 없고 나의 생일까지 살뜰히 챙겨 줄 거란다. '생일?' 그러고 보니 곧 나의 생일이 다가온다. 빅토리아가 적어 준 주소를 물어물어 길을 걷고 있다.

빅토리아의 말대로 선한 기운이 가득한 50대 아주머니가 반색하며 나온다. 내 마음에 쏙 드는 방 하나를 안내해 주고는 시원한 주스 한 잔을 내어 온다. 그녀는 내게 낮에는 잠든 듯 조용하고 한적한 트리니다드가 밤이면 어떻게 환상적으로 변신을 하는 것인가에 대해 쉴 틈도 없이 이야기를 해댔다. 여행을 좋아하는 내게 '쿠바'라는 나라가 손꼽는 노스탤지어인 것은 맞지만 트리니다드에 오기 전만 해도 신나게 즐길만한 마음의 준비가 되어 있지 않았다. 아니 더 정확히 말한다면 쿠바에 오기 전엔 흥의 나라 쿠바라 해도 우울감에 빠진 나를 구하기에는 역부족이라 생각했다. 나의 우울감은 극치에 달했었으니까. 신기하게도 그 우울감이 이 주 가까이 시간을 보내면서 예전의 나의 모습을 찾아주기 시작했다. 밤에 변신한다는 트리니다드를 제대로 한 번 느껴보자 나 또한 벼르고 있다.

쿠바인에겐 하루 평균 두세 번의 샤워는 필수라고 했다. 보통 아시아인에게서 마늘 냄새가 몸에 배어 있듯 육식을 즐기는 이들은 날짐승들이 가지고 있는 특유의 체취를 가지고 있다. 나 또한 쿠바에 도착해서 때 빼고 광을 내기 위한 샤워가 아닌 소금기와 냄새를 없애는 데 전념하기 위한 샤워를 하루에 거짓말 보태어 열댓 번은 해 댄다. 아니, 해야 한다. 평소 마늘을 유난히도 좋아하는 내가 '제가 바로 아시아 여자예요.'라는 것을 온몸으로 드러내고 싶지 않다면 말이다.

쿠바인들의 국민 놀이
'도미노(Domino)' 게임.

낮 더위가 가실 무렵 느지막이 '까사 데 라 뮤시까(Casa de la musica)' 광장을 거닐었다. '찰찰찰 토록토록' 여기저기서 삼삼오오

경쾌한 소리를 내며 즐기고 있는 것은 '도미노(Domino)'라는 쿠바인들의 대중 놀이다. 중국의 마작, 유럽의 체스, 한국의 고돌이와 같은 국민 게임인 도미노를 한적한 그늘 밑에서 즐길 때면 쿠바 남자들은 웃통을 벗고 쿠바 살사로 다져진 그들만의 초콜릿 복근이나 식스팩을 자랑하곤 한다. 나 또한 쿠바 친구들에게 배운 도미노 게임으로 한국인의 뛰어난 지능과 실력을 발휘한 바 있다. 다시 강조하지만 한국인은 뭐든 습득 능력이 빠르다. 유대인 다음으로 뛰어난 민족이라고 한다는데 내 보기엔 유대인보다 더 뛰어난 지능을 가진 듯하다. 우린 뭐든 죽자고 덤비지 않느냐 말이다. 대한민국의 헝그리 정신은 전 세계 특허품이다.

저녁을 먹고 나오니 벌써 광장에서 요란한 음악 소리가 낮의 고즈넉한 동네를 들었다 놓기를 반복한다.

'아, 이 모습이 바로 트리니다드의 모습이구나.'

요란한 음악 소리가 높은 지대에 자리 잡은 트리니다드를 울리고 노년의 할머니 할아버지가 무대 앞에서 기가 막힌 살사를 추고 있고 계단에 앉은 연인들은 음악에 취해 키스를 하는 곳. 계단 뒤편으로 조금은 한갓진 자리에 앉아 음악을 듣고 있는데 흰 티를 입고 있는 자그마한 쿠바 남자가 춤을 추잔다.

"나는 '라오첼(Laochel)'이라고 해. 우리 춤출까?"

쿠바 살사를 추어 본 적이 없다고 하자 가르쳐 준다. 덕분에 쿠바 살사를 쉽게 배울 수 있었다. 자신은 스물세 살이고 음악가란다. 여기서 태어났고 바(Bar)를 돌아다니며 기타와 끌라베(쿠바 전통 악기)를 연주한다고 한다. 아버지가 유명한 뮤지션이라더니 그에 걸맞게 그의 노래 실력 또한 출중하다. 한참 웃고 떠들고 있는데 갑자기 경찰 배지를 단 두 남자가 나타나더니 라오첼에게 신분증을 달란다.

"신분증!"

긴장한 듯 신분증을 덥석 내미는 라오첼이다. 덩달아 긴장을 하고 있는데 그중 한 명이 부담스러울 정도로 얼굴을 가까이 들이대며 내게 묻는다.

"여행객인가요?"

"네."

"혹시 불편하진 않으신가요?"

"네? 불편?"

"금전을 요구하거나…"

"아니요, 전혀요. 그냥 춤을 가르쳐 줬을 뿐이에요."

"네, 혹시라도 무슨 일 있으면 저희한테 이야기하세요. 저흰 항상 대기하고 있습니다. 맘껏 즐기세요."

엄지와 검지로 '브이(V)' 자를 만들어 오른쪽 관자놀이에 살짝 대었다가 떼고 눈을 찡긋하며 돌아서는 경찰관!

'아, 당신이 더 느끼해요. 낯선 여자에게 윙크가 웬 말이에요. 배 나온 경찰관 아저씨!'

속으로 혼잣말을 하고 돌아서는데 신분증 검사까지 하게 한 라오첼에게 내심 미안해졌다.

"내가 뭐 잘못한 거야?"

"아니, 여긴 작은 도시지만, 관광객이 아바나만큼 많은 곳이야. 다른 곳과 달리 치안이 철저해. 관광객에게 조금이라도 허튼짓을 했다가는 그냥 경찰서행이야."

"그래도 좀 과한데?"

"우리한텐 일상이야. 쿠바의 경찰은 늘 우리의 삶을 주시하고 있거든."

"마치 미국 같아. 참, 크리스티아나가 내일 점심 먹으라고 이 식당을 추천해 줬어."

"아! 거기! 그 식당에서 오후 1시에 공연이 있어. 내 공연 시간 맞춰서 밥 먹을래? 그럼 공연은 공짜니까. 쿠바의 전통 음악 들려줄게. 관타나메라 (Guantanamera)라는 음악 모르지?"

"아니, 알아. 관타나메라가 얼마나 유명한데 모르겠어?"

"아, 맞다. 네가 스페인어를 할 줄 아니 알 수도 있겠다."

"고마워. 맛난 음악과 식사라 오케이!"

쿠반 살사를 추는 쿠바 할아버지와
유럽 관광객.

바라데로까지 가지고 있었던 습하고 침울했던 마음은 언제 그랬냐는 듯 트리니다드에선 자취를 감추었다. 일주일 정도의 숙박료를 선

불로 지불했고 크리스티아나는 매일같이 일어나는 나의 흥미진진한 일상을 듣기 위해 밤이면 밤마다 문 앞에서 나를 기다렸다. 이날도 귀를 쫑긋 세우고 세세히 듣고 있던 크리스티아나는

"세시, 라오첼을 집으로 한번 데리고 와 봐. 신분증 좀 확인하게."

"신분증? 경찰이 이미 검사했는데요?"

"여긴 마을이 작아 신분증만 봐도 어디 사는 누구 집 자식인지 금방 알거든."

"데리고 올게요. 라오첼 집도 방향이 같으니까"

"빅토리아가 말한 대로 세시는 참 좋은 여자 같아. 빅토리아가 잘 챙겨주래."

"더 어떻게 잘해줘요? 충분히 잘 쉬고 있다고 빅토리아한테 안부 넣어줘요."

단세포처럼 생각 없이 즐거운 트리니다드의 하루가 지나고 있다. 머리가 텅 빈 듯하다.

"아빠, 몸은 좀 괜찮아?"

"괜찮아. 네가 걱정이지. 음식은 잘 맞아?"

"그럼 나야 원래 잘 먹잖아."

"아픈 데는 없지?"

"응. 딸내미는 잘 지내고 있지. 아빠도 건강 잘 챙겨. 내 맘 아프지 않게."

그렇게 가족과의 안부도 편해질 만큼 속 끓이던 일들이 잠잠해졌다.

쿠바인들의 친화력은
전 세계 일등!

02 _ 트리니다드에서 맞는 특별한 생일
'라오첼의 세레나데'

"한국에서 온 세실리아?"
"여기요!"
라오첼이 나의 오른손을 번쩍 잡아들었다

"세시, 생일 축하해."

"크리스티아나 고마워요. 아침부터 생일 케이크라니 감동이에요."

"새벽에 어머님 모시고 나가 케이크를 사 왔지. 빅토리아가 꼭 챙겨주라
해서."

"고마워요 할머니."

그렇게 생일을 트리니다드에서 맞게 되었다. 라오첼을 크리스티아
나의 집에 데리고 와 신분증을 확인하는, 한국에서는 있을 수 없는 일
을 경험했지만, 그 덕분에 라오첼이 얼마나 순수한 청년이고 뉘 집 아
들인지 그의 아버지가 얼마나 유명한 뮤지션인지도 알 수 있었다. 하
지만 여전히 그녀는 내가 집으로 도착하기 전까지 잠을 자지 않는 성
의를 보여주었다. 고맙게도 내가 광장에서 늦게까지 음악을 듣고 들
어갈 때면 그녀의 방은 항상 불이 켜져 있었다.

삼사일 째 즈음 접어드니 '까사 데 라 뮤시까' 광장에서 늘 만나는 이들과 친해졌다. 뼛속 깊이 뮤지션 아버지의 피가 흘러서일까 단 한 번도 기타를 제대로 배워 본 적이 없다는 라오첼은 기타의 피스만 잡으면 현란한 기타 솜씨를 뽐낸다.

　　오늘은 '음악인의 날'이다. 트리니다드의 원로 뮤지션들과 아이돌 뮤지션이 한자리에 모여 공연을 하는 날이란다. 그래서인지 초저녁부터 경찰들이 띠를 둘러 서있다. 이젠 늘어선 경찰들을 봐도 미소로 화답할 뿐 겁도 나지 않는다. 외국인에게는 한없이 친절한 경찰들이다. 이날 공연은 한국의 대형 공연장에서 로얄석에 자리 잡고 보는 공연이라고 해도 손색이 없을 정도로 놀라웠다. 쿠바답다. 프릴 달린 민소매 웃옷에 짧은 미니스커트를 차려입은 나의 손을 라오첼이 잡아끌더니

　　"아버지, 제가 말한 세시에요. 나의 첫 외국인 친구!"

　　"안녕하세요, 말씀 많이 들었어요."

　　"세시, 집에 한번 놀러 와요."

"Happy birth day to you…"
쿠바의 관광객에 둘러싸여 축하받는 세실리아.

　　중지의 번쩍이는 금반지가 그의 굵고 검은 손가락에 대비되어 유난

히 눈에 띄었다. 한참 라오첼의 가족과 함께 공연에 빠져 들고 있을 즈음 사회자의 목소리가 들려왔다.

"혹시 세실리아 있나요? 한국에서 온 세실리아? 어디 있죠?"

"여기요!"

갑자기 라오첼이 나의 오른손을 번쩍 잡아들었다.

"아하! 바로 앞에 계셨군요. 오늘 한국에서 온 아가씨를 위해서 우리 밴드에서 준비한 음악을 선사하겠습니다. 이어 생일 축하곡이 이어질 때는 모두 함께 불러 주세요! 세실리아의 생일을 축하하며 자, 시작합니다!"

10여 분 되는 밴드의 곡이 끝나고 여기저기서 울려 퍼지는 생일 축하곡이 사방으로 들려왔다. 쿠바의 폭염이 잠든 선선한 여름밤이다. 무대의 화려한 조명을 둘러싼 다국적 관광객들이 목청껏 불러 주는 축하곡은 후렴구를 몇 번이나 반복 후 끝이 났다. 이내 그들이 건네준 샴페인 잔들이 테이블 위에 즐비하다. 발그레해진 얼굴로 일어나 감사의 인사를 잊지 않았다.

"라오첼, 고마워. 너의 작품이지?"

"뭐 그쯤이야. 친구잖아."

"이번 생일 축하 이벤트는 평생 못 잊을 거야. 정말 감동이었거든."

"이게 끝이 아니라고. 야! 얘들아 가자!"

공연이 끝난 후 라오첼은 함께 공연하는 밴드 친구 뻬드로(Pedro)와 마르꼬(Marco)를 불렀다. 나의 생일 축하를 제대로 해주고 싶다고 했다. 공원에 모여 가볍게 맥주 한 캔과 햄버거로 출출함을 달랬다. 든

든히 속이 채워진 후 세 작당은 벤치에 나를 앉히더니 각자 기타를 조율하기 시작했다. 기타가 저마다 모양이 다른 것으로 보아 다른 음색을 가지고 있는 듯했다.

"세시, 너의 생일을 축하하는 음악이야. 우린 뮤지션이잖아. 오늘 너를 위해 모였으니 밤새 노래 불러 줄게."

"밤새?"

틈만 나면 나를 위해 노래를 불러주던 라오첼.

라오첼과 친구들은 내가 주문하는 스페인 음악들을 척척 연주했다. 라오첼이 허스키한 목소리로 '엔리께 이글레시아스(Enrique Iglesias)' 의 '바일란도(Bailando)'를 불러 주었을 때는 마치 사랑하는 이의 세레나데를 상상하게 만들었다. 달(月)을 기준으로 세는 나의 생일은 빵빵한 보름달 즈음에 있어 자정이 되면 종교와 상관없이 십자가가 아닌 보름달을 보며 소원을 빌었다.

'비나이다. 비나이다.'

이날은 별도 총총하다. 감미로운 음악에 이끌려 관광객들이 하나둘 모여들더니 나의 벤치를 둘러 원 모양을 이루었다. 이렇게 시작된 나의 생일 이벤트는 세 시간이 지나서야 끝이 났다. 어떻게 한두 시간도 아니고 세 시간 동안 음악을 연주할 수 있을까. 어떻게 그 긴 시간 동안 그들의 음악에 빠져 있을 수 있었을까. 라오첼과 그의 세레나데는 내 평생 가장 기억에 남는 몇 안 되는 생일 이벤트로 등극했다.

03_성 트리니다드 교회에서 올린 고해성사

갑자기 화가 났다.
이 넓은 침대 위 혼자라는 것이...

어젯밤, 가방에서 하얀 원피스를 꺼내 두었다. 살짝 구김이 간 곳에 물을 적셨다. 툭툭 털어 옷걸이에 걸어 두니 주름이 싸악 펴진다. 라오첼이 알려 준 '까사 데 라 뮤시까(Casa De La Musica)' 광장 근처의 성당에 오전 미사를 드리기 위해 준비해 놓은 하얀 원피스를 입고 성당에 도착했다. 미사 시작 전, 성당 맨 앞자리에 앉아 기도를 했다. 일단 고해성사부터 시작해야 할 판이다. 무엇부터 용서를 구해야 할까. 아, 맞다. 생각해 보니 아주 미끈한 쿠바의 남성을 보고 한때 '19금' 생각을 해본 적이 있으니 이 또한 죄라면 고해성사를 드려야겠다. 첫 세례 때 담당 신부님이 정신적으로 지은 죄도 고해성사의 일부라 했던 말씀이 떠올랐다. 정신과 육체가 온전히 건강한 여성이 쿠바에서 느꼈던, 정신적으로 한눈을 팔았던 것에 대한 고해성사랄까.

"신부님, 그의 육체는 너무나 아름다웠어요. 얇은 티셔츠 사이로 손가락으로 그어 낸 듯 실근육이 드러났죠. 나의 세포 하나하나가 쭈뼛쭈뼛 서는 느낌이 들 정도로 말이죠. 아침이면 그와 나란히 누워 있는 나를 발견한다 해도 억울하지 않을 것 같았어요. 아니 어쩌면 성당에 가서 고해성사를 드리는 것이 아닌 감사 기도를 올릴지도 모를 일이죠. '오우 하느님, 어젯밤은 너무 환상적이었어요. 제 삶에 이런 충만한 기쁨을 주시다니 정말 감사합니다.' 라고 말이죠. 하지만 현실에선 절대 이런 일은 벌어지지 않을 거예요. 아시죠? 저, 세실리아잖아요. 세례까지 받고 어찌 그런 무모하고 어리석은 짓을 하겠어요."

이 얼토당토않은 고해성사를 생각하면 자꾸 화가 났다. 로맨틱한 여행지에서 게다가 둘이 쓰고도 남을 넓은 침대에서 혼자 뒹굴며 사랑하는 사람이 곁에 없다는 것이. 지금까지 단 한 번도 빈둥거린 적이 없다 싶을 정도로 열심히 살아온 내게 신은 너무하시지 않은가 말이다.

성당에 와 있다는 것 하나만으로도 고해성사가 줄줄 나올 판이다. 하지만 쿠바의 성당은 역시나 쿠바답다. 쿠바 전통음악으로 연주되는 곡들이 생기발랄하다 못해 가지런히 모아 두었던 발을 들썩거리게 만든다. 쿠바에서 배운 멋들어진 살사 춤이라도 출 기세다. 관광객을 포함해 현지인들까지도 하나 되어 즐거운 미사가 끝이 났다.

신부님이 내 곁을 지나며 한 마디 물으신다.

"일본?"

아쉽게도 전 세계 어디를 가나 복장이 깔끔한 아시아인을 보면 일본인이냐 묻는다.

"한국인입니다."

"북한?"

"남한이요."

신부님은 그제야 고개를 끄덕인다. 쿠바는 북한과 1960년에 수교를 맺었지만, 남한과는 아직 수교가 이루어져 있지 않다. 쿠바 사람들에겐 남한보다 북한이 익숙하다. 한국은 88 올림픽을 기점으로 거의 전 국가와 수교를 맺고 있다고 해도 과언이 아니다. 이중 쿠바를 포함해 마케도니아와 시리아, 팔레스타인 정도가 미수교 국가이니 쿠바라는 나라가 아직 정서적으로 가깝기 힘든 이유는 바로 이 때문이 아닐까.

미사를 마치고
쿠바의 자상한 신부님과 한 컷!

신부님과 사진 한 장을 찍은 후 미사 객이 사라진 성당에 홀로 앉아 조용한 시간을 즐겼다. 마치 피정이라도 온 듯 말이다.

'하느님, 닿지 않은 인연에 대해 집착하지 않으려 해요. 쿠바에 오길 참 잘했어요. 당신이 허락한 사랑이 아니라면 이루어질 수 없겠죠.

인정하고 내려놓으려 해요. 아니 이미 이곳에 오기 전부터 이별을 준비하고 있었나 봐요. 쿠바에서 나 자신을 돌아보는 시간을 가지니 마음이 평온해지고 결국 이렇게 각자의 길을 걸으면 될 것을 끙끙 가슴앓이만 했다는 생각이 드네요. 새롭게 시작할게요. 아무 일도 없었다는 듯 그렇게.'

성당을 나서는 발걸음이 가벼웠다. 마음에 남아 썩어 악취를 풍겼던 찌꺼기들은 이곳에 모두 내려놓고 가기로 하자. 상쾌한 마음으로 문을 나서는 것도 잠시 역시나 정오의 햇살은 데일 듯 따갑다.

'앗 뜨거!'

비명이 절로 나온다. 피부가 머금은 수분을 단숨에 날려버리는, 마치 장작불 근처에서 맴도는 듯 느껴지는 불볕더위다.

길을 걷다가 체 게바라의 명언이 떠올랐다.
'우리 모두 현실주의자가 되자. 그러나 가슴속에는 불가능한 꿈을 품자.'

04 _ 인도가 아닌 쿠바에서의 명상

**닦여지지 않은 흙길을 좋아한다
동행자 없이 고즈넉하게 산책하듯**

"쿠바에서 어떻게 요가가 어울려? 그럼에도 불구하고 요가가 어울리는 명상의 장소 쿠바라니... 난 빡빡 우기고 싶어. 인도 북부에서 남부까지 배낭여행을 해 온 내가 인도만이 요가의 성지로 자리 잡는 것을 반대한다고 1인 시위라도 벌일 판이야. 이젠 '인도는 요가의 성지' 라는 타이틀을 쿠바에게 넘겨주지 그래?"

인도의 거리에서는 요가를 하는 '요기' 들을 흔히 본다. 통아저씨 같은 요기들이 기하학적으로 몸을 비틀어 상상도 할 수 없는 자그마한 박스에 들어가기도 하고 중력을 완전히 무시한, 역학적으로 불가능한 자세로 몸을 지탱하고 있기도 한다. 거리를 지나는 자들의 시선을 끌어 인도를 여행하고 돌아온 사람들은 '인도는 역시 요가의 나라야.', '인도는 명상의 나라야.' 라고 지칭하지만 실은 그것은 종교적인 것에 가깝다. 인도에는 '모래알만큼의 신이 살고 있다.' 는 표현을 쓴다. 자신이 소중하게 생각하는 물건을 두고 그 안에 '신'이 살고 있다고 믿고 추종하면 그 자체가 종교가 되는 나라다. 힌두교가 대세를 이루고 있지만 그 외 무수히 많은 종교들이 그들의 내면에 존재하고 있다. 자신이 숭배하는 신의 형상이나 사물을 본떠 몸으로 흉내를 내는 이들이 바로 요가 수행자인 '요기'인 것이다. 내가 소나무를 숭배하면 소나무 모양으로 몸을 만들어 내면 된다.

내 명상의 방식은 길을 걷는 것이다. 성스럽다는 갠지스 강을 끼고 있는 인도의 바라나시로 명상을 하기 위해 세계 각지에서 모여들지만 정작 걷고 또 걷기를 즐기는 나는 인도의 길을 걷지 않았다. 치안이 좋지 않을뿐더러 그들이 강요하는 신에게로의 길이 내 마음에 흡족하게 다가들지 않았기 때문이다. 오히려 쿠바의 길을 걸으며 그들의 얼굴에서 뿜어져 나오는 특유의 긍정적인 기운과 살아가는 방식은 내 가슴에 잔상을 남겼다. 단순하고 명쾌한 이들이 무언으로 알려주는 그 무엇에 빠져들었다. 그것이 나의 많은 것을 치유하기 시작했다. 뽀송뽀송한 스펀지가 물을 흡수하듯, 복잡한 내면의 것들을 내려놓고 아무 생각 없이 그들을 닮아가도 후회 없겠다. 단순하게 살아가는 것도 학습되어야 하는가 보다.

닦여지지 않은 흙길을 좋아한다. 전체 국토의 70%가 산지인 대한민국의 딸로 태어나 시멘트 길이 거북스러운지도 모르겠다. 여하튼 스페인 산티아고의 길을 좋아하는 이유도 쿠바의 흙먼지 날리는 길도 자연의 냄새를 맡을 수 있기 때문이리라.

동행자 없이 고즈넉하게 산책하듯 걷는 것을 좋아한다. 동행자가 있어 그 동행자의 몸이나 기분 상태를 파악해 가며 오롯이 나에게 집중할 수 있는 시간을 뺏기는 것을 아까워했던 것 같다. 그만큼 직장과 집을 오가며 바쁜 시간을 보내는 동안 긴 시간 홀로 걸으며 나자신과 대화를 할 수 있는 기회가 많지 않았기 때문이기도 하다. 뿐인가 익숙한 길보다 낯선 길을 만날 때 우리는 확장된 의식 세계를 만난다. 사람들이 틈만 나면 여행을 하고 싶어 하는 본능과도 그 이유가 일치한다.

"왜 전 세계 사람들이 산티아고의 길에 열광하는 거야? 동네 한 바퀴 돌면 되지."

사람은 태어나면서부터 그 삶을 다할 때까지 성장하기를 갈망한다. 그 성장 가운데 바로 '길'이 있다. 인생을 다른 단어로 비유할 때 '길'이라 표현하지 않던가. 우린 너나 할 것 없이 인생길을 걷고 있다. 길게 느껴지지만 지나고 보면 눈 깜빡할 새라는 표현이 적절할 만큼 '찰나'의 시간을 보냈다고 느껴지는 것이 바로 '삶'이다. 보편적으로 익숙한 곳에서는 변화가 어렵다. 그래서 새로운 장소를 접했을 때의 긴장감을 이용해 변화를 시도한다. 이처럼 길을 걷는다는 일은 내게 무엇과도 바꿀 수 없는 소중한 시간이다.

갈등이 생기거나 지칠 때, 중요한 결정을 내려야 할 때 걷는 이유가 바로 여기에 있다. 사람이 만나고 이별하고 상처를 치유할 때만큼 감정 소모가 많을 때가 있을까. 그래서 우린 누군가를 만나 설렐 때 두 손을 맞잡고 걸으며 사랑을 나누고, 이별의 시간을 보낼 때 추억을 더듬으며 자위하기도 한다. 상처를 치유할 때는 그저 무작정 걷는 것만으로도 평정을 찾아가는 내 마음을 발견할 수 있다.

과학적으로 이야기하면 길을 걸으면 명상과 같은 효과를 얻을 수 있단다. 우리의 뇌파가 안정된 알파파로 전환되고 이때 뇌 속에서 세로토닌과 같이 기분 좋고 편안해지는 신경전달물질이 분비되면서 혈압과 맥박, 호흡이 안정된다고 한다. 스트레스 호르몬인 코르티솔의 혈중 농도가 감소하면서 몸의 면역력이 증진된다고 보고되어 있다. 이렇게 분석적으로 따져 보지 않아도 길을 걸으면 자연스럽게 축 처져 있던 어깨에 힘이 생기고 팔자로 늘어진 입꼬리가 당겨지며 부드러운 미소가 생기는 것을 느낄 수 있다. 무엇으로 더 증명해 보일 필요가 있을까.

포장되어 있지 않은 길, 차도와 인도가 구분 없는 길, 40도를 웃도는 평균 온도에 지열까지 올라와 턱 끝까지 숨이 차오르는 길, 차 한대가 지나가며 내뿜은 매연과 흙먼지가 섞인 매캐함이 잠시 잠깐 숨 쉬는 것을 멈추게 만들어 버리는 길, 비라도 내렸으면 좋겠다는 말이 떨어지기가 무섭게 한바탕 비라도 쏟아지고 나면 질퍽하니 발이 빠져 평소 걸음 속도의 두 배는 느려지는 길, 뭐 하나 구색이 맞추어지지 않아 불편한 길, 그 길이 바로 쿠바의 길이다. 그런 쿠바의 길을 걸으며 나는 조금씩 변해가는 '나'를 발견한다. 그것이 내가 쿠바의 길을 사랑하지 않을 수 없는 이유다.

쿠바의 해변엔 야자수만 있을 뿐 선베드 따위는 없다.
더 멋지지 않은가.

———

05 _ 나의 팔에 너의 이름을 새겨 놓을게.
　　　네가 돌아올 때 볼 수 있도록

"나는 23년간 단 한 번도
이 도시를 떠나 본 적 없어."
"정말?"

"세시, 넌 특별한 아이 같아."

"왜?"

"여긴 유난히 여행객이 많아. 그런데 아시아인은 본 적이 없어. 정말 드
물어."

"처음부터 쿠바로 오려던 것은 아니었어. 콜롬비아나 멕시코를 잠시 다
녀온 적은 있지만, 쿠바를 올 줄은... 내게 쿠바는 그냥 로또 같은? 우연히
오게 되었는데 잘 온 것 같아."

"로또?"

"응. 스페인의 '롯데리아' 같은 거야. 당첨되면 어마어마한 상금이 나오
는 복권이지."

"쿠바까지 왔으니 난 널 만났고, 너는 나를 만났고 우리 둘 다 로또 당첨
된 거네."

"너를 알게 되어서 나도 기뻐. 근데 여긴 인터넷이 잘 안 되니 너랑 어떻

게 연락하지? 페이스북?"

"난 페이스북 안 해."

"이렇게 떠나면 너와 연락이 닿기 쉽지 않겠어."

"다시 와. 10년 뒤에 온다 해도 너를 금방 알아볼 거야."

"파파 할머니 되어도?"

"그럼, 네 눈을 보면 되거든. 참 눈이 예쁘다. 갈색 눈동자와 미소 때문에 금방 알 수 있어."

특별할 것 없는 음식이어도 어디에서 누구와 함께하느냐에 따라 달라지는 별식.

일주일을 머무는 동안 충분한 휴식기를 가졌다. 라오첼의 친척들이 산다는 마을에 가서 망아지가 끄는 달구지를 타고 쿠바의 농촌 길을 달려 보기도 하고, 부모님 댁에 들러 인사를 나누는 것도 잊지 않았다. 촌수를 전혀 알 수 없는 라오첼의 친척들에게 현지식으로 융숭한 대접을 받았다. 새까맣게 숯불에 그을려 나온 닭고기 튀김에 쌀밥, 더운 야채와 곁들여진 음식들은 보기와 달리 감칠맛이 돌았다. 후식으로 과일을 주서기에 갈아 우유와 섞은 후 백설탕을 큰 수저로 세 수저 정도를 넣어놓으니 그 달달함은 입에서 쓴맛이 느껴질 정도다.

카리브해의 노을 녘은
향수를 자아낸다.

트리니다드에서 그리 멀리 떨어져 있지 않은 앙콘(Ancon) 해변과 '라보까(LA BOCA)' 해변은 머무는 동안 수시로 들렀다. 큰 바위 위에 걸터앉아 풍경을 즐기고 있노라니 라오첼과 그의 일행은 웃통을 벗어 재끼고 그대로 잠수를 해 버리더라. 라오첼의 머리가 깊숙이 빠져들었다 나온 후 헤엄치는 모습을 보니 강가의 깊이가 얕지 않음을 충분히 감지할 수 있었다. 물 공포증이 심한 나는 발목까지 찰랑이는 물을 느끼는 것으로 만족해야 했다.

오후 내 수영을 즐기고 돌아오는 길, 라오첼에게 물었다.

"단 한 번도 이 도시를 나가 본 적이 없어?"

"23년간 단 한 번도."

"여행 좋아한다며?"

"응. 여행 좋지. 근데 난 이곳이 좋아."

"혹시 기회가 된다면 한국에 와. 그리고 나를 찾아."

"한국 가보고 싶다."

"아무 때나 와. 신세 갚아야지."

라오첼이 갑자기 자신의 팔뚝을 걷어 보인다.

"세시, 내 팔뚝에 너의 이름을 타투로 새겨 놓을게. 네가 다시 쿠바에 오게 된다고 해도 나를 못 찾을 수 있잖아. 시간이 너무 흘러 버리면."

"이 작은 도시에서 너를 왜 못 찾겠어? '라오첼! 세시 다시 왔어.' 라고 부르면 금방 나오겠는데?"

"그런가? 농담 아니야. 일주일간 있으면서 너와 정말 즐거웠어. 평생 못 잊을 거야."

"내가 고맙지. 나도 너를 잊지 못할 거야. 꼭 좋은 사람 만나."

"넌 내가 만난 첫 아시아 여자 친구야. 서로 기억해 주기!"

"나도 트리니다드의 멋진 뮤지션 라오첼을 기억할게!"

자신의 팔뚝에 'CECI' 라고 나의 이름을 적어 놓겠다는 귀여운 스물세 살의 청년 라오첼! 나는 이곳을 떠나며 자신의 삶에 안분지족하고 가진 것 이상을 부러워하지 않는 매력 덩어리 청년 라오첼을 기억할 것이다.

트리니다드의
멋진 뮤지션 라오첼.

"세시, 네 메모 노트 좀 줘 봐."

"왜?"

그는 나의 A5노트 한 곳을 펴더니 무엇인가를 주절주절 적는다. 한 페이지 빼곡히 울퉁불퉁한 스페인어다. 얼마나 펜을 꾸욱 꾹 눌러썼는지 몇 장에 걸쳐 볼펜 자국이 남았다. 짧은 시간이었지만 나를 만나서 즐거웠고 부모와도 해 보지 않았던 이야기들을 나누었다고. 함께 보낸 시간을 서로 잊지 말자고 적혀있다. 자신의 이름과 주소와 전화번호도 함께 남겨 놓았다. 그에게는 주소와 이메일을 적어 주었다. 그렇게 힐링하듯 보낸 일주일의 마지막 밤이 지나갔다.

정육점에서 저녁거리,
고기 한 근을 사다. 천 원?

06 _ 트리니다드여 안녕! 다시 아바나로!

스멀스멀 내 가슴으로 스며들었던
내겐 너무 힘겨웠던 사랑

아침에 눈을 떠 예약한 택시를 타기 위해 라오첼과 나섰다. 크리스티아나는 나를 포근히 안아주며

"세시, 다시 꼭 와. 항상 예의 바르고 예쁜 세시, 힘든 일 있음 전화 해. 여기 전화번호."

"고마워요 크리스티아나. 할머니 어디 계시죠? 아, 할머니 울지 마세요."

갑자기 나와 눈이 마주치자마자 눈물을 흘리는 할머니를 보니 나의 눈가에도 눈물이 그렁그렁해졌다. 올라갈 땐 트리니다드에서 아바나로 직행하는 택시를 이용하기로 했다. 에어컨도 모양뿐인 쿠바의 택시를 타고.

아바나로 올라가면 귀국을 준비하게 될 것이다. 빅토리아의 집에서 며칠간 머무르며 짐을 정리하게 될 것이고 가족과 함께 저녁을 먹으

며 그간의 아쉬움을 달랠 것이다. 비냘레스와 마탄사스, 바라데로 그리고 트리니다드에 걸친 여행 중 생겼던 일들을 깨알같이 나누며 웃고 떠들 것이다. 쿠바의 삶과 문화, 쿠바 사람들에 대해 진득이 묻어나는 사랑을 그들에게 표현해 줄 것이다. 나의 여행은 이렇듯 당신들로 인해 따뜻하고 감미로웠다고 이야기해 줄 것이다.

무엇보다 중요한 것은 아바나를 다시 떠나는 나의 발걸음이 한국에서 쿠바로 도착하던 날의 무게와 짐짓 다르다는 것이다. 스멀스멀 내 가슴으로 스며들었던, 내겐 너무 힘겨웠던 사랑, 그 사랑을 내려놓으니 텅 비어버린 마음에 기운이 차오른다.

"안녕, 트리니다드!"

쿠바인들에게는 미안하지만,
미국의 뉴욕처럼 화려한 도시로 바뀌지 않기를
염원해 본다. 이것이 쿠바를 떠나는
내가 마지막으로 이 도시에 남긴 소망이다.

Leave, meet and love

07

귀국하며

아바나에 왔다는 것을 실감하게
만드는 화려한 올드카.

----

01 _ 아바나로 돌아오다

**다시 쿠바에 올 때는
여행 작가로
책을 쓰러 올게요**

"오우, 세시!"

"빅토리아!!!"

"세시! 보고 싶었어."

빅토리아와 안젤리나가 달려들어 와락 안기더니 눈물을 쏟는다. 안
젤리나는 부쩍 더 성숙해진 듯 보인다. 물어보니 남자 친구가 생겨서
연애 삼매경이란다. 쿠바의 초등학교 학생들에겐 연애와 첫 키스, 첫
섹스는 흔한 일이라고 들었다. 열다섯에 임신을 하고 결혼하는 것이
일상인 것처럼. "중학생이 무슨 사랑이야?"라고 색안경을 끼고 볼 문
제는 아니다. 유교 사상에 젖은 아시아인들을 향해 편견을 가진 건 오
히려 그들이기 때문이다. "어째서 아시아인들은 무엇이든 그렇게 꽉
막혀 있는 거야? 결혼 전의 순결이라니? 임신했다고 사랑 없이 결혼
을 해?"라며 우리를 동물원의 무엇처럼 볼지도 모를 일이다. 하지만
이들이 가지는 성에 대한 개방적이고 성숙한 감정은 존중하나 지나치

게 보수적인 우리의 문화 또한 그들의 입방아에 오르는 것만큼은 사양한다. 모든 문화는 존중되어야 할 그만큼의 가치가 있는 것이다.

"안젤리나! 연애 중이라고?"

"응. 이상형이 생겼어."

"그 정도로 좋아?"

"그럼. 스킨십도 맘에 들어. 한 살 어려. 학교 졸업하면 결혼할 거야."

"평생 사랑할 사람인데 잘 봐."

"세시가 좀 더 오래 머물면 저녁도 같이 먹을 텐데."

"대신 페이스북으로 보여 줘."

"물론이지. 엄청 멋진 남자야."

저스틴 비버에 열광하는
안젤리나.
역시 초딩의 방이다.

안젤리나의 한 살 어린 남자 친구는 안젤리나에게 매일같이 구애한다고. 그는 진한 초콜릿을 안젤리나의 입에 쏘옥 넣어 주고는 초콜릿이 묻어 난 달콤한 입술을 종종 훔치는 로맨티스트라고 했다. 아직 엄마 품에서 수학의 정석이니 논술이니 공부에만 매진하고 있을 한국의 아이들과 비교하면 이성에 이미 눈을 떠버린 지나치게 성숙한 아이들이다. 이곳에선 지극히 자연스러운 일이다. 솔직히 말하면, 닭살이 돋고 오글거리는 안젤리나의 연애 방식이 부럽기까지 하다.

짐을 정리하기 시작했다. 짐 가방을 180도 펴 놓고 최소한의 물건만 담았다. 스페인의 드레스 매장에서 샀던 등짝이 살짝 파인 우아한 미니 드레스와 살사를 출 때 입었던 반짝이 장식의 옷 두 벌, 내가 쓰던 모든 액세서리들과 카리브해 태양의 색깔과 어울리는 알록달록 원피스들을 따로 한편에 쌓아 두었다.

"빅토리아, 이것들 거의 새 물건들인데 안젤리나 주면 좋아할까?."

"진짜? 그러잖아도 안젤리나가 언니 옷이랑 샤넬 액세서리 갖고 싶다고 졸랐거든."

"말을 하지 그랬어?"

"여긴 옷이나 신발 이런 물건들이 흔하지 않아. 가끔 제 아빠가 미국에서 새 옷이나 신발을 보내오긴 해. 안젤리나가 조른다고 너한텐 달랄 수 없잖아."

"내 사이즈가 안젤리나와 맞으니 잘 어울릴 거야."

"안젤리나! 안젤리나!"

빅토리아는 큰일이라도 난 듯 다급히 안젤리나를 부르더니 품에 한가득 나의 물건들을 안겨 주었다. 좋아서 펄쩍 뛰는 안젤리나를 보니 어김없는 초등학생이다. 제 방에 들어가 거울 앞에서 입고 벗고를 한 시간여 하고 있다. 그녀의 기쁨이 채워진 만큼 짐 가방의 무게도 반은 줄었다.

"세시, 어떻게 지냈어요? 이틀 정도 날 잡아서 우리 바닷가로 놀러 갈까요?"

빅토리아의 남편 후안이 저녁을 먹으며 묻는다.

"후안 고마워요. 근데 이틀 정도는 시간이 안 될 것 같네요. 이렇게 저녁 먹는 시간이면 충분해요."

"아쉽네. 날짜까지 빼 두었는데..."

"남은 시간은 말레꼰도 가고 아바나 대학교에 가서 산책도 하면서 무리하지 않을래요."

"그래요. 다음에 오면 휴가 같이 가요. 약속해요."

"쿠바는 중요한 약속을 할 때 어떻게 해요? 한국은 이렇게 해요."

후안의 손을 잡아당겨 새끼손가락을 걸고 엄지손가락으로 도장을 찍고 복사를 하는 모양을 취하며 손바닥을 스치니 배꼽 잡고 웃는다.

'그래요, 다시 올게요. 다시 쿠바에 올 때는 여행 작가로 책을 쓰러 올게요. 그땐 이곳의 풍경과 사람과 태양을 모두 담을 거예요.'

다시 돌아온 붉은 침대가 정겹다. 자리를 비운 사이 빅토리아는 내 방에 다른 여행객을 들이지 않았다고 했다. 침대 시트를 싹 빨아서 씌워 놓았는지 향기로운 로즈마리 냄새가 방에 진동한다. 집에 왔다는 편안함 때문이었는지 바로 단잠이 들어 버렸다.

'양 한 마리 양 두 마리...'

02 _ 다시 만나 말레꼰!(Hasta Luego Malecon!)

EL AMOR ES LA MEJOR MEDICINA
사랑은 최고의 명약

　　밤새 켜 놓은 에어컨이 달달달 거리는 것을 보니 해가 중천에 뜬 모양이다. 열대 기온을 가지고 있지 않은 나라의 사람이라면 쿠바에 와서 에어컨 없이 지내기란 불가능에 가깝다. 땀 한 바가지 안 흘리고 뽀송뽀송하게 여름을 나는 '나' 같은 사람들도 인내심을 시험하는 곳이다. 밤새 2단계의 에어컨을 맞춰 놓고 자야만 아침이 되어도 땀에 흠뻑 젖는 일이 없다. 낡은 에어컨은 10시간 이상을 넘어가면 어김없이 힘에 부친 듯 쌕쌕거린다. 빨리 깨라는 일종의 신호탄처럼 말이다.

　　눈을 비비며 거실로 나가자 학교를 마치고 돌아온 안젤리나가 냉장고 문을 열어 우유를 꺼내고 있다.

　　"세시 이거 어때?"

　　어제 선물로 준 액세서리를 잔뜩 걸친 그녀가 목을 드러내 보이며 자랑을 한다.

"예쁘네? 잘 어울려."

"남자 친구가 어떤 남자가 줬냐고 질투를 했어. 한국 언니가 줬다고 얘기했어."

"질투를 해?"

"쿠바 남자는 질투가 쩔어. 질투하면 쿠바 남자들이지."

"풋."

귀엽다. 질투 많은 남자 친구를 두고 저렇게 이야기하는 그녀를 보며 사랑하는 모습은 매한가지구나 싶다.

문득 예전의 한 장면과 함께 말풍선이 둥실 떠오른다.

"안토니오! 양 볼 키스를 너무 쪽쪽거리며 하는 거 아니야?"

"세시, 이건 그냥 인사라고. 아무 의미 없어."

"아니야, 아무리 봐도 딴 사람들에게 하는 것보다 더 과했어."

초면이 되었든 구면이 되었든 사람들을 만나면 가볍게 양 볼을 비비며 '쪽' 소리를 두 번 내는 것이 스페인식 인사법이다. 얼굴은 조각처럼 입체적이고 쭉쭉빵빵 여신 같은 몸매를 가진 이들에게 인사를 할 때는 더 과하게 비비는 듯 보이며 질투가 났다. 좁은 속내를 들키고 얼굴이 화끈거릴 때까지.

사랑이란 질투 없이 존재할 수 있을까. 성인군자가 하는 사랑이라면 모를까. 사랑하는 사람이 나만 바라보고 내게만 사랑 표현해주길 원하는 것은 남자나 여자에게나 똑같은 일 아닐까.

"세시, 무슨 생각 해? 오늘 말레꼰 간다며?"

"말레꼰 한 바퀴 걷고 걸터앉아 맥주도 한잔하면서 노을 구경해야지."

"말레꼰은 나도 추억이 많아. 남자 친구랑 데이트하는 곳!"

"쿠바에서 가장 오래 있었던 장소이기도 해. 방파제에 앉아 강바람 맞으며 지나가는 올드카를 구경하고 있는 맛이 꽤 좋더라. 너는 자주 가?"

"틈나면. 한국에는 이런 곳 없어?"

"한강이라는 멋진 강이 있지. 말레꼰처럼 넓진 않지만, 꽤 운치 있어. 밤이 되면 넓은 다리마다 오색찬란한 빛이 들어와."

"와, 멋있겠다. 나도 가구 싶어."

"빅토리아랑 같이 와."

"오케이. 오늘 좋은 시간 보내. 어쩜 키스하고 있는 우리를 발견할지도 모르지만. 그냥 모른 체해. 세시!"

"나도 눈치는 있어."

말레꼰은 산책하기 좋은 명소다. 8km의 방파제를 매일같이 거닌 것이 쿠바 여행의 모든 것이라 해도 과언이 아닐 만큼 이곳에서 혼자 보내는 시간을 사랑했다. 쿠바의 태양이 삼켜버릴지도 모른다는 오후 시간은 여기마저도 사람 구경을 할 수 없게 만든다. 더위를 피하기 위한 방법으로 간간히 보이는 예쁜 카페에 들어가 커피 한 잔, 또는 모히또 한 잔 나쁘지 않다. 무엇이든 한 잔에 만 원을 웃도는 음료 가격은 쿠바의 물가로는 상상 이상의 비싼 가격이지만 투명한 칵테일 잔에 담긴 말레꼰의 풍경을 감상하는 순간부터 체감 가격은 훨씬 떨어질 것이다. 유리잔에 비친 수평선이 누군가의 마음을 시원하게 만들어 줄 테니 말이다. 그렇게 근사한 카페가 아니어도 괜찮다. 맥주 한 병의 가격조차 버거운 현지의 연인들은 싼 럼주를 나누어 마신다. 낮의 태양처럼 또 한 번 붉게 타오르는 노을과 검다 못해 새까만 피부 그리고 알록달록한 그들의 옷차림과 목젖이 보이도록 웃어 젖히며 드러난 하얀 미소가 어우러진다. 쿠바를 한 번 다녀간 사람이라면 잊지 못하고 다시 찾게 된다는 그 유명한 '말레꼰'이 바로 이곳이다.

다시 찾은 말레꼰은 그 자리에서 나를 반겼다. 상념에 잠겨 있을 그때, 한 남자를 마주쳤다. '디에고'다. 우연치고는 기이하다. 귀에 이어폰을 꽂고 나이키 스포츠 티에 반바지 차림으로 달리고 있다. 술도 담배도 하지 않는 그는 몸매 관리를 어찌나 잘하는지 홍콩 배우 '이소룡'의 젊은 시절 몸을 빼 박은 듯 실근육이 소면 가닥처럼 섬세히 드러났다. 게다 미백이라도 한 듯 가지런하고 하얀 치아가 드러나며 조용히 이야기하는 모습은 요 며칠 전 바라데로에서 슈트를 입었을 때의 모습과 별반 다르지 않다.

"세시?"

"반가워. 정말 뛰고 있네?"

"노을 질 때 늘 달린다고 했잖아. 앉아도 돼?"

"그럼."

"언제 가?"

"하루 남았어. 일은 빨리 끝났네?"

"응. 근데 바라데로보다 훨씬 편해 보이는 얼굴이야."

"예전보다 마음이 편안해졌어."

"잘됐다. 축하해."

"고마워. 네 덕분도 있어."

"잘 가고 항상 행복하길 빌게."

"너두 항상 행복해. 여자 친구 베로니카와 잘되길 기도할게."

"쌩큐! 굿 바이!"

마지막 인사랄 것도 없는, 누구와도 했을 일상의 대화를 마치고 그는 뛰던 방향으로 다시 뛰기 시작했고 나는 빅토리아의 집으로 향했다. 밀린 숙제를 한 듯 개운하다. 아바나에 도착하면 쿠바에서 가장 오랜 사색을 즐겼던 말레꼰에서 첫 발을 디뎠을 그때의 설렘을 꼭 한 번은 다시 느껴보고 싶었다.

'아스따 루에고 말레꼰!(다시 만나 말레꼰!)'

영원한 이별을 뜻하는 뉘앙스의 인사를 하고 싶지 않다. 'ADIOS(아디오스)'라든가 'GOOD BYE(굿바이)'와 같은. 언제고 다시 오게 되지 않을까. 다음에 다시 올 때는 사랑하는 이와 함께 오게 될 것이라고 유치한 주문을 걸고 또 걸었다.

'엘 아모르 에스 라 메호르 메디시나(EL AMOR ES LA MEJOR MEDICINA: 사랑은 최고의 명약)!'

03 _쿠바에서의 마지막 밤을 살사 댄스 (Salsa Dance)로!

"세뇨리따, 끼에레스 바일라르 꼰미고?"
(아가씨, 저와 함께 춤을 추시겠어요?)

쿠바에서의 마지막 밤, 빅토리아의 집에서 일을 도와 주는 소피아가 댄스로 밤을 불태워 보자고 나를 초대했다. 한껏 꾸미고 나온 소피아가 네일아트 샵에 들렀다가 왔다며 제 손톱을 내게 들이민다. 족히 2cm를 연장해 놓은 가위손 같은 손톱에 빨간 매니큐어를 발라 놓았다.

"어디로 갈까?"

"나만 따라와. 마지막 밤인데 호텔 살사 바로 가자!"

가로등이 어슴푸레하게 밝히고 있는 올드 아바나의 거리 한가운데 낡을 대로 낡아서 바래버린 건물 하나가 있다. 왜소한 품새와 달리 화려한 내부가 '나, 호텔이에요.' 라고 말하는 듯했다. 1층에 펍(Pub)과 함께 자리한 살사 바(Salsa Bar). 앉자마자 환갑 정도 되어 보이는 노신사가 햇볕에 그을린 자글자글한 손을 내민다. 그의 몸에서 싸구려 술

곧 쓰러질 것 같은 낡은 건물,
한때는 화려했다.

냄새가 진동한다.

'마지막 밤을 노신사와 살사로?'

3분 정도를 추었을까? 그의 춤사위가 예사롭지 않다. 땀에 흠뻑 젖어 소피아에게로 오니

"저분, 누군지 알아?"

"글쎄, 춤이 예사롭지 않아!"

"올드 아바나에서 가장 유명한 댄서야. 젊었을 땐 날렸지. 저 양반도 많이 늙었네."

"어쩐지…"

갑자기 노신사가 테이블 옆으로 오더니, 맥주를 건넨다.

"맥주 한 잔 어때요?"

"어머! 어머! 고맙습니다!"

맥주 한 병에 호들갑을 떨며 넙죽 받아드는 소피아다. 맥주 한 병에 무슨 거래가 오갔는지 소피아는 노신사의 귀에 입술을 바짝 붙여 뭐라 뭐라 속닥거렸다. 잠시 후 나의 손을 노신사의 손바닥에 턱 하니 넘겨주고는 눈을 찡긋한다. 무려 한 시간가량 노신사는 나의 손을 놓지 않고 춤을 추었다. 소피아는 그녀보다 십 년 이상은 어려 보이는 타국 청년들과 춤추는 손맛에 흠뻑 젖어 있다. 춤을 추고 나올 때마다 테이블엔 시원한 맥주가 쌓여 있었다.

"오늘 재밌었어?"

"덕분에 노신사, 아니 댄서와 멋진 시간을 보냈어."

"그 양반 명물이야. 세시가 운이 좋은 거야."

"근데 아까 그분한테 뭐라고 귓속말한 거야?"

"술값만 대어 주신다면 동양인 아가씨를 당신께 넘긴다고 했지."

"소피아! 그럼 나를 맥주에 팔아넘긴 거야?"

"덕분에 술값 안 들었잖아. 여긴 호텔이야. 비싸다고!"

"정말 못 말려."

"유명 댄서와 춤도 추고 공짜로 마시고!"

"그래! 여긴 쿠바니까!"

"돌아가면 쿠바가 그리울 거야."

"맞아. 그리울 거야. 아주 많이."

"또 와."

"쉽간?"

"마음먹기 달렸지."

"암만."

택시를 타러 나오는데 공사장이 눈에 띄었다. 호텔을 짓는 거란다. 외국 자본을 허용한 이후 하루가 멀다고 여기저기서 관광 수입을 위한 호텔 공사가 한창이란다. 내 나라의 급속한 발전은 반가운데 타국의 경제발전이 씁쓸한 이유는 무엇일까. 재개발이 영 탐탁지 않다. 언제고 다시 한번은 쿠바에 오게 될 게다. 금방이라도 쓰러져 버릴 것 같은 외관에 빛바랜 파스텔 톤의 건물을 그때에도 볼 수 있으면 좋겠다. 쿠바의 도시만이 갖고 있는 아우라를 부디 져 버리지 말기를. 쿠바인들에게는 미안하지만, 미국의 뉴욕처럼 화려한 도시로 바뀌지 않기를 염원해 본다. 이것이 쿠바를 떠나는 내가 마지막으로 이 도시에 남긴 소망이다.

빅토리아의 올드카.

04 _ 스테이크 하나 더 가능할까요?

'안녕, 쿠바여.'
'안녕, 사랑이여.'

　"세시! 세시!"

　떠나는 날, 아침부터 부산하다. 골목길 끝자락에 위치한 빅토리아의 집은 흰 페인트의 격자무늬 창살 문을 가지고 있다. 아침부터 알레의 쩌렁쩌렁한 목소리가 울리고 있다. 아침마다 새가 지저귀는 소리에 눈을 떴는데 오늘은 알레의 목소리에 양미간이 살짝 좁아 들었다.

　"세시, 알레 왔어. 나가 봐."

　역시나 어디를 가도 소란스럽기만 한 알레다. 휴가까지 내고 귀국 인사를 하기 위해 들렀단다. 마당에서 빅토리아가 챙겨 준 망고를 먹으며 수다스럽고 격한 작별 인사를 마쳤다. 평소보다는 약간 더딘 아침 식사를 하고 짐을 챙겨 놓으니 출국 시간이 그리 넉넉지 않음을 느꼈다.

　"세시, 이렇게 여유 부릴 때가 아닌데? 쿠바 사람이 다 됐어."

　덩치가 산만 한 빅토리아가 나의 짐 가방을 번쩍 들어 트렁크에 싣

자마자 후안이 시동을 걸었다. 40여분을 달려서 공항에 도착했다.

"세시, 한 번만 안아 보자."

나를 자신의 품에서 한 치의 틈도 없이 안아주는 빅토리아, 뺨 위로 그녀의 눈물이 뚝뚝 떨어진다.

"울지 마! 빅토리아. 또 올게. 도착하자마자 연락할게."

"세시 너와 함께 한 시간을 잊지 못할 거야. 넌 마치 내 동생 같아. 항상 행복해야 해. 알았지!"

"나도 행복해지고 싶어. 나를 사랑하는 사람들을 위해서라도 반드시!"

"그렇지 바로 그거야. 행복은 만드는 거야. 알았지? 잊지 마."

오랜 작별 인사를 끝으로 공항의 자동문이 닫혔다. 보안 유리 저편으로 후안이 운전하는 빨간 올드카가 사라진다.

쿠바의 아바나 공항에서 캐나다의 토론토로 그리고 두 시간의 대기 시간 후 토론토에서 인천 공항으로 총 18시간 가까이 날아가야 도착하는 한국, 그곳에 가족이 기다리고 있다. 이륙 신호가 떨어진 지 얼마 되지 않아 기체가 심히 움직이며 날았다.

'안녕, 쿠바여.'

'안녕, 사랑이여.'

좌석 시트를 15도 눕혀 멀어져 가는 아바나 공항을 바라보고 있다. 구름 사이를 지나 캐나다의 토론토 공항에 도착할 때까지 쪽잠도 자지 않고 고개를 한쪽으로 기운 채 지긋이 바라보았다. 알레의 말이 떠오른다.

"세시 쿠바 여행이 네 삶에 도움이 되었다면 좋겠어."

"충분히 그랬어."

"지금 네 맘은 어떤데?"

"뱀이 허물 벗은 느낌? 아님 애벌레에서 나비로 날아오른 느낌?"

"진짜?"

"응."

실제 그랬다. 쿠바가 내게 준 선물이었다.

비즈니스석에서
제공한 만찬.

"Good afernoon ladies and gentelemen. ...... Your coopertation will be much appreciated. If there is anything we can do for you, please let us know. We wish you a pleasnt flight. Thank you."

인천 국제공항으로 출발하는 미국 항공기 기장의 인사가 마쳐진 후 얼마 되지 않아 역시나 육중한 체격의 스튜어디스가 한껏 미소를 머금고 물어본다.

"Would you like a beef steak or omelette?"(소고기 스테이크 드실래요, 오믈렛 드실래요?)

"I' d like a steak."(스테이크로 주세요)

들쩍지근한 미국 특유의 데리야끼 소스가 얹어진 고기 한 덩어리를 여덟 조각으로 등분 후 레드 와인을 곁들여 순식간에 먹어 치웠다. 바라데로 마지막 날 디에고와 함께 한 식사를 시작으로 생긴 식탐이 스테이크도 단숨에 먹어 치우게 만들었다. 마치 나의 원래 양이 스테이크 두 덩어리라도 된 듯 말이다. 허기가 진 것도 아닌데 금새 다시 배가 고파졌다. 벨을 눌러 스튜어디스를 부르곤 정중히 요청했다.

"식사 추가가 가능할까요?"

"물론이죠."

"그럼 스테이크 하나 더 주시겠어요?"

원하는 식사를 추가로 할 수 있다는 것은 비즈니스석만의 혜택이었다. 두 번째 식사 역시 입가에 미소가 가시지 않은 채 깨끗이 비워진 접시를 건넸다.

다시 반복된다 해도 쿠바의
미소를 잊지 말자.

——

05 _ 다시 반복될 수 있을 거야

사랑엔 상처란 없는 거야
추억만이 남는 거지

　　　누군가를 만나 사랑하고 이별을 하는 과정이 과연 익
숙해질까. 또 있을 거다. 결국은 일련의 과정을 겪어나가는 일이 '삶'
이니까. 사람들은 '이별'이 가장 힘들다고 했지만 속을 들춰보면 '사
랑하는 일'이 더 힘든 것 아닐까.

　사랑을 할 때 다이어트를 하는 것이 아님에도 불구하고 언제나 몸
무게가 4, 5kg이 훌쩍 빠진다. 사랑하는 사람에게 내 안의 그 무엇을
뚝뚝 떼어 주고 있었나 보다. 사랑이란 이름으로. 이렇게 온 마음을
다해 사랑하는 일이 어찌 쉽다고 말할 수 있을까. 결코 내게는 사랑하
는 일이 그리 쉽지 않았다. 이별은 내 마음만 다독이면 끝낼 수 있지
만 사랑 그것은 쉴 새 없이 나보다 사랑하는 이의 마음을 살펴야 하는
녹록지 않은 작업이기 때문이다. 차라리 '이별'이란 견뎌내는 근육만
있으면 되니까. 포기하는 일은 여하튼 종지부를 찍는 일이라 상처가
남더라도 시간이 해결해 줄 수 있지만 '사랑하는 일은 끝이 없는 일'

이니까. 마치 목표를 설정하고 그것을 쟁취한다고 해서 끝이 나는 일이라면 쉽지만, 사랑하는 일은 3,000m 장거리 달리기를 결국 해냈을 때의 성취감을 맛보는 그런 일과는 사뭇 다르잖은가.

우리가 집중해야 하는 감정은 사람을 만나고 사랑하는 일이란 것을 다시 한번 깨닫는다. 지금 내가 하고 있는 이별이 끝이 아닐지 모르지만 그렇다고 해서 좌절할 필요도 없다. 만나는 것도 소중하고 사랑하는 것도 귀중하고 이별하는 절차도 놓쳐서는 안 되는 값진 과정임을 알고 있다. 어느 것 하나도 버릴 것 없는 인생의 단계를 널뛰기처럼 간과하고 넘어갈 수도 없으니까. 그러니 부딪히자. 인내하고 헤쳐나가도록 하자. 다시 반복되겠지. 아직도 심장이 36.5도의 온도로 뜨겁게 달리고 있는데 어찌 사랑을 포기하고 살 수 있을까.

언제부터인가 그와의 일을 떠올릴 때마다 과거형으로 이야기하고 있었다. '그때 그랬었지. 맞아 그때 좋았어. 그땐 힘들었는데...'라며 그때 그 시절을 떠올리며 기쁨과 슬픔을 반복하고 있었다. 이미 잃어버린 사랑일지도, 스쳐 가 버린 인연일지도 모르는데 놓기 싫어 아등바등하고 있었던 것은 아니었을까. 이렇듯 사람을 가슴에 품는다는 것은 어려운 일인 것을. 가슴에 품고 나면 놓기도 어려운 것을. 얼마나 힘이 들면 이 먼 타국으로 떠나와 함께 걸어온 시간의 흔적들을 지우고 또 지우고 있겠는가.

새로운 인연이 다가오거들랑 봄 햇살처럼 설레는 마음으로 맞아보자. 달달하니 여름 바람처럼 아낌없이 사랑하자. 가을에 곡식이 익어가는 것처럼 사랑도 무르익어 가면 시린 겨울 마주 앉아 첫눈을 바라보는 따뜻한 결실을 기대할 수 있을 테니 지금 힘든 이별을 하고 있다면 찾아드는 새로운 사랑에 손사래 치지 말고 조용히 인내하도록 하자.

또다시 반복될 수 있을 것이다. 반복된다고 겁을 먹으면 어떻게 새로운 사랑을 할 수 있을까. 뜨겁게 한 사랑도 내려놓을 때는 부산떨지 말고 차분히 곱게 내려놓도록 하자. 우리의 삶이 산중의 절처럼 조용했던 적이 단 한 번이라도 있었던가.

희비가 엇갈린 두 통의 편지.

06 _귀국 후 받은 두 통의 편지

그의 편지글이 눈에 띄었다
'우리가 함께 한 시간은 아름다웠어.'

인천 국제공항에 발을 디뎠다. 쾌적하다. 보안 검색대
와 면세점 그리고 각 시설들의 이동을 고려한 반경 거리, 전 세계를
연결하는 통신 수단의 질 좋은 서비스는 세계 5위의 공항답게 두드러
진다. 쿠바의 공항을 날아와 이곳에 도착하니, 마치 20여 년 전의 한
국을 거슬러 온 기분이랄까. 그렇다고 해서 도시화된 한국의 공기가
낡고 질척거리는 쿠바의 그것을 능가한다는 뜻은 아니다. 자연 그대
로의 향기를 가진 쿠바가 되려 정겹다. 아마 나는 태생부터 도시화에
대한 거부감을 가지고 있는 사람일지도 모른다.

문득 세계에서 가장 바쁜 영국의 히드로 공항에서 일주일을 보내며
'공항에서 일주일'이라는 책을 집필한 작가 '알랭 드 보통'이 떠올랐
다. 세계 각지에서 온 온갖 계층의 여행자들을 만나며 그들과 소통한
이야기를 마치 내면의 명상을 하듯 다룬 이 책은 그의 최근 대표작이

다. 내가 내 나라 밖을 떠나 사람들의 이야기에 귀를 기울이는 이유와 저자의 마음이 무엇이 다르겠는가. 타인의 이야기를 들으며 나의 삶을 견주어 보는 일, 그것이 바로 타인과 공감하며 세상을 잘 살아내기 위한 비법이 아닐까. 첫 직장에서 20여 년간 몸담은 조직이 아무리 크다 해도 온실 속의 화초인 것은 매한가지다. 그나마 나의 머리와 가슴이 성장하는 데 이런 긴 여행이 톡톡히 한몫을 했다는 데에는 토를 달 수 없다.

도착 후 아무 일도 없었다는 듯 짐 가방을 풀고 정확히 36시간 후 출근을 했다. 무엇이든 무르익게 만드는 가을 햇살을 만끽하며. 익숙한 고층 빌딩의 자동문을 통과해 긴 휴가를 쓰고 나온 이를 반갑게 맞이하는 직장 동료들과 인사를 나누었다. 쌓여 있는 프로젝트의 서류 더미 앞에 앉아 넓은 창을 정면으로 앉아 있노라니 사랑하는 사람과의 이별 끝이라 해도 아무것도 변한 것이 없다.

"휴가 어땠어?"
"끝내 줬지."
"사랑하는 사람과 갔으니 꿀맛이었겠지."

그래, 사랑하는 사람과 함께 하는 여행이라면 행복했겠다. 그런데 이별을 고하고 오는 여행 또한 나쁘지 않았다고 하면 어불성설일까? 쿠바의 말레꼰에 사랑했던 사람을 내려놓고 그리움만 가져왔다.

품었던 사랑이 사라져 가슴이 휑하지만, 시간이 흐를수록 그 빈자리는 채워질 것이다. 나의 일이, 가족이, 또는 새롭게 찾아드는 사랑이.

몇 개월이 지난 후 비슷한 시기에 두 통의 편지가 도착했다.

"안녕하세요, 저는 쿠바를 여행하고 돌아온 김미정이라고 합니다. 트리니다드 여행을 했을 때 '라오첼'이라는 친구를 만났어요. 손편지와 영상을 한국의 세실리아라고 하는 분에게 전해 달라고 간곡히 부탁했어요. '세실리아'라는 친구에게 보여 주려고 팔에 타투를 할 거라며 자랑을 하더라고요. 메일 주소를 알려 주시면 영상 보내 드릴게요. 부디 이 주소가 세실리아의 주소가 맞길 바라봅니다. 그 친구의 부탁이 너무 간절해서요."

메일로 영상을 받았고 그 영상 안에는 나의 행복을 빌어주는 라오첼의 밝은 미소가 담겨 있었다. 생일 때 세 시간을 공들여 기타를 치고 노래를 불러 주던 그의 모습이 생생하다. 쿠바의 영상이 오래된 흑백 필름처럼 돌아간다. '그때 그랬지.'라며.

어릴 적부터 대문 밖 세계에 관심이 많았다. 열일곱에 스페인어를 배우게 된 것도, 해외 지점이 많은 회사에 첫 입사를 하게 된 것도 23개국을 두 발로 경험하게 되는 행운을 얻은 것 또한 팔자에 숨겨져 있던 '역마살'이 찰떡궁합을 이루며 만들어 낸 결과가 아닐까. 똑같은 시대를 살아내도 기회가 주어지지 않으면 얻어질 수 없으니 '행운'이라고밖에 설명할 길이 없다. 뿐인가 홀로 떠나는 여행은 내게 값진 것을 안겨 주었다. 긴 여행은 곧 나를 돌아보는 성찰의 시간이었기 때문이다. 명품 백에 멋있는 선글라스 대신 허름한 배낭에 선크림 그리고 거추장스럽지 않도록 머리를 돌돌 말아 올림머리로 묶고 나면 여행 준비는 마쳐졌다. 지금까지의 여행지 중 쿠바는 뇌간 속에 깊이 남을 것이다. 아무런 계획 없이 떠났고, 그 어떤 여행지보다도 불편했지만 생각지도 않은 많은 감정을 선물처럼 얻어 온 곳, 언제가 될지 모르지만 다시 그곳을 만나게 될 것이라고 막연한 언약을 해 본다. 그날이 올 때까지 '라오첼 안녕!' (안타깝게도 라오첼이 알려 준 주소는 잘못 옮겨 적었는지 결국 그에게 전달이 되지 않았다.)

"스페인에서 뭐 왔다!"

갑작스럽게 오해를 불러일으키고 떠나버린 안토니오가 맘에 들지 않는지 아빠의 건조한 목소리가 들려왔다. 두툼한 편지 한 통이다. 쿠바에 다녀오지 않았다면 절대 이해할 수 없었을 장문의 편지였다. 아니 혼자 생각할 시간이 주어지지 않았다면 공감할 수 없었다는 표현이 더 적절했다.

사랑한다는 말도, 쿠바에서 나눈 쓰디쓴 이별의 말도 덤덤하게 다가들었다. 지나간 일들을 추억하듯 구구절절 써 내려간 그의 글을 한참이나 읽어 내려갔다. 그가 이야기했다.

'우리가 함께 한 시간은 아름다웠어.'

희비가 엇갈린 두 통의 편지가 만감을 교차하게 만들었다. 괜찮다고 정말 괜찮다고 내 안의 또 다른 내가 토닥토닥 어깨를 두드린다.

떠나고 만나고 사랑하라

기다려 봐!
우리에겐 망각이란 것이 있잖아.

___

07 _ 더 이상 아파하지 말자

신체의 가장 좋은 능력인
'망각' 이란 녀석과
'호기심' 이란 녀석

아픈 것에도 수위가 있다. 얼마 전 어깨의 통증으로 병원에 갔더니 의사가 이런 질문을 한다.

"환자분, 통증을 0에서 10까지 놓고 볼 때, 수치가 몇 정도 되세요? '0' 은 하나도 안 아픈 것이고 '10' 은 죽을 만큼 고통스러운 거예요."

우리가 겪는 이별의 진통은 어느 정도의 수치일까? 중년을 나고 있는 나의 친구들이 한마디 했다.

"만나고 양다리 걸치고 헤어지는 것에 익숙한 요즘 애들은 쿨해. 이별이 뭐 별거라고 통증 운운하겠어? 세상에 남자가 반, 여자가 반이라던데?"

그 옆 친구도 한마디 거든다.

"우리 아들은 제 아빠 얼굴 닮아 아이돌이잖아. 만나고 사귀는 것쯤 아무렇지 않은 것 같아. 지 말로 그래. 또 사귀면 된다고."

순간 발끈했다.

"사람이 만나고 사랑하고 이별하는 과정이 예나 지금이나 달라진 게 없는데 그들이라고 아프지 않을까. 견디는 거지. 그만큼 요즘 아이들이 우리 때보다는 성숙해서 잘 견뎌 내는 것이겠지. 아들, 딸이라고 부모에게 시시콜콜 제 힘든 속내를 자세히 이야기하겠어?"

'나이 불문 이별은 아프다.' 이것이 정답이다. 이별 후 어떤 이는 세상을 달리하는 이도 있고, 물 한 모금 마실 수 없을 만큼 고통스럽다는 표현도 한다. 그렇게 다이어트를 해도 빠지지 않던 살 10kg이 빠지더니 볼살이 쑥 들어가 적잖이 십 년은 나이 들어 보이도록 시간을 살아 내는 이도 있을 것이다. 뿐인가, 산티아고의 길을 걸을 때 여자 친구와 이별 후 직장에 사표를 쓰고 마음을 다독이기 위해 40일간 800Km 여정을 걷는 30대 친구도 경험했다. 이렇듯 이별 후 겪는 진통이 마치 첫아기를 낳는 산모의 산통과도 같을 진데 부디 그렇게 아무렇지도 않은 듯 이별한 자의 고통을 매도하고 싶지 않다.

이별의 진통 끝 다시 일어나기를 바랄 뿐이다. 이별의 진통 수치는 아무리 생각해도 최소 '5' 이상이요 어떤 이들에겐 '10' 에 가까운 수치이니 말이다. 아무리 현대 의학이 발달해서 화학적 약물 요법으로도 고칠 수 없는 병이 없다 해도 '이별의 고통' 에 대한 약은 전무하다. 예방법도 사후 치료 약 또한 없다.

마치 LPG 가스통에 이별이란 고통이 부풀고 부풀어 팽배해져 있다가 시간이 흘러 조금씩 새고 나면 가스통은 속이 비어져 가벼워지는 것처럼 고통이 극에 달할 때 조금만, 조금만 더 인내해야겠다. 인내하지 못하다가는 터질지도 모를 일이다. 우리 신체의 가장 좋은 능력인 '망각'이란 녀석과 '호기심'이란 녀석이 제 역할을 다하도록 기다려야겠다. 좋지 않은 기억일랑 모두 지워 버려 무덤덤해지고 설렘과 함께 새로운 사랑이 기다려질 때까지 조금은 덜 아프기만을 염원해 보자.

'더 이상 아파하지 말자.'

김치처럼 시원하고
맛깔스러운 미소.

08 _ 이별에도 숙성이 필요하다

부디 잘 이별하도록 하자
차근차근

이별이 김치처럼 숙성이 된다면?

나이가 든 부모님께서 갓 담근 김치를 좋아하기 시작한 것은 일흔이 훌쩍 넘어서부터다. 나이가 드시니 김치의 신맛이 오감을 자극해 편치 않다고 하셨다. 엄마는 태생이 전라도라 김치를 담글 때 액젓을 빼놓지 않으신다. 다양한 액젓이 엄마의 손맛과 어우러져 탄생한 김치는 가히 예술이다. 식구는 적은데 김치 포기 수는 대가족 식구만큼 담가 이집 저집 퍼 나르기 바쁜 엄마를 보고

"엄마, 힘들게 담근 김치를 왜 다 나눠 줘?"

"올해 김치가 맛있게 담가져서."라며 해마다 김치 인심을 후하게 쓰곤 했다. 그런 김치가 숙성이 잘되면 물 말은 밥에 김치만 먹어도 머슴밥 한 사발을 비워내는 일이 어렵지 않다. 설탕이 들어가지 않았는데도 아삭아삭하고 새콤달콤하다. 이 독특한 신맛은 엔도르핀과 도파

민을 순식간에 끌어내 기분이 좋아진다. 가끔가다 군내 나는 김치가 나오기도 한다. 시기를 넘겨 버린 것이다. 괜찮다. 가끔 군내 나는 김치도 즐기니까.

　김치가 제 온도에 제대로 익지 못하고 상하는 경우도 있다. 포기 하나를 손으로 꺼내는데 갑자기 물컹하며 물러진 부위가 생긴다거나 하얗게 백태가 끼며 맛이 제대로 안 나고 쓰디쓴 경우는 숙성되는 과정을 제대로 거치지 못하고 상해 버린 경우다. 이런 김치는 김치 보쌈도 김치찌개로도 사용이 불가능하다. 발효와 상하기 직전의 오묘한 경계에 놓인 김치를 우연히 발견하면 김치 볶음에 양념을 더해 반찬으로 상에 오르는 호사도 누릴 수 있겠다만 이미 물러버린 김치는 어쩔 수 없이 음식물 쓰레기로 보내지는 수밖에 없다.

　이별이 김치처럼 숙성이 잘되면 추억만 남는다. 도무지 좋지 않았던 기억을 떠올려 봐도 자꾸 그 사람의 장점이 떠오르면서 "그래도 괜찮은 사람이었어."라며 포장하는 단계까지 이르는 게다. 심지어 한때 상대가 마음을 박박 긁었던 단어들은 공중분해되어 버리기도 한다. 이별을 잘했던 사람은 이런 숙성 단계를 거치지만 이별을 잘하지 못한 사람은 한때 사랑했던 사람에 대한 원망과 회한으로 자신의 마음을 가득 채운다. 시간이 지난 후 '상처'나 '트라우마'를 갖게 된다. '그 사람만 만나지 않았어도 내 인생은 이렇게 망가지지 않았어.'라며 피를 토하듯 원망을 쏟아내게 되는 것이다. 마치 김치가 제 시기를 못 거치고 물러서 상하게 되는 경우와 매한가지다.

헤어지는 모든 이들이 이별을 잘하는 것이 아니다. 나 또한 어떤 이별은 '주홍글씨'처럼 마음의 생채기를 남기기도 했으니까. 이런 생채기의 주범은 결국 '원망'과 '후회'였다. 원망에 대한, 후회에 대한 화살이 상대에게 가 있으면 결론이 나지 않는다. 그러니 그 화살촉의 방향을 내게 돌려 나를 돌아보는 계기를 만들어야 이별도 가벼워진다.

그렇다면 어떻게 해야 이별도 숙성이 잘되는 걸까? 오롯이 개인적인 경험을 견주어 볼 때, 이별의 시작과 숙성의 끝에 '나를 돌아보는 길'이라는 계단이 놓여있는 듯하다. 한 걸음 한 걸음 내디디며 나 자신을 돌아볼 때 타인에 대한 이해와 공감이 이루어지는 것이다. 어차피 사랑이라는 과정은 타인을 이해해 나가는 단계 아니던가. 이기적인 마음으로는 절대 사랑을 할 수 없음이다. 이러한 이별의 단계를 잘 걷고 나면 숙성된 김치 맛을 얻는 것과 같은 이치이다.

이별이란 것이 채웠던 잔의 물을 비우는 것처럼 사람도 비워지면 좋겠지만 아무리 비워도 텅 빈 가슴에 사랑했던 사람은 비워지지 않는 게 사랑이더라. 그 가득한 사랑을 비우고 이별하려 하지 말자. 이별이란 내 온몸 가득 채워졌던 뜨거운 피를 조금씩 식혀가는 과정일 테니. 함께 다녔던 거리를 모두 공사라도 해서 길을 바꾸지 않는 이상 어찌 그 사람을 기억하지 않을 수 있을까. 밥을 먹고 차를 마시고 길을 걸고 눈을 맞추고 이야기하던 그때 그 순간을 순식간에 지울 수는 없지 않은가. 책장 사이에서 발견된 그 사람의 편지 한 통이 일 년이 지난 후, 십 년이 지난 후에도 가슴을 먹먹하게 만들어 눈물을 자아내는 것이 사랑과 추억의 힘이다. 힘들 때 내 어깨를 감싸 쥐었던 그 사람의 손길을 온몸이 기억하고, 연애할 때 늘 뿌리고 나오던 향수 냄새에 달콤하게 속삭였던 목소리가 아직도 귓가에 생생한데 그것을 어찌 모두 비운단 말인가.

이별은 그리 단숨에 해결되는 수학 문제 같은 것이 아니지 않은가. 부디 잘 이별하자. 차근차근.

아이처럼 웃자.
4월의 봄꽃 같은 풋풋한 사랑을 기다리며.

———

09 _ 새로운 사랑을 맞이하기 위한 준비

**마지막 사랑은
봄꽃 흐드러지는
4월의 어느 날 찾아들기를...**

새로운 사랑이 찾아드는 계절은 봄 중에서도 야생화
가 피는 4월이었으면 좋겠다. 우연인지는 모르겠지만 내게 찾아든 사
랑은 늘 가을의 길목이었다. 만난 지 반년 정도가 지나고 봄이 찾아들
면 서로에게 익숙해진 마음으로 한껏 봄을 즐겼다. 수 해가 지난 뒤
만남을 가졌던 계절, 가을과 겨울의 틈새에서 이별을 맞이했다. 하필
쓸쓸하기 그지없는 겨울에 말이다. 겨울의 이별은 더 시리다. 하긴 내
친구는 햇살 가득한 4월만 되면 가슴이 시리고 아파 아무 의욕이 없
다고 하는 것을 보니 이별하기에 좋은 계절은 없는 것 같다. 가을에
시작된 사랑의 끝자락이 좋지 않아서 봄에 대한 막연한 기대가 있었
던 것은 아니었을까.

한여름 무성한 잎을 자랑하는 짙은 초록의 계절보다 이제 막 봄을
여는 연녹색의 여린 잎들이 피어나고 산등선 둘레로 야생화가 피어나

는 4월을 사랑한다. 흔적만 오롯이 남아있는 홍대 경의선 기찻길 옆으로 하늘거리는 들꽃과 자전거를 타는 이들의 풍경이 어울리는 봄이 좋다. 지금은 '왕갈빗살' 거리로 자리 잡아 기찻길 철로를 손 붙잡고 거니는 연인의 모습을 보는 운치는 사라져 버린 지 오래다. 덕분에 그곳을 지날 때면 고기 냄새만 홍건히 밴다. 기차가 지날 때마다 댕댕댕 울리던 신호음이 그립다.

일 년 사계절 중 여름에 밀려 짧아져 버린 봄 햇살을 즐기기 위해 이맘때 즈음이면 애써 점심을 먹고 인근 성당으로 산책하기를 즐긴다. 고즈넉하고 아기자기해 그레고리아 성가라도 울릴 듯한 서울역 인근의 약현 성당 언덕길을 좋아한다. 성당 내 긴 벤치에 앉아 있노라면 평온해진 내 안의 마음을 바라볼 수 있다.

명동성당의 아네스 수녀님을 우연히 만났다. 십여 년 전, 첫 세례식을 기념한다며 스페인의 바르셀로나 몬세라트 성당에서 사가지고 온 묵주를 선물로 주셨다. 나보다 다섯 살 아래의 말괄량이 삐삐같이 생기발랄한 수녀님은 틈만 나면 제례실에서 차를 마시며 담소를 나누던 성당 친구다.

"하느님은 내가 결혼하는 게 싫으신가 봐. 수녀의 길을 걸었어야 하나?"

"수녀는 아무나 돼?"

"그치? 아마 난 수녀가 되었어도 사랑에 빠져서 뛰쳐나왔을지 몰라."

"암만."

"평생 사랑할 수 있는 내 짝은 어디에 있는지…"

"세실리아. 기다려. 세실리아에게 천상배필 하나를 데려다 안겨 주실 거야."

"나도 이제 믿고 기다릴래. 서두르지 않고."

"기도를 해. 꼭 주실 거야."

"암만!"

바르셀로나를 갔을 때 몬세라트 수도원에 들렀다. 간절히 기도를 하면 꼭 하나는 들어주신다는 몬세라트 수도원의 검은 성모 마리아상 앞에서 두 손 모아 기도했다. '하느님이 세실리아를 위해 준비해 준 사람을 주세요. 더 이상 아프지 않고 사랑할 수 있는 사람을.' 아네스 수녀님이 첫 세례 때 선물한 그 묵주의 발원지가 바로 이곳 몬세라트 수도원이었다는 것을 몇 해가 지난 후 알게 되었다. 지금도 그때 기도를 마치고 암벽으로 둘러싸인 수도원에서 마셨던 와인 맛을 잊지 못한다. 적색 포도주의 술맛은 아이스와인처럼 달달했다. 나중에 알았지만 신기하게도 내가 마신 와인은 알코올 도수가 높고 타닌 성분이 많아 무겁고 중후한 맛이 나는 풀바디 와인(Full bodied wine)이라 달콤할 수 없는 와인이란다. 그 후 수녀님이 내게 준 몬테레이 묵주는 누군가를 만나고 사랑하고 이별할 때면 기도를 올리는 전용 묵주가 되었다.

벚꽃이 흐드러지게 핀 어느 날, 우연히 찾아드는 풋풋한 사랑을 기다린다. 포장마차에서 술 한잔으로 시름을 나누던 오랜 친구에서 수줍은 연인이 되는 갑작스러운 이벤트도 기대해 본다. 그 어떤 만남이든 봄 햇살처럼 다가들기를 바란다. 마지막 사랑은 봄꽃 흐드러지는 4월의 어느 날 찾아들기를...

10 _춤추어라 마치 쿠바인처럼

**춤추듯 사는
그네들의 일상을
닮으리라**

쿠바라는 나라는 내게 그렇게 다가왔다. 어디를 가나 혁명가의 사진이 벽화로 그려져 있고 선동적인 문구가 여행객과 어우러지는 나라! 남아 있는 몇 안 되는 사회주의 국가!

내일은 없고 오늘의 걱정일랑 '모히또'나 '쿠바 리브레'와 날려 버리라는 낮술의 달인 쿠바인들, 미국판 올드카를 관광 벌이 삼아 자녀에게 나이키 신발을 사주고 싶다는 쿠바의 부모들, 미국 남자와 결혼을 조건으로 만나 영주권을 얻고 이민자로서의 삶을 꿈꾸는 쿠바의 아가씨들, 한 달 월급이 하층민은 13만 원, 중산층은 4~50만 원대로 사회주의에 아무 불평불만도 없이 삶에 순응하고 살아가는 쿠바의 젊은이들, 의식 켜켜이 체 게바라를 우상 숭배하고 살아간다는 이들.

이 모든 것이 표면적으로만 보인 쿠바인들의 단면이라면? 여행자의 선글라스를 벗고 그들의 삶으로 깊숙이 들어가 보면 실상은 전혀 다르다. '내일'은 없는 듯 사는 쿠바인처럼 보이지만 '내일'이라는 희망이 없어서가 아니라 닥치지도 않은 앞일에 대해 쓸데없는 걱정을 가불해 하는 '기우(杞憂)'를 하지 않고 사는 것뿐이다. 스페인으로부터 오랜 지배를 받은 식민지이자 카스트로의 59년 독재로 인한 사회주의가 뿌리 깊게 박혀 있는 나라에서 당장 내일의 변화를 꿈꾸기란 힘들기 때문이다. 최근엔 혁명가들이 대중과 함께 이끌어 낸 변화의 시도가 급물살을 타더니 드디어 카스트로의 정권에 종지부를 찍었다.

나이키에 대한 집착이 심하다는 쿠바인, 미국 나이키에 열광하는 것은 비단 쿠바라서가 아니다. 세계적인 브랜드 나이키에 열광하지 않는 나라가 전 세계에서 몇이나 되는가 말이다. 공산품이 흔하지 않은 쿠바에서 나이키의 티셔츠나 운동화는 단연 인기가 높다. 우리나라에서 80년대 아디다스 열풍이 부는 이유와 무엇이 다른가.

게다가 외국 남자와의 결혼 로망 또한 어떤가. 하여튼 미국 남자 한 번 잘 만나 이민 가서 드넓은 세계에 살고 있다는 옆집 아가씨 이야기는 초등학교 같은 반 친구들이 잘 사는 필리핀으로 이민 가는 것을 보고 부러워했던 것과 다를 바 없다.

이렇듯 쿠바인들의 삶을 우리의 삶 속 깊이 배어 있는 유교 사상에 빗대어 본다는 것은 대조군부터 잘못된 것이다. 내가 느낀 쿠바의 문화와 쿠바인들에 대한 단상은 더 솔직히 이야기하면 그리 거창한 것이 아닌 소소한 것들이었다. 풍족하지 않으니 작은 것에 스스로 만족해할 줄 알고, 우리보다는 조금 더 성(性)에 대해 솔직하고 자유분방하며 다민족 국가이다 보니 배타심이 적어 타 민족에 대한 이해와 공감도가 높다는 것이 나의 두 눈으로 본 쿠바의 모습이었다. 또한 아낌없이 보여주는 그들의 따뜻한 마음은 잠시 들렀다 가는 여행자들을 다시 쿠바로 오게 만드는 원동력이기도 하다. 스페인만큼 축복받은 기후를 가지고 있지도 않고, 미국처럼 잘 닦인 도로도 없고, 아시아처럼 풍부한 공산품도 없지만, 쿠바만이 품고 있는 강력한 에너지가 다녀간 이들에게 잔상을 남긴다. '여기 쿠바가 있어요. 당신이 다시 올 때까지 기다릴게요.' 라고.

특히, 이들에게 있어 '춤' 이란 '삶' 그 자체이다. 대형 콘서트장에서나 볼 듯한 공연을 쿠바의 거리 곳곳에서 경험할 수 있으니 일단 이나라에 발을 내디뎠다면 귀부터 호강하기 시작한다. 밥 먹다가도 남녀 짝을 지어 살사를 추어 대니 이들에게 춤은 그냥 일상이다.

힘든 일이 있을 때 모히또 한 잔을 건네며

"No te preocupes. Quieres bairar conmigo?"(걱정 말아요. 저와 함께 춤추실래요?)

쿠바 여행 막바지가 되니 걱정이 있다면 내려놓고 함께 춤추자는 이들의 생각에 대해 공감이 가기 시작한다. 치열하게 걱정한다고 해결되는 문제가 과연 몇이나 있었던가. 어쩜 이들의 긍정적인 마음가 짐과 미소가 더 도움이 되지 않는가 말이다.

  뼛속 깊이 한국인이 가지고 있는 긴장감을 좀 내려놓고 천천히 호흡하고 싶다. 금세 익숙해지지 않겠지만 때로는 춤추듯 사는 그네들의 일상을 닮고 싶다.

제가 바람의 향기를 맡지 못했다면
녹음이 시작되는 사월에 벚꽃 흩날리는 계절에
아카시아 향기가 만발한 이곳에서
당신을 찾아내지 못했을 겁니다

Leave, meet and love

08

봄밤에 피어 오른 사랑

만약 사랑을 시작한다면,
벚꽃 피어오르는 계절에 하고 싶었다.

01 _ 그로부터 3년 후

**누구랄 것 없이
모든 만남은
운명에 가깝다**

퇴사를 했다. 쿠바를 다녀온 지 어느덧 3년이다. 아니라
고 부인을 하고 싶지만 '이별' 은 나의 많은 것을 속사포로 바꾸어 놓았다.

"뭐 해? 한잔하자."

"술 끊었어. 집에 있을래."

"그러다 우울증 걸려."

"집이 편해."

전후 사정을 알고 있는 동료들은 가끔 내게 전화를 걸어 나를 집 밖
으로 끌어내려 했지만 실패했다. 모든 것엔 때가 있듯 내게도 바닥을
치고 오를 시간이 필요했다. 후회하는 것조차 버겁게 느껴지는 하루
를 툴툴 털어 버린다는 것은 결코 쉬운 일은 아니었다. 털썩 주저앉은
곳에서 마음을 다 잡고 앉기까지, 그 앉은 곳에서 두 다리로 세상을
버틸 힘을 만들어 일어설 때까지 적잖은 시간이 걸렸다.

쿠바를 다녀온 그해, 대학교 3학년으로 편입을 해 스페인어를 전공

하고 있다. 스페인과 엮인 아픔 때문에 손을 놓고 있었던 공부를 다시 시작했다. 회사가 아닌 학교라는 곳에 적을 두고 일상생활의 패턴을 찾아 나가는 중이다. 무엇이든 열정을 둘 곳이 필요하다.

역시나 그때에도 쓸쓸한 바람이 이는 늦가을에 이별을 맞았다. 어깨가 움츠러드는 겨울이 다가들자 온기가 그리워졌다. 동절기 3개월을 마이애미에서 보냈다. 평온한 시간이었다. 스포츠 선수들의 휴양 천국, 부호들의 별장이 즐비한 마이애미로 결정했을 때 왜 하필 마이애미냐고 물었다. 플로리다 주에 위치한 마이애미는 온화한 아열대성 기후와 아름다운 해안선, 줄지어 늘어선 코코스 야자의 가로수를 가진 휴양 도시다. 따뜻한 볕 아래 내 몸을 뉠 곳을 찾았다. 어쭙잖은 영어실력으로 들이대기 쉽지 않은 뉴욕 같은 도시보다 여행하기에 불편하지 않을 정도의 스페인어 실력이 빛을 발하는 마이애미가 편하게 다가든 이유는 영어와 스페인어가 공식 언어인 도시였기 때문이다. 마음을 치유했던 쿠바가 비행기로 20여 분밖에 걸리지 않는 접경 지역의 도시라는 것도 한몫했다. 허리케인이 지난 직후라 예약 취소가 줄을 이었다. 덕분에 이만 원도 채 되지 않는 저렴한 숙박비로 가성비 좋은 호텔을 예약할 수 있었다.

장기간 머무는 숙소의 아침은 인종별로 다르다. 밤새 만들어 낸 뒷머리의 제비집 따위 아랑곳하지 않고 아침을 맞는 내추럴한 유럽 사람들과 달리 일본인과 한국인은 식전(食前)임에도 불구하고 붉은 립스

틱에 마스카라로 한껏 올린 눈썹까지 완벽한 메이크업으로 등장한다. 이십 대 초반엔 나 또한 그랬다. 지금의 나는 다른 여느 서양인들처럼 손가락 몇 개면 충분한 고양이 세수 후 식당을 향한다.

식탁에 뻣뻣한 빵과 커피, 딸기 잼, 그리고 바나나와 사과가 바구니별로 담겨있다. 뜨끈한 '국'이 일상인 한국인에게 매일 아침 말라비틀어진 빵 한 쪽으로 요기를 한다는 건 '해외 살이'를 좀 했다는 내게도 고역이다.

며칠이 지난 후 나름 요령이 생겼다. 바게트도 아닌 정체불명의 딱딱한 빵의 배를 갈라 칼집을 낸다. 버터가 잘 배도록 발라준 후 레몬을 살짝 뿌려 토스트기에 구우면 마치 프랑스에서 먹었던 갓 구워낸 크루아상의 식감을 만들어 낸다. 물론 가끔은 식당을 관리하는 이의 눈치를 봐야 한다는 단점이 있다. 온도가 치달아 흠뻑 바른 빵 사이의 버터와 레몬이 녹아내리며 토스트기의 바닥에 잔여물을 남길지도 모를 일이니까. 여하튼 대단한 것도 없는 이런 비법을 같은 방을 쓰는 이들에게 전수해 주니 마치 기네스북에나 오를 법한 것을 알아낸 듯 탄성을 질러가며 과한 화답 인사를 건넨다. 우리보다 한 단계, 아니 서너 단계 이상의 감정 표현을 하는 그네들은 우리에게 없는 유전자나 염색체 같은 것이 하나 더 있는 것 아닐까. 그렇지 않고서야 저렇게 해맑은 모습으로 민망할 정도의 과한 반응이 나올 수 있을까 말이다. 점심나절엔 산책 후 가볍게 인스턴트 일본 라면이나 미국판 정크푸드로 요기를 했다. 잠들기 전에는 호스텔 내 수영장 카페에서 새로 알게 된 다국적 도미토리 친구들과 가벼운 알코올 음료 한 잔을 옆에 끼고 속 깊지 않은, 시답잖은 수다로 시간을 삼켰다. 아무런 계획 없이 '쉼'이란 단어가 어울리도록 시간을 흠씬 즐겼다. 아니 '숨'이란 표현이 더 적절하다. 숨이 쉬어지지 않을 때 스페인의 기후와 가장 닮은 마이애미로 떠났기에. 퇴사 후 나 자신에게 처음으로 주는 휴가다.

"작가님, 초고 완성되었나요?"

"마무리 단계에 있어요. 주말까지 보내 드리겠습니다."

20여 년간 몸담은 첫 직장의 경력을 살려 책을 집필하기 시작했다. 20대, 30대 사회 초년생들을 위한 경제 필독서란 커버를 달고 출간한 책은 몇몇 도서관에서 대출 1위를 기록할 만큼 베스트셀러로 이름을 오르내리기도 했다. 두 번째 삶은 작가로서 활동하는 것이 아니냐며 주변 동료들의 부러움을 사기도 했다. 최근 책 한 권만 내도 작가로서 돈을 벌 수 있다는 홍보를 흔하게 보지만 실상은 도서관이나 대형 서점에서 무료로 책을 볼 수 있으니 책을 집필하는 저자에게 글을 쓴다는 일은 주 수입원이 되기 힘든 경우가 많다. 이미 유명세를 거머쥔 대형 작가가 아니라면 말이다. 심심풀이 땅콩으로 취미 삼아 글을 쓰는 것이 아닌 담에야, 나 또한 경제적 수입원을 생각하지 않을 수 없지만 그렇다고 해서 무작정 돈을 벌기 위해서 글을 쓰진 않는다. 작년 마포의 모 출판사 북 카페에서 강의했을 때 글을 쓰는 순간에 심취해 보라고 침을 튀기며 이야기를 했던 나 자신을 떠올렸다. 글을 쓰는 고요한 시간은 마치 명상과도 같다. 글을 쓰는 시간은 내게 걷는 일이나 명상이나 매한가지다. 글은 치유의 힘을 가지고 있다. 한 줄의 글이라도 써 본 자만이 알 수 있는 것이리라.

"나이 드니 연애도 귀찮아. 난 이대로가 좋아."

"뭐가 귀찮은데?"

"매번 맞춰야 하잖아. 내 한 몸도 버거워."

30대 후반이 되면서부터 '혈혈단신'으로 늙어가는 한이 있어도 연애를 하지 않겠다던 친구들이 하나둘씩 늘어갔다. 일명 '좀비병'이라고 전염성이 강한 '귀차니즘'의 30대, 40대들은 '서로를 구속하는 연인'보다는 '편안한 술친구'와 함께 노년을 구속받지 않겠다는 의사표현을 노골적으로 한다. 어차피 너도 혼자이고 나도 혼자이니 외로울 때 가끔 만나 술이든 차든 한잔 하면서 수위 낮은 대화 정도만 소통하면 되지 않겠느냐는 것이다. 공감 99.9%다. 연애란 것을 하며 타인을 구석구석 배려해야 한다는 것이 마냥 쉽지만은 않은 까닭이다. 제 맘 하나 간수 못 하고 진흙탕 싸움이 이어지면 막장 드라마 한 편 쓰고 끝나는 것이 흔한 '연애' 아니던가. 그럼에도 불구하고 찐득한 친구들은 학교에 다니고 책을 쓰며 한갓진, 적어도 남들이 보기엔, 시간을 보내는 나를 사이에 두고 소개팅 주선에 바빴다. 아무리 봐도 결혼 생활에 지친 그녀들의 대리만족이다.

"남자 한번 만나보지 않을래?"

"아니. 지금 이대로가 좋아."

"삼 년이야."

"벌써 그렇게 됐나?"

"그냥 연애만 해."

"연애만?"

"요즘 트렌드야. 중년엔 남자가 필요하다고."

"혼자 살래."

"무슨 재미로?"

"하고 싶었던 일 하며 살래. 꿈!"

"미친 것, 꿈이 밥 먹여 주니? 편히 살아."

"들어 봤어? 사랑이란 그 귀찮은 것에 대하여!"

족히 이십 년 전에 결혼했던 친구들은 지금 이 시대의 남자들이 오피스텔의 가구들처럼 삶을 세팅해 놓고 여자를 공주처럼 모셔가는 줄 알고 있나 보다. 마치 남자 만나기를 거부하는 내가 홀로 살겠다는 서약서라도 작성했다고 생각하는 모양인데 나는 단지 삶이란 수납장 안에 켜켜이 넣어 두었던 꿈을 꺼내 집중하고 싶었을 뿐이다. 결과야 어찌 되든 행복해지기 위한 나의 선택이었다.

세상은 요지경 속이다. 수컷에 대해 더는 열정을 쏟지 않으리라 생각했던 내게 그로부터 삼 년 후 한 남자가 운명적으로 다가왔으니. '운명'이란 극적인 단어를 좋아하지 않는다. 누구랄 것 없이 모든 만남은 운명에 가깝다. 필연에 가깝다. 차라리 인연이라 말하자. 그래, 인연이다. 불교에서 거듭 강조하는 전생에 억만 겁을 스쳐야 이승에서 인연이 생긴다는 말마따나.

사랑의 오작교 '7011버스'.

___

02 _ "친구 할래요?"

나중에 알았다
그것이 사랑의 시작이란 걸

'7011' 버스가 온다.

운이 좋다. 10여 분씩 기다리던 버스가 2분도 채 되지 않아 도착했다. 후배의 소개로 서울역에 위치한 새로운 직장을 들어갔다. 퇴사 후 자그마한 사업을 시작했지만 녹록지 않아 접고 직장을 선택했다. 인생에서 처음으로 혹독한 경험을 하고 있는 중이다. 토요일인데 출근을 했다. 온몸이 나른하다.

적막이 흐르는 버스 안엔 세 사람뿐이다. 20대로 보이는 여자와 나 그리고 운전기사뿐이다. 버스를 탈 때 시원하게 트인 창가 앞에 앉는 유난스러운 습관 덕에 나의 자리는 늘 오른쪽 앞자리, 고정석이다. 차에 오를 때부터 두 사람은 주거니 받거니 대화를 이어나가고 있었다. 그녀는 운전기사에게 불만 가득한 남자 친구에 대해 연애 상담을 하고 있었다. 흥미진진한 그녀의 이야기에 귀가 솔깃해졌다.

"언니, 언니는 어떻게 생각하세요? 아저씨는 헤어지라는데?"

"음... 저도 그렇게 양다리를 걸치는 남자 친구라면 헤어지는 것이..."

"앗! 아저씨, 세워 주세요!"

두어 정거장을 지났을까 연애 상담하다 정거장을 놓쳤는지 시청역에서 부리나케 내린다. 그녀가 내린 후 그 대화의 끝이 자연스럽게 나에게로 이어졌다. 마을버스 안에서 동네 주민과 소소한 대화를 나눈 적은 있어도 시내버스에서 운전기사 아저씨와의 대화라니 생경하다. 그와 나의 거리는 불과 1m 전 후방. 시청에 접어든 버스가 엉금엉금 기어간다. 예상했던 대로 태극기 부대가 광화문에서 시청까지 피켓을 들고 가두시위 중이다. 민주주의 시대다. 뭐랄 것도 없다. 모든 시대는 저항과 함께 성장하는 법이다. 버스는 지연이 되어 시간을 꽉 채우며 가다 서기를 반복했고 종점이 가까워져서야 우리의 대화가 예사롭지 않음이 느껴졌다. 나중에 알았다. 그것이 사랑이 시작된 것이란 걸.

얼마간의 대화가 이어진 후 귓가에 그의 음성이 차분히 내려앉았다. 목소리에서 느껴지는 다양한 정보, 나이는 40대, 차분한 성격, 그 남자에게서만 드러나는 우직한 그 특별한 무엇, 그것이 느껴지고 있을 때 즈음

"저... 저보다 위아래 두 살? 비슷해 보이는데 무슨 띠세요?"

"네?"

그는 노골적인 질문을 던졌다. 오랜 시간의 대화 덕이었을까. 덥석

던진 그의 질문이 이상하게 느껴지지 않았다. 1시간째, 버스 안엔 우리 둘뿐이었다. 띠를 말해 주니 놀라는 눈치다.

"왜 그렇게 놀라세요?"

"우리 갑장이네요."

"동갑요?"

"저, 괜찮으시다면..."

"네?"

"우리 친구 할래요?"

"친구요?"

갑장이라는 이야기에 반가웠을까. 돌연히 큰 목소리로 대뜸 한다는 이야기가 '친구' 라니. 친구라는 단어가 그의 입에서 흘러나왔을 때 운전석 쪽으로 15도 각도 휘어진 백미러를 통해 처음으로 그와 눈이 마주쳤다. 삼 초나 되었을 법한 짧은 시간 그의 외모가 스캔되었다. 앉아 있었지만 평균은 넘어 보이는 키, 짧게 깎아내린 옆머리와 약간 세운 앞머리, 굵직한 얼굴선, 발그레하게 상기된 뺨, 쌍꺼풀진 눈, 골프를 치거나 야외활동을 하는 사람이 가지고 있을 법한 살짝 그을린 피부, 굵은 근육이 드러난 오른팔, 온도로 치면 차갑지 않은 적당히 따뜻한 인상을 가지고 있었다. 소개팅 자리에서 만났다면 어땠을까. 그 앞에 고상히 앉아 그간 공들여 쌓은 교양미 철철 넘치는 단어를 사용하고 품위를 해치는 모양새 따위는 비집고 나오지 못하도록 단아한 모습으로 단단히 동여매고 있었겠다. 반면 녹초가 되어 그 앞에 마주한 나의 모습은 고상과는 거리가 멀었다. 마치 밤샘 근무 다음 날 아침, 검은 실핀을 질끈 꽂아 깻잎 머리를 하고 방금 침대에서 나온 것 같은 파자마 차림을 한 기분이었다고나 할까.

"...그럴까요?"

그의 질문에 마음속 외침 그대로 동요하지 않고 대답했다.

서른을 넘기면서부터일까 오랜 시간 새로 사귄 친구가 몇 없었다. 덜컥 생겨버린 버스 안에서의 원초적인 만남이 가져온 약간의 긴장감 때문이었는지 코끝이 간질간질하다.

종착지가 가까워질 무렵 시쳇말로 쿨하게 전화번호를 공유하고는 하차했다. 여느 다름없는 일상이 흐르고 있는 가운데 노곤해진 몸이 가득한 봄 햇살에 안겼다.

'오늘은 유독 붉게 지는 노을을 보겠다.'

나의 왼손이 그의 큼지막한
손안에 담겼다.

03 _봄밤의 설렘

"손잡고 걸을까요?"
"네, 그게 편하겠네요."

"함께 걸을래요?"

쓰레기 더미가 산재해 썩는 냄새가 십 리를 갔다는 상암동, 지금은 그곳을 개간 후 신천지가 탄생했다는 전설 같은 이야기가 믿기지 않도록 녹음이 푸르다. 부모님이 이곳으로 터를 옮긴 지가 어느덧 십여 년이 지났으니 묘목을 심어 휑하던 거리가 서로 가지가 붙어 연리지라도 된 양 우거져 있다. 새벽녘부터 늦은 밤까지 이어지는 그의 메시지에 화답한 지 며칠 지난 후, 영화 한 편을 보았다. 적잖은 나이에 만나서였을까 중년이란 나이는 많은 것을 생략하게 만든다. 친구의 말처럼 서로에게 첫사랑은 아니니 그간의 경험으로라도 친구이든 연애든 좀 더 세련되지 않았을까. 일단 서로에 대한 애정을 확인하기 위해 애간장 녹는 일은 나이가 들어가며 줄어드는 것만은 확실하다.

"야, 진도 빼!"

"무슨 진도? 우린 친구야."

"남녀 사이에 친구가 어딨어?"

"소울 메이트!"

"지지배, 그런 게 지구상에 있기나 해?"

"모두 너 같진 않아."

"설마 너... 순백색의 사랑이라도 기대하는 건 아니지?"

"......"

"너, 삼 년이야. 삼 년이면 스님뿐 아니라 네 몸에서도 사리가 나올걸?"

친구 혜정이, 빨간 립스틱이 묻어난 앞니를 드러내며 유쾌하게 웃던 그녀는 평생을 투덕투덕하면서도 결혼이라는 인연의 질긴 끈을 놓지 않고 잘살고 있다. 그녀는 지금의 남편과 만난 지 세 번 만에 첫아들이 생겼다. 달랑 한 달에 이삼일 존재하는, 맞추기가 신의 영역이라는 배란일까지 잘도 맞춘 속도위반이었다. 그 덕택에 결혼은 미친 짓이라던 그녀가 한 달 내 상견례를 치르고 배부른 몸으로 드레스 끈을 졸라매더니 탱탱 부어오른 얼굴로 결혼식을 마쳤다. 어불성설만은 아니다. 그녀의 말대로 연애란 것이 결혼이란 것이 계획대로 움직이지 않는 대형 사고와도 같으니까. 연애란 것이 그렇더라. 예상치 않게 나와 주는 기분 좋은 변수인 게다. 애써서 잘해 보고 싶었던 연애는 요단강을 건넌 지 오래고 긴장을 한껏 풀고 있노라니 갑자기 운명 같은 순간을 맞닥뜨리게 되는 깜짝 이벤트!

친구하자 하더니 진짜 친구처럼 하루를 보냈다. 홍대에서 영화를 한 편 보고 인근 카페가 즐비한 연남동 거리를 걷다 소주 한 병에 돼지고기 특유의 냄새가 쩐 삼겹살로 저녁을 먹었다. 온몸에 돼지 노린내가 풀풀 나도록 말이다. 만약 연인이었다면 한강이 보이는 마포 어디쯤에서 분위기를 먹고 있을 테지만 친구라지 않은가. 그럼에도 불구하고 큰일이랄 것 없는 일상 속에서 멜랑꼴리한 감정에 콩닥거리는 가슴은 내게 속닥거리고 있었다.

'야! 너무 오랜 시간이야. 괜찮은 사람 같아. 만나 봐! 뭘 갈등해?'

그간 통 모습을 드러내지 않던 연애 세포가 증식하기 시작했다.

"괜찮다면 좀 걸을래요?"

"봄밤에 걷는 것 좋죠!"

홍대에서 녹음이 푸르른 상암동까지 걷기 시작했다. 천천히 걷는 여자의 보폭으로 계산했을 때 약 두 시간 정도 걸리는 거리다. 두 사람의 보폭이 일정하다. 크게 멀어지지도 가까워지는 법 없이 일정한 간격이 유지되었다. 가끔 생각할 일이 생기면 혼자 걷곤 하던 거리다. 늘 그렇듯 그리 늦은 저녁도 아니건만 상암동 거리는 유독 한산했다.

"저…"

"네?"

"부탁 하나 있는데 들어 줄래요?"

"부탁요?"

"팔짱 한 번 끼워 줄래요?"

아까부터 무슨 말을 하려는 듯 고민하는 얼굴의 정체를 알고서는 그의 오른팔에 살포시 나의 팔을 감았다. 왼발 오른발! 오른발 왼발!

보폭이 꼬인다.

"손잡고 걸을까요?"

"그게 편하겠네요."

나의 왼손이 그의 큼지막한 손안에 담겼다. 심장 박동이 균형을 잃고 뛰기 시작했다. 봄밤에 가려 둘의 얼굴이 보이지 않았지만, 가로등 불빛이 살포시 숨겨 준 둘의 얼굴엔 붉은 기운이 가득했으리라. 누가 먼저랄 것 없이 다양한 화제로 마치 커피숍에 마주 앉아 이야기하듯 이야기가 꼬리에 꼬리를 물어 이어졌다.

두 시간이 십여 분처럼 흘렀다.

"그럼 조심히 들어가요."

"오늘 즐거웠어요."

심심한 인사를 뒤로하고 그에게서 등을 돌려 아파트 입구로 향했다. 속도위반 혜정이의 말이 귓전을 때린다.

'길을 걸을 때까지 너의 팔을 잡아끌고 키스를 시도하지 않는다면 그건 너에게 관심이 없다는 거야. 그래도 끝까지 기다려 봐. 하이라이트는 집 앞에 다다랐을 때지. 공원 벤치라든가 아파트 놀이터 같은 곳에 앉아 미적미적 이야기를 끌다가 기습적인 프렌치 키스를 할지도 모를 일이거든. 문제가 있는 남자가 아니라면 말이지. 남자라면 짐승 같은 야성이 있어야지.'

40대 커플에겐 인내심 따위는 존재하지 않는다던 그녀 말과 달리 우리에겐 아무 일도 벌어지지 않았다. 기대한 바도 아니지만 이십 대

모양 설레는 기분으로 봄밤을 느꼈던 하루는 더할 나위 없는 포만감을 가져다주었다. 행복감이었다. 퇴사 후 새로 얻은 직장과 집을 오가며 힘들었던 속내를 나누고 싶은 이가 필요했는지도 모르겠다. 가끔은 낯선 이가 익숙한 사람보다 편할 때가 있는 법이다.

'남들도 나처럼 사나?'

내가 살아가는 삶에 그들의 공감 정도가 혁혁한 위로가 될 때도 있다.

'아무런 일이 벌어지지 않았다면 나에게 관심이 없는 거라고?'

행복한 감정을 오롯이 나만 느낀 감정이었는지 알 수 없지만 확실한 것은 그가 나에게 던진 그의 추파는 일상의 감정을 뛰어넘는 것이었다는 것이다. 그 미묘한 감정을 수 번의 연애 연륜에 느끼지 못할 리 만무하다. 팔짱을 꼈을 때 난 그의 요동치는 심장 박동을 이미 느꼈다.

진동이 울렸다.

– 오늘 정말 즐거웠어요. 피곤하지 않으세요?

– 너무 많이 걸었죠?

– 아니요. 봄기운 느끼며 걷는 기분이 설레었어요.

– 저도 동갑내기 친구와 걸으니 좋았어요.

– 내일은 혹시 시간 괜찮으세요?

– 음. 특별한 스케줄 없어요.

– 그럼 내일 뵈어요.

– 저기요...

– 네?

– 아니요.

– 잘 자요.

다음을 기약한 대화는 새벽녘이 되어서야 끝났다. 끈적끈적한 여운
이 남았다.

'어떤 사람일까'

자분대는 가슴에 한참이나 잠들지 못한 하루였다.

그의 나지막하고 묵직한 음성에
빠져들었다.

04 _ 열두 시간의 통화

**장시간의 통화가
우리의 사이를 친구에서 연인으로
만들어 놓았다.**

나의 연애사를 유일하게 실시간으로 함께 해 온 그녀
로부터 불티나게 전화가 왔다.

"어떻게 됐어?"

"뭘?"

"그냥 걷기만 한 거야?"

"응."

"에휴, 너희가 이십 대니?"

"지지배!. 내가 넌 줄 알아?"

"사고 치면 엄마 좋아하실걸?"

"인정!"

"그 길에 모텔도 없었다니?"

"처음에 만나서 무슨 모텔이야?"

"얘! 연애하니 모텔 가지. 부부끼리 가니?"

혜정이는 마치 제 친구가 혼자 파파 할머니로 늙어갈까 봐 틈만 나면 이놈 저놈 접붙이기 바쁘다. 그날 그도 친한 부산 후배에게서 전화를 받았다고 했다.

"행님요, 그냥 걸었습니꺼?"

"그래도 둘이 걸은께 좋던디."

"키스도 안 했습니꺼?"

"아야, 처음 만났는디 입박치기부터 해야 되겠냐."

"아따 거긴 어두컴컴한 구석떼기도 없답니꺼?"

"훤해 불재."

"행님! 여자 마음을 그리도 모릅니꺼? 경상도 남자라면 버얼써 했다 아입니꺼?"

그의 후배나 혜정이 덕분에 이제 함께 걷기 시작한 중년의 커플은 웃음보가 터졌더랬다.

그와 급속하게 가까워지게 된 계기는 따로 있었다. 그날 이후 6시간 30분의 통화, 다음 날 출근길임을 망각하고 새벽 동이 틀 때까지 이어진 5시간 30분의 통화가 우리의 사이를 친구에서 연인으로 만들어 놓았다. 열두 시간의 통화! 있을 수 없는 대형 사고는 바로 이런 우연이겠다.

혜정이는 그 후에도 계속 전화를 걸어 내게 주문을 걸었다.

"무조건 넌 그 남자가 첫 남자야. 알지?"

"조선 시대야?"

"응. 여기 대한민국이야."

"내 나이가 몇인데 그걸 믿겠어?"

"지금까진 사랑 없는 연애였다고 해."

"뻔한 거짓말이잖아."

"너 만나는 남자는 수입산이 아니고 국산이란 걸 기억해!"

"국산?"

"그래. 스페인 남자가 아니라 전형적인 대한민국 남자라고!"

"풋."

"웃어? 한국 남자들 99.9% 뒤 끝 작렬이야."

"그 남자가 몇 번째 연애인지 벌써 말했는걸."

"미쳐. 그러니 네가 안 되는 거야."

"속 보이잖아."

"네가 결혼해서 싸울 때마다 달달 볶여 봐야 알지."

내게 유난히도 친절하지 않은 '연애사'를 새로 만나는 이에게 굳이 이야기할 필요는 없었다. 그녀 말마따나 어리석은 일일 뿐인 것이 이제 호기심으로 서로를 알아가고 있는 단계에서 굳이 초 칠 일이 무엇 있겠는가 말이다. 특히나 그간 쌓아 온 적당한 교양과 품위유지를 위해서라도. 향후 어찌 될지 모르는 그와 나의 관계에서 과하게 솔직하다는 것은 독이 된다. 하지만 이미 나는 비극적인 결말의 연애사를 늘어놓으며 왜 세상은 내게만 배려심이 없냐고 꽁냥꽁냥 그에게 따지고 있었다. '신은 불공평하다.' 며.

긴 시간의 통화를 마쳐야겠다고 느낀 건

"저, 근데 우리 몇 시간 통화 한지 알아요?"

"어머, 5시간 30분이에요. 어제 새벽에도 6시간 30분 통화했는데…"

"하루에 12시간 통화가 가능한 건가요?"

"초면에 불가능하죠."

"벌써 동이 텄네요."

"우리 서로 예쁘게 만나볼래요?"

"그럴까요? 이렇게 대화가 잘 통하는 사람을 만나서 기뻐요."

"평생 살면서 친구 하자고 용기를 낸 건 처음이에요."

"피, 남자들은 여자한테 꼭 처음이라 그러더라."

"진짜예요. 처음이에요. 당신에게 그렇게 다가간 것이."

"못 이기는 척 믿을게요."

"버스 기사는 원래 승객과 대화를 안 해요."

"근데 저랑은…"

"저도 왜 그랬는지… 순간 당황했어요."

12시간의 통화 내내 그의 나지막하고 묵직한 음성에 빠져들었다. 마치 누군가 나를 위한 무대를 마련해서 독백을 해주고 있는 듯했다.

신고 있던 검은 고무신을 학교
시멘트 벽에 빡빡 문댔죠.

——

04 _레이스 양말과 검은 고무신

**"하얀 레이스 양말에 구두요?
부자였나 보다. 우리 시골엔 조합장 누나만
구두 신고 다녔는데..."**

완도 자락 끝, 가는 것만도 이틀이 걸린다는, 사람들의
본성이 착해 새로 태어난 아기와 같다 하여 지어졌다는 이름 '생일도
(生日島)'!. 그 섬에서 나고 자란 순박한 시골 아이가 광주로 유학을 와
서 고등학교를 다니고 스무 살을 넘기며 서울에 자리 잡게 된 상경기
를 들으며 흐뭇한 마음이 들었다. 흔들리지 않고 우직하게 견뎌 낸 그
의 사십 년 인생사를 들었다.

"국민학교 시절 이야기해 줄래요? 듣고 싶어요."
"초등학교? 풋! 아저씨 티 나요. 음, 별거 없는데... 돌 갓 지났을 때 새 아
파트로 이사를 했어요. 단지마다 화단이 있고 그네에 미끄럼틀이 있는 놀
이터에서 엄마가 사준 소꿉놀이 세트로 '엄마 아빠 놀이'를 하며 컸죠. 어
린이날 같은 특별한 날이면 머리맡에 종합 선물세트 과자가 놓여 있었고
오빠는 버터 맛이 강한 과자를 전 유독 계란 맛 과자를 좋아했어요. 초등학

교 2학년 때는 음대 피아노과를 전공한 선생님으로부터 개인 과외를 했고... 꼭 제 자랑 하는 것 같아요. 그건 아니구요."

"우리 집 막내도 줄줄이 아들 밑에 딸로 태어나서 금이야 옥이야 컸어요. 귀하게 컸죠."

"맞아요. 게다가 엄마는 절 마치 인형처럼 꾸며 주기를 좋아했어요. 무릎까지 올라오는 하얀 레이스 양말에 애너멜 재질의 반짝이는 구두 그리고 늘 원피스를 입혀서 내보냈죠. 머리는 양갈래 머리나 길게 늘어뜨려 양쪽으로 핀을 꽂아 주셨고요."

"하얀 레이스 양말에 구두요? 부자였나 보다. 우리 시골엔 조합장 누나만 구두 신고 다녔는데..."

"그땐 아빠 일이 잘 되었었어요. 초등학교 4학년 때는 세일러복을 입고 합창단을 했고 피아노 경연대회가 열렸던 이태원의 크라운 호텔에서 아빠가 사준 스테이크 양식은 아직도 기억이 나요. 가끔 친구들이 집에 오면 큰 냄비에 넓적한 덴뿌라를 넣고 떡볶이로 잔치를 벌이기도 했어요. 요리 솜씨가 뛰어난 아빠는 친구들에게 제 기(氣)를 세워주고 싶으셨는지 탕수육과 도넛까지 만들어 주셨어요. 초등학교 기억이 아직도 생생하네요."

"저랑 지내온 시간이 정말 다르네요."

"시골은 어땠는데요?"

"전 어렸을 때 엄마와 함께 농사일을 거들었어요."

"농사요? 초등학교 때?"

"네, 여섯 살 정도부터."

그의 이야기를 들으며 동시대를 살았다는 것이 믿기지 않았다. 행여 발이 땅에 닿을까 아버지는 목말을 태워주며 응석받이로 나를 키워낼 때 지게를 지고 엄마와 함께 농사를 지었을 어린 그의 모습을 상상했다. 나뭇짐을 해다가 날랐다는데 어린 소년의 등이 크면 얼마나 컸을까. 쳐내지 못한 울퉁불퉁한 가지가 여린 등을 얼마나 생채기 냈을 것이며 무게는 또 얼마나 무거웠을까.

"새벽 5시 30분이면 소 띠끼러 갔죠."

"소... 뜨끼러? 소를 뜯어요?"

"아니요. 소마구청에서 소를 데리고 가서 풀 먹이는 거예요."

"소마구청이요?"

"서울에서는 외양간이라고 하더라구요."

"생일도 친구들은 아직도 친해요?"

"고향 친구들은 남녀 할 것 없이 다 거시기 친구들이에요."

"여자들도?"

"우리 눈엔 여자로 안 보여요. 뱀 먹는 무서운 얘들이죠."

"뱀을 먹어요?"

"그럼요. 우리 때 간식은 뱀, 개구리, 메뚜기 이런 것들이죠. 뱀은 껍질을 벗겨 구워 먹고, 개구리는 쫄깃하니 뒷다리 뜯는 맛에, 메뚜기는 구워서 호주머니에 넣고 먹으면 아삭아삭해요."

"으윽... 징그러워요."

"저 좋아하던 경자란 애는 뱀 잡아 주면서 저한테 관심을 샀는 걸요."

여름 장마가 끝난 후, 가을볕에 몸을 말리러 나온 뱀들을 한 손으로 휘감아 라면 봉지에 넣고는 "쩡권아, 이거 묵어!"라며 발그레해진 얼굴로 도망가 버렸다는 경자. 그녀의 러브 스토리야말로 우리 시대의 국민 드라마 '응답하라 1988'의 시골 판 아닐까.

중학교 때는 도시락을 싸 가도 반찬 뚜껑을 열면 속수무책인 젓갈이나 게장만 싸주시는 엄마에게 투정 한번 못 부리고 친구들과 선생님께 핀잔 듣는 것이 싫어 뒷산에서 뱀이나 개구리를 잡아 구워 먹고 들어왔다는 그 사람.

"꾹꾹 누르면 자동으로 나오는 샤프를 사고 싶었어요. 밤에 몰래 나무를 해다 팔면서 사고픈 걸 하나씩 샀던 때였죠. 근데 아버지가 그 샤프를 도둑질했다고 생각하신 거예요. 겁나 맞았는데 자존심이 상해서 입 꾹 다물고 그 모진 매를 견뎠어요."

"얘기하면 이해하셨을 텐데..."

"방앗간에서 쌀눈 얻어다가 밀가루를 섞어 죽을 만들어 먹어 본 적 있어요? 먹고살기 힘들 때였어요."

"......"

"언제 한번은 친구가 흰 고무신을 신고 학교로 온 거예요. 얼마나 부럽든지 신고 있던 검은 고무신을 학교 시멘트 벽에 빡빡 문댔죠. 엄마한테 새 신발 사 달라고 떼쓰려구요. 근데 새 신발을 사 주시기는커녕 본드로 바닥 처리를 해 주셨다니까요."

"그걸 사주지 못하는 엄마 맘은 더 힘들었을 거예요."

초등학교 4학년 때 이태원 크라운 호텔에서 열린 피아노 콩쿠르 대회(좌) 형이 물려 준 때때옷을 입고 소풍 가서(우).

그의 이야기를 듣다 문득 소설 하나가 생각났다. 냅다 작은 방에서 먼지가 켜켜이 쌓인 손바닥만한 책 한 권을 꺼내 왔다. 황순원 씨의 '소나기'. 윤 초시네 증손녀로 서울에서 살다 시골로 오게 된 소녀가 순수한 시골 소년을 만나며 벌어지는 이야기다. 개울가, 조약돌, 수숫단, 대추 등이 복선의 소재로 깔린다. 소나기가 내리던 날 수숫단 속에 앉아 비가 그치기만을 기다린다. 비가 그친 뒤, 도랑으로 와 보니 물이 불어나 있어 소년은 소녀를 업어서 개울가를 건너게 되는데... 이들에게 싹튼 순수한 사랑은 싹을 틔우지 못한 채 소녀의 죽음으로 여운을 남긴다. 소녀는 마지막 순간에 분홍 스웨터를 입은 채로 묻어 달라고 했다. 분홍 스웨터는 함께 했던 소년의 흔적이었기 때문이다. 왜 난 갑자기 그 사람이 '소나기' 속의 소녀에게 호두를 주려고 기다리던 소년처럼 느껴졌을까. 풋풋하고 아려서 눈물까지 맺히게 만드는 그의 어린 시절 이야기가 내심 부러워 밋밋했던 나의 어린 추억을 더는 꺼내놓지 않았다. 부끄럼 많은 계집아이가 맘에 드는 남자아이를 보고 엄마 뒤에 쏘옥 숨어버리듯 나의 추억도 그렇게 그의 추억 뒤로 숨어버렸다. 그의 이야기를 듣고 있노라니 꿰맨 자국 없는 매끄러운 나의 그것보다 바늘 자국이 나 누덕누덕한 그의 힘겨운 과거가 더 정겹다.

같은 해에 태어나 불과 한 달하고 십칠일 밖에 차이가 나지 않는 그와 나의 환경은 먹는 것부터 입고 쓰는 것까지 어느 하나 닮은 구석이 없다. 마치 다른 나라에 있기라도 한 듯. 암죽 서 말이라고 자식 넷의 입에 들어갈 것을 매일 밤 고민했을 그의 부모님은 사람 새끼 낳는 일이라도 달갑기만 하진 않았겠다. 이젠 힘든 일일랑 두 손 놓고 당당히 호강도 받으셔야지.

"고등학교 3년 동안 킥 복싱 선수 생활을 했어요. 광주에서 형과 함께 지내며 학비를 벌 수 있는 유일한 길은 운동밖에 없었거든요. 죽기 살기로 한 덕에 광주에서 킥복싱으로 3관왕을 했죠. 제 고등학교 삶은 운동뿐이었어요."

"멋있다!"

"인기는 많았죠. 근데 엄마를 떠나와 사춘기를 보내는 것이 제일 힘들었어요. 그리워 울기도 많이 울었죠."

"그땐 꿈이 뭐였어요?"

"서울 아가씨랑 결혼하는 거요."

"서울 아가씨요?"

"처음 서울을 올라왔는데 아가씨들 얼굴이 전부 하얀 거예요. 신기했죠."

"풋! 피부 흰 아가씨에 대한 로망이 있었나 봐요."

"웃지 말아요. 서울 고모한테 어떻게 하면 얼굴이 하얘지냐고 물으니까 목욕탕 가서 때수건으로 빡빡 문대면 된다는 거예요. 목욕탕 가서 두 시간 동안 얼굴 살이 까지도록 밀고 나왔더니 고모네 식구들이 박장대소했죠. 새까맣게 그을린 시골 머스마가 순진하게 그 말을 믿고 얼굴은 벌게져서 나타났으니 얼마나 웃겼겠어요."

"그럼, 지금 꿈은요?"

"지금도 같아요. 서울 아가씨랑 결혼하는 거."

"네? 이 나이에 서울 아가씨와 결혼이 꿈이라구요?"

"그래서 이렇게 만났잖아요. 오리지널 서울 아가씨!"

아린 추억과 함께 만들어진 180cm의 건장한 체구를 떠올렸다. 처음으로 그의 오른팔에 팔짱을 끼던 날, 얇은 티셔츠 사이로 만져진 근육은 어린 시절 지게를 지고 농사일을 거들던 소년이 고등학교 때 학비를 벌기 위해 킥복싱을 하며 다져진 근육이었으리라.

갑자기 엉뚱한 상상이 들었다.

'우리가 열일곱 살에 만났더라면...'

어색함도 잠시 여느 연인처럼 편안한
첫 여행을 즐겼다.
———

04 _처음처럼

우리 사랑하자.
마치 처음처럼 그렇게.

마흔을 훌쩍 넘겨 새로운 사랑을 하고 있다. 된서리 같은 이별이 계절을 나고 또 나더니 삼 년 만에 찾아든 봄이 인연을 물고 왔다.

첫 여행은 춘천 기차 여행이었다. 깊디깊은 산자락의 가평과 호반의 도시 청평을 지나 춘천에 닿기까지 우린 서툰 연인처럼 깍듯이 예의를 지켰다. 시간은 천천히 흘러갔다. 마주 앉아 김밥을 먹으며 테이블 밑으로 맞닿은 다리가 어색해 내색하지 않으려 하악골이 뻐근하도록 평소의 두 배는 미소 지었더랬다. 서울 올라와 정착하느라 바쁜 시간을 보내온 그는 그 흔한 춘천 여행이 처음이라 했다. 어색함도 잠시 여느 연인처럼 편안한 첫 여행을 즐겼다. 함께 걷고 차를 마시고 이야기 나누며 청평사에 올라 돌탑을 쌓고 돌아오는 여행. '손만 잡고 쉬었다 갈래요?' 라는 믿을 것도 아니면서 믿는 척 상대에게 다가가는 유치찬란한 은어도 나누지 않았다. 연애에 낡은 중년의 커플이지만 무려 열두 시간을 통화하고 두세 시간을 걷기만 하던 우리가 육체적인 그 무엇보다 가슴 벅찬 순수한 사랑을 갈망했다면 그것이 어찌 무지의 소치일까. 살 냄새를 맡으며 사랑을 속삭이지 않아도 충분히 뜨겁다는 것을 이미 알고 있는 것이겠지. 그런 여행을 두 번, 세 번하고 소록소록 사랑이 익어갈 무렵, 글 한 자락이 도착했다.

– 님을 생각하며 보냅니다

바람에 스치는 꽃향기에 실린 것은 내 님일까
가던 길을 머뭇거리다 살포시 눈을 감는다

가로등 사이로
줄지어 날아오르는 벚꽃 향기가
발걸음을 붙잡는다

그녀가 오는가 보다
바람 따라 오는가 보다
꽃향기로 오는가 보다

미소가 내려앉는다
가벼운 미소로

님을 반겨 맞는다

짧지만 아름다운 여행
그곳에서 잠시 쉬어간다
행복에 떠밀려 눈이 감긴다

향기로 오는 님과 난
서울행 기차에 발을 옮기고
곧 헤어져야 한다는 맘에
님의 향기에 취하고 싶어
님 얼굴에 내 마음 묻고
숨을 멈추어 본다

님과의 춘천행은
신이 주신 선물이었나 보다

한 발 한 발
심장 박동수를 맞추어가며 걷던 길은
잊지 못할 나만의 드라마였다

님과 나는 재회였으리라
수천 년의 인연을 안고

돌고 돌아온

님과 난 그곳에 있었다
아주 오래전
곁에 머물렀던 꽃향기가
바로 그녀였음을

요즘 그가 종종 나를 잠 못 들게 했다. 오늘도 조금은 이른 아침, 잠
이 오지 않아 평소보다 빠른 출근길, 텅 비어 있는 버스 안에서 핸드
폰으로 그에게 화답의 글을 보냈다.

아침 햇살같이 맑은 사람
그는 나의 사람입니다

오랜 시간 동안
걷고 또 걸어도
눈에는 담아지지만
마음에는 품어지지 않았던 인연

아마 당신은 풍경 속에 묻혔었나 봐요
싱그러운 자연 속에 묻혀
이른 새벽이슬도 머금고

오후 한나절 따뜻한 햇살도 품어 안고
저녁이면 초승달 하나 살짝 띄워 놓고 사라지는
그런 짓궂은 이였나 봐요

제가 바람의 향기를 맡지 못했다면
녹음이 시작되는 사월에
벚꽃 흩날리는 계절에
아카시아 향기가 만발한 이곳에서
당신을 찾아내지 못했을 겁니다

당신은 그렇게 찾아내기도 쉽지 않은
강가의 조약돌 같은 사람이니까요
강물이 바람에 여울져 물결이 일면
조약돌은 제 모습을 감추어버리니까요

7011 버스를 타고
당신이 좋아한다는 음악을 듣고
잠들어 있을 당신에게
주문을 외웁니다

평온하게
힘들지 않게

아프지 않게
그 사람을 지켜달라고

당신은 그렇게
제게는
햇살같이 눈부시게 아름다운 사람이기 때문입니다

사랑합니다
온 마음을 다해
제 마음은 오롯이 당신을 위한 것입니다

사랑이라는 것이 처음만 같기를 바라본다. 아무리 사람 마음이 십덕 백덕 변덕스러워도, 촉새가 물래방구 뒷궁뎅이 흔들 듯한다 해도 그래도 사람 마음처럼 따뜻한 것이 어디 있는가 말이다. 알고 보면 연애의 실패는 그득 찬 욕심 때문이 아닐까. 사랑하는 이에게 갖는 기대라는 것이 말이 좋아 그렇지 터무니없는 욕심인 경우가 많다. 뿐인가 사랑을 할 땐 아름다운 결핍도 생긴다. 기대치에 반한 결핍이다. 사랑이란 것이 주고 또 주어도 부족함을 느끼듯 받고 또 받아도 허전한 것이지 않은가. 하나를 받으면 열 개를 받고 싶은 것이 또한 우리가 하는 뭇 사랑이다.

여자는 남자에게 아버지의 푸근한 사랑을 기대한다. 컨디션 좋을 때는 있는 아양 없는 아양 한껏 떨더니만 기분이 나빠지면 곰새 입을 삐죽이고 가자미눈으로 투덜대는 것이 여자다. 그런 딸의 모습을 아버지이니 마냥 귀엽게 받아 주지만 남자 친구는 그 꼴을 보아줄 리 만무하다. 그런 기대치의 사랑에 견뎌 낼 남자는 지구상에 없다. 뿐인가, 남자는 여자에게 엄마의 모성을 기대한다. 아들이 결정하면 무엇이든 응원하고 지지해 주는, 실은 엄마도 다 큰 아들이 힘에 부쳐 오냐오냐 하는 것인데, 여하튼 지칠 땐 편안하게 쉴 수 있는 넓디넓은 엄마의 품을 여자 친구에게 바라고 있으니 두 발 지탱하고 있는 이 나라에서 그런 여자를 구하기란 하늘의 별따기만큼이나 어렵다. 그러니 기대는 반만 내려놓자. 사람한테는 누구나 사랑할 만한 구석이 있지 않던가. 연애하는 즐거움을 상대의 사랑할만한 구석을 찾는 데에 힘쓰면 연애가 훨씬 둥글둥글 예뻐진다.

느지막이 시작하는 연애이니 그도 나도 상대를 배려하는 표현 방식이 조금은 세련되었겠다. 부에 날 때 뜨던 나의 가자미눈도 조금은 부드러워졌겠다. 그도 남자이니 욱 하는 성질머리가 고개를 쳐들면 두더지 게임처럼 한 방에 잦아들게 만드는 방법을 터득하지 않았을까 말이다.

돌아보면 사춘기 소녀처럼 풋내 나는 비린 사랑을 했다. 그런 내 연애 방식의 실패 주범은 무엇이든 괜찮다고 이야기하는 언어 습관에 있었다. 그것이 배려라고 과거 나와 연애를 했던 그 누군가가 알려 주었을 거다. 속내는 괜찮지 않은데 행여 마음 다칠까 괜찮다고 했다. 차라리 들키지나 말 걸 그랬다. 내 마음을 상대에게 온전히 표현하지 못했다. 이별로 직행하는 고속도로였다. 앞으로 적어도 난 내가 좋아하는 반숙의 계란을 두고 "완숙이어도 괜찮아."라고 이야기하지는 않을 것이다. 난 내가 비릿한 냄새만 가신 노른자가 흘러내릴 듯한 상태의 계란 프라이를 좋아한다는 걸 알고 있으니까.

"계란 어떻게 익혀 드릴까요?"

"대충요."

"완숙도 괜찮아요?"

"아, 아니요. 잠깐만요. 겉은 살짝 익고 안은 노른자가 흘러내릴 듯 반숙으로 해 주세요."

약속했잖은가. 더 이상은 '괜찮다.' 고 하지 않을 거라고. 정확히 표현해야 알지. 먹는 것도 사랑도.

겉으로는 매사에 긍정적이고 시원한 성격을 가진 듯 포장하고는 일만 터지면 끙끙 앓는 성격 탓에 연애 시작과 끝은 일 보고 뭐 닦지 않은 듯 개운치 않았다. 다가오는 수동적인 연애에 익숙했고, 연애 시절, 웬만한 일은 배려해 준다면서 속 뒤집힌 일들을 차곡차곡 산더미처럼 쌓아 두다 돌연 어느 날 이별을 통보했다. 차라리 서로 속을 박박 긁는 단어로 싸움이라도 시원하게 해보고 이별한다면 수긍이나 갔을 텐데 어제까지 아무 일도 없었던 연인으로부터 갑자기 이별을 통보받은 상대는 하얗게 질린 얼굴로 나타났다. 되려 나는 잠을 못 자 다크서클이 턱 끝까지 내려앉은 얼굴로 나타나서는 눈물 바람으로 헤어져 달라 이야기하고 있으니... 다른 이가 보면 내가 바람맞은 줄 알았겠다. 이별도 참 별스럽게 했다.

게다가 내게 있어 사랑이란 '방부제'가 가득 담겨 십 년 아니 백 년을 가도 썩지 않는 음식이어야 했고, MSG가 잔뜩 들어가 첫맛엔 강한 자극이, 먹을 때마다 중독성이 있어야 했다. 주변의 친구들이 밥을 먹고 벤치에 앉아 두세 시간을 도란도란 이야기하는 연애가 밋밋하게 느껴져 연애란 이렇게 하는 거라고 미주알고주알 훈계를 하기도 했다. 마치 내가 하는 것이 연애의 정석이라도 되는 것 모양.

물에 물 탄 듯 술에 술 탄 듯 그렇게 티도 안 나게 사랑하던 친구들은 아이를 둘 낳고 셋 낳고 둥지를 틀고 사는데 요란 뻑적지근하게 소문 무성했던 나의 연애는 가십거리 관객만 남겨 둔 채 막을 내렸다.

스쳐간 인연에 감사한다. 굴곡진 연애 끝에 귀한 사랑을 얻었으니 말이다. 누군가는 상처 없는 사람이 좋다지만 나는 나만큼의 상처 가진 이가 좋다. 상대의 상처가 내 마음 안에 담길 때 더 깊은 사랑을 하게 되더라. 아팠으니 기대라고 어깨를 내어주는 것이 사랑이니까. 새로 시작되는 사랑에 겁먹지 말고 한 걸음 그에게로 다가가야겠다. 내가 먼저 내미는 어깨에 그가 쉬어갈 수 있도록.

'누군가와의 연애가 실패로 끝난 것에 감사해. 내가 버렸든 버려졌든 그것은 중요치 않아. 상처가 곪아 다시 사랑을 못 할 만큼 겁먹었던 것도 다행이야. 그랬기에 당신을 만났으니까. 이 사랑을 만나기 위해 지구라도 한 바퀴 돌아온 것 모양 긴 시간이 흘렀지만, 지금이라도 당신을 만난 것에 감사 해. 우리 사랑하자. 마치 처음처럼 그렇게.'

사랑은 그저 믿는 사람의 손을 잡고 함께 걷는 것이었어.
그 이상 그 이하도 아닌.

"우리 서로 헤어지지 말아요.
어떤 일이 있어도."
"거북이 등껍질처럼 찰싹 붙어 있을게요."
"껌딱지처럼?"
"응, 껌딱지처럼!"

"치유된 지난 시간의 기억보다 지금의 사랑이 가장 아름답다"

버스 안에서의 우연한 만남 후, 그에게서 발견한 것은 과거 이십여 년 전 친구들이 했던 그 소박한 연애였다. 단 한 번도 해보지 못한, 과하지도 않고 넘치지도 않는, 그럼에도 풍족한 사랑을 그에게 받으면서부터 또 다른 사랑을 배워 나가고 있다. 그 어렵디 어렵다는 사랑을 마흔 내기에 배우고 있다.

한창 무서울 것 없다는 이삼십 대, '사랑'이라는 명분 아래 제 분수를 모르고 사랑을 했더랬다. 어릴 적 내 옹알이 한 마디에 '우쭈쭈쭈' 하며 혀 짧은 소리를 내주던 부모님의 애정을 연애하는 이에게 강요했는지도 모르겠다. 그런 '공주 놀이'를 한껏 즐겼다. 연애할 때의 호칭도 닭살이 돋지 않으면 연애가 아니라 생각했다. 그간 '냥냥' 거리던 나의 연애가 한 사람을 만나며 익어가고 있다. 뒤늦게 운이 트였다. 점쟁이가 늘그막에 좋은 인연을 만난다더니만.

삶을 엮은 에세이를 출간하기까지 적잖은 시간이 걸렸다. 글을 세상 밖으로 내놓는 일은 예나 지금이나 낯간지럽기 그지없는 일이다. 어차피 써 놓았던 모든 글들은 시간이 지나면 낯간지러울 게 뻔하기에 감추어 두었던 뻔뻔스러움으로 출간을 한다. 누구라도 글을 읽으며 만났던 사랑을 떠 올리고 헤어짐의 아픔을 돌아보고 새로운 사랑에 설레기를 바라며 글을 쓴다.

뒷자락 몇 장의 페이지를 잔잔하게 시작한 사랑 이야기로 채워 넣었다. 치유된 지난 시간의 기억보다 지금의 사랑이 가장 아름답다. 사랑은 그렇게 아름다운 구석이 있는 녀석이다. 그와 함께 나누었던 이야기를 옮겨 적으며 이 글을 마친다.

"우리 십 년만 서울에서 살도록 해요. 그리고 생일도로 내려가 평온한 시간을 보내요."

"어촌으로요?"

"부모님이 살았던 집을 리모델링하고 샐팍(새팍:대문, 사립문 밖 근처) 양쪽 길에 꽃을 심을 거예요. 텃밭에는 고추, 배추, 마늘이랑 상추를 먹을 만큼만 심구요."

"그럼 수입은요?"

"다시마 농사를 지으면 돼요. 한 철 여름 농사라 여유 있어요."

"나머지 시간엔 뭐해요?"

"면에서 운영하는 배드민턴 모임도 있고 한가할 때는 부부 동반해서 바다낚시를 나가죠. 갓 잡아 올린 싱싱한 감성돔을 안주 삼아 남편들끼리, 아내들끼리 삼삼오오 희희낙락하며 시간을 낚죠."

"그래서 사람들이 귀촌을 하는 가 봐요."

"서울에서 누리는 문화적인 혜택은 부족하지만 더 여유 있게 살 수 있어요."

"저는... 글을 쓸 공간이 있으면 좋겠어요."

"백운산이 내려다보이는 곳에 정자 하나를 만들고 나무로 자그마한 책상을 만들어 줄게요."

"산바람 맞으며 바다의 전경을 마주하며 쓰는 글이라.... 꿈만 같아요."

"카디건을 걸치고 글 쓰고 있는 당신 모습이 아름다울 것 같아요."

"그래요?"

"가끔 고구마나 감자를 쪄서 올라갈게요."

"당장 가고 싶어요."

"저도 그러고 싶지만 당신은 서울이 고향이잖아요. 어머님 혼자 계시고. 우리 천천히 준비해요."

"준비해야 하는 게 있어요?"

"욕심이요. 욕심만 버리고 가면 돼요."

"이제 어부의 아내가 되는 건가요?"

스페인으로의 모든 꿈을 접고 그와 함께 '생일도(生日島)'로 내려가는 귀어(歸漁)의 삶을 약속했다. 비릿한 바다 내음에 짠 내 가득한 섬 생활이 그와 함께라면 초라하게 느껴지지 않는다. 인생의 마지막 순간까지 나의 얼굴을 바라보며 주름을 세어 줄 이가 당신이라면.

인생의 마지막 순간까지
나의 얼굴을 바라보며
주름을 세어 줄 이가 당신이라면.
어부의 아내로 사는 것도
꽤 괜찮은 것 같다.